전장에

핀

무궁화

(上)

차례

서문

햇살이 따사롭다.

글을 쓰다가 뭔가 떠오르지 않을 때는 일어나서 작은 거실을 서성인다. 밖을 내다보니 3월 한낮의 화사한 햇살은 대지에 가득하고 저 멀리 산 위의 소나무 숲은 늘 푸르름을 자랑하고 있다.

우연히 이 글에 매달렸다. 3년이란 세월을 밥 한 숟갈 떠먹고는 글에 매달렸다. 원래 내 의지와는 다른 방향으로 흘러간 것 같다.

논개의 애틋한 사랑을 나름대로 개작해서 이 세상에서 가장 고매하고 아름다운 사랑으로 그려보려고 이것저것 자료를 찾던 중 '임진왜란'이 한눈에 들어왔다. 자료를 읽다가 나는 통분함을 금치 못했다. 이럴 수가….

우리나라 사람이라면 임진왜란에 관해선 전혀 낯설진 않을 것이다. 그러나 어느 특정 부분에 한해서일 것이다. 이순신 장군의 통쾌한 승리라든가 진주대첩이라든가.

임진왜란은 역사상 우리나라가 겪은 전란 중 가장 비참하고 조선 땅을 폐허로 만든 전쟁이다. 조선 민족의 수난은 말할 수 없었으며, 헤아릴 수 없을 만큼 많은 백성들이 왜(倭)들의 총칼 아래 목숨을 잃었고, 그도 모자라 죄 없는 우리 백성들이 일본으로, 포르투갈로 끌려갔다. 그 중 도공과 인쇄공, 학자들을 끌고 가 이들이 가진 기술을 활용하여 미개했던 섬나라 일본이 큰 발전을 했다.

수백 년이 지나간 지금은 그 누구도 그때의 쓰라렸던 과거를 굳이 떠올리고 싶지도 않을 뿐더러 알려고 하지도 않을 것이다. 그저 기억하기 싫은 가슴 아픈 우리 조상들의 역사 속의 한 페이지로 남아 있을 뿐이다.

단재 신채호 선생은 "영토를 잃은 민족은 재생할 수 있어도 역사를 잃은 민족은 재생할 수 없다."라고 했다. 그처럼 내가 태어난 내 나라 사람이라면 기본적인 역사 정도는 마땅히 알아야 하며, 더불어 옛 선열들의 값진 피로 이룩한 내 나라를 감사해 하며 사랑할 줄 알아야 할 것이다.

전반적으로 우리나라 사람들, 아니 저 자신부터 역사에는 무관심하면서 무턱대고 자기 나라를 비하하는 경향이 많다.

고대로 거슬러 올라가 동아시아 세계에서 민족과 국가를 보존한 나라는 우리나라뿐이다. 수많은 민족들이 나타났다가 사라져 갔다. 예외적으로 일본이 있다지만, 일본은 동아시아 세계에 포함시킬 수 없는 변방의 섬나라로서 동아시아 세계의 영향권 밖에서 생존한 민족일 뿐이다.

일찍이 왜구의 침입, 몽골의 40여 년간의 침범 속에서도 거뜬히 살아남은 백의민족이, 과거 세계열강 속에서 지금까지 어떻게 건재해 왔으며, 얼마나 위대한 민족이었는지 알아야 할 의무가 있다.

그런가 하면 이 글을 쓰기 위해 자료를 찾던 중 젊은 세대들이, 과거 일본과 우리나라와의 관계에 대해 꼭 알고 싶다는 글을 수차 본 적이 있다. 한편 반가웠다. 그래도 자국의 역사에 관해서 이처럼 궁금해 하는 젊은이들도 있다는 것을 생각하니 마음 한편 흐뭇했다.

이제 부족하게나마 논개의 애틋한 사랑을 전 작품에 녹여, 임진왜란이 발발하던 1592년 4월 13일(음력) 10만 대군을 이끌고 부산 앞바다에 쳐들어온 왜군들을, 부산진성의 정발 장군에 이어 동래성 송상현 장군 등의 충의에 불타는 우리 장군들과 백성들이, 내 나라 내 땅 조선을 지키기 위해 목숨도 아끼지 않았던 가슴 절절한 전쟁사(戰爭史)를 연대순(年代順)으로 엮어보았다.

이 글을 쓰게 해주신 하나님께 감사드리며
권명애

_ 1 _

안개

조용한 아침의 나라, 평화로운 조선 땅에 꼴같잖은 왜놈들이 느닷없이 쳐들어와 아름다운 금수강산을 순식간에 쑥대밭으로 만들어 놓았다.

안개 속에 아스라이 드러난 산속의 풍경은 말로 형언할 수 없는 아름다움으로 다가왔다. 원래 산 높고 계곡이 많은 지형인지라 안개가 끼는 날들이 다반사지만, 간밤에는 여름 장마답지 않게 밤새 소록소록 내리던 비가 여명이 밝아오자 서서히 그치고, 희뿌연 물안개가 산허리를 감싼 채 아지랑이처럼 피어오르는 정경은 가히 장관을 이루었다.

그 아래 산속에 포근히 안겨 있는 농가 또한 이른 아침을 항시 짙은 안개와 마주하기 일쑤라지만, 비 온 후의 이날 아침에는 앞뒤도 분간할 수 없을 정도로 안개가 자욱하더니 차츰차츰 옹기종기 모여 있는 초가들이 희미하게나마 모습을 드러낸다. 30~40여 호 남짓해 보이는 산간 지대의 이 벽촌은 언뜻 보기에는 외부와는 고립된 듯 무척 적막하다는 느낌을 숨길 수 없다.

사실 겹겹이 높은 산과 계곡으로 둘러싸인 이 산촌 마을은 이웃 고을과의 교통도 원활하지 못할 뿐더러 매우 척박한 땅이다. 그러나 이런 열악한 조건에도 몇 해에 한두 번 정도는 아무런 연고도 없이 올망졸망 식솔들을 앞세우고 삶을 찾아 쭈빗쭈빗 이 마을로 찾아든다.

산 넘고 물 건너 이웃 동네로 전해지는 입소문 때문일까. 물론 정 많고 인심 좋다는 말 한마디를 의지하고 타지로 발을 들여 놓을 리는 없을 테고 나름대로 그 어떤 연유가 있지 않을까.

옛 속담에 콩 한 조각도 나눠먹는다는 말처럼 우리 선조들은 이웃끼리 나눠먹는 일을 미덕으로 알고 있었듯이, 삽짝문만 열면 고만고만하게 살아가는 이웃들과 정담을 나누며 서로 걱정해 주고 위로해 주는 삶을 이 마을 주민들은 그대로 답습하고 있다.

일명 무궁화 마을이라고 하는 이 마을은 이제 7월(음력)을 맞아 무궁화 꽃이 한창이다. 집집마다 초가 담벼락에는 담장을 훌쩍 뛰어넘는 무궁화가 이날 새벽 미명에 뿌얀 안개 속에서 환하게 빛을 발하고 있다.

새벽에 피었다가 저녁에 지고 다음날 아침이면 또 새로운 꽃을 피워 올리는 무궁화는 6월(음력)에서 9월까지 100여 일 동안 끊임없이 꽃을 피우고 있다. 일찍이 중국 당나라 시인 이태백은 무궁화의 아름다움을 극찬했다고 한다. 그런가 하면 중국 고전에서 공자가 편집했다는 《시경(詩經)》에 무궁화를, 매우 아름다운 여인에 비유해서 하는 말로 안여순화(顔如舜華)라고 했다. 이는 여인의 얼굴이 어찌 그리 아름다운지 마치 무궁화꽃 같다는 뜻이다.

저 멀리 산봉우리에 물안개가 자욱이 피어오르는가 하면, 이제 막 수줍은 듯 봉오리를 터트리는 꽃잎에 방울방울 맺혀 있는 이슬방울이 어찌 이리 고운지 탄성이 절로 나올 지경이다. 밤새 내린 소록비로 땅은 질퍽거렸지만 7월의 무더위를 말끔히 씻어내듯 상큼한 새벽을 맞이할 수 있었다.

이제 겨우 다섯 살에 접어든 어린 아이는 아직 잠에서 뒤척여야 할 시간이지만, 이날 새벽에도 아침 찬을 장만하기 위해 텃밭으로 가는 엄마의 치마꼬리를 붙잡고 따라 나선다. 마당에 내려서자 자욱이 밀려오는 운무를 헤치고 꽃잎마다 함초롬히 이슬을 머금은 자태가 어린 눈에도 형용할 수 없는 아름다움으로 다가왔을까. 고사리 같은 손으로 꽃잎에 맺혀있는 물방울을 만져 보느라 정신이 팔려 있다.

아직 어리지만 어딘지 모르게 범상치 않은 기개가 엿보이는 아이다. 그러나 엄마는 왠지 불안하다. 꼭 다문 입술에 눈동자가 초롱초롱한 어린아이는 금방 보아도 또래 아이들보다 무척 영특해 보이며 함부로 범접치 못할 분위기가 서려있다.

저만치 앞에 가던 엄마가 부르는 소리에 그제야 자박자박 따라 나선다.

"엄마, 저 꽃 이름이 무궁화라고 했지?"

엄마는 이제 간신히 말을 익혀서 종알거리는 아이를 보는 것만 해도 아까울 정도다.

"그래 아가야, 저 꽃은 우리나라 꽃이란다."

눈에 넣어도 아프지 않을 딸애다. 어떻게 얻은 자식인데, 위에 아들자식을 잃어버리고 갈팡질팡하던 중에 이 아이를 얻었으니 그들 부부로서는 금지옥엽과도 같은 자식이다.

태어날 때부터 기쁨을 안고 태어났을 뿐 아니라 이날까지 부모를 성가시게 한 일도 없었다. 하나를 가르치면 열 가지를 터득하는 어린아이에게 그의 아버지는 벌써부터 글공부를 시키고 있다.

그의 아버지는 "이 아이는 비록 우리가 낳았으되 우리 아이가 아니오."란 말을 입버릇처럼 했다. 아마 이 아이는 장차 그 누구도 상상치 못할 위대한 일을 할 것이라는 예언 같은 말이 아닐까.

엄마는 그 말을 들을 때마다 기쁨에 앞서 자꾸만 마음이 오그라드는 것 같은 불안감을 떨쳐버릴 수 없다. 어렵사리 얻은 자식, 부귀도 영화도 바라지 않는다. 모쪼록 엄마의 바람은 여느 아이들처럼 평범하게 자라나서 때가 되면 좋은 짝 만나서 한 세상 행복하게 살아가는 것이 아닐까. 무엇하나 예사로 보아 넘기지 않는 어린 딸이 내심 그리 반갑지만은 않다. 피고 지고 또 피는 무궁화처럼 끈기와 성실함으로 착하게 살아주면 더 바랄 것이 없을 것 같다.

예로부터 우리나라를 근역(槿域) 또는 근화향(槿化鄕)이라 하여 무궁화가 많은 곳이라 했다. 동양 최고의 지리서인 산해경(고조선 시대)에는 북방에 군자국이 있어 무궁화가 아침에 피어 저녁에 진다라고 했으며, 신라 효공왕이 897년 7월, 당나라 광종에게 보낸 국서에 우리나라를 근화향, 즉 무궁화의 나라라고 부른 기록이 있다.

군자국이란, 예전에 중국에서 우리나라를 풍속이 아름답고 예절이 바른 나라라 하여 부른 말이며, 중국에서는 무궁화를 훈화초, 목근, 순영, 순화 등 여러 이름으로 불렀다. 이로 미루어 볼 때 우리나라에 무궁화가 피기 시작한 것은 2000년이 훨씬 넘는 것으로 추정할 수 있다. 또한 신라 때 최치원이 왕명으로 작성하여 당나라에 보낸 국서에도, 신라를 무궁화가 많은 나라라는 뜻으로 근화향이라 일컬었다.

이러한 기록들을 종합해보면 고대로부터 중국인들은 우리나라를 군자의 품격을 갖춘 나라, 무궁화가 아름답게 피는 나라라고 예찬하였으며, 신라 시대부터 이미 무궁화가 우리나라를 일컫는 꽃으로 사용되었음을 말해 주고 있다.

무궁화는 비록 요염하다거나 짙은 향기를 발하는 것은 아니지만 깊숙이 들어갈수록 붉게 타오르는 듯한 이 꽃은 열정적이며 정열적이다.

이렇듯 하루가 시작되었다. 딸아이와 함께 텃밭에 나가 아침 찬

거리인 상추와 쑥갓을 뜯으며 안개 자욱한 동네를 바라보니 새삼 기슴 한켠에 접어두었던 그 옛날이 피어오르는 물안개처럼 하얗 게, 하얗게 피어오른다.

시부모님을 모시고 억새풀 서걱이는 육십령 고개를 넘어 이 마을로 들어올 때는 남편도 자신도 젊디젊은 나이였다.

경남 함양 땅과 전라도 장수 땅은 고개 하나를 두고 나누어진 셈이다. 전라도 장수군 장계면과 경남 함양군 경계에 있는 육십령 은, 소백산맥 중의 덕유산과 백운산 사이에 있으며 신라 때부터 군사적 요충지로 알려져 왔다.

덕유산은 북덕유산과 남덕유산으로 나뉘어져 있으며 그 사이에 는 웅장하고 광대한 계곡이 있다. 이 계곡은 양쪽의 물이 합해져 비폭을 이루는데, 당나라 시인 이백의 '망여산폭포'라는 시의 비류 직하삼천척(飛流直下三千尺)이란 말이 무색할 정도로 그 수려한 경관은 보는 이로 하여금 말문이 막혀버릴 정도로 아름다운 계곡 이 이 심심산골에 흘러내리고 있다.

그녀는 상추를 뜯다 말고 새하얀 물보라가 서서히 내려앉는 높 은 산을 바라보며 깊은 상념에서 깨어나지 못한다.

바람도 울고 넘는다는 육십령 고개는 해발 734m의 험산 준령 으로, 지금은 영남과 호남 지방을 연결하는 주요 교통로지만 아득 한 옛날에는 이 고개에 얽힌 슬픈 사연도 많을 뿐만 아니라 산적 들이 들끓었다. 그 옛날 왕에게 바치는 조공이나 서해안에서 나는 소금을 영남 쪽에 내다 팔아야 하는 소금장수들은 이 고개를 통과해야 했다.

이 고개를 넘으려면 한두 사람으로선 엄두도 내지 못해 산 아래 주막에 며칠씩 묵으면서 장정 60명을 모아서 가야했다. 산적들을 피해 그곳에 머물다가 나중에는 여러 집이 모여서 마을을 이루었다는 피적래(避賊來)란 마을은 지금도 함양군 서상면에 있다.

함양과 장수는 고개 하나 차이라지만 지리적 조건과 입지적 조건은 현저하게 차이가 난다. 모두 산 높고 골 깊은 고장이지만 장수는 소백산맥과 노령산맥으로 둘러싸인 산간 분지로 산이 무진장 많아서 전라북도의 지붕이라고 일컫는 무진장 지역(무주, 진영, 장수)의 하나인 오지 마을이다. 시골은 농사가 주된 생업이건만 척박한 땅에서 농작물의 소출도 별로 신통치 않은 편이었다. 그러자니 아마 장수 주민들은 문화와 학문 쪽으로 눈 돌릴 여유가 적었을 것이다.

그러나 함양군은 예로부터 영남의 대표적인 선비의 고장이라 일컫는 개평 마을에는 일찍이 일두 정여창과 옥계 노진 같은 대유학자를 배출한 고장임과 동시에 최치원, 김종직, 박지원 같은 유명한 학자들이 지방 관리를 지닌 바 있다. 최치원 선생이 통일 신라 시대 당시 태수를 지낼 때 누에 자주 올라 시를 지었다고 하여 학사루란 이름이 붙여진 누각 앞에는, 김종직이 어린 아들을 잃은 슬픔을 위로하기 위해 심은 느티나무가 500여 년이 지난 지금도 웅장하게 버티고 있다. 후에 박지원이 중국에 다녀와서 열하일기를 지은 고장도 함양이다.

이렇듯 함양은 유명한 학자들을 배출한 곳이기도 하며, 훌륭한 학자들이 머문 곳이라 영남 유림의 본산을 꼽을 때 좌 안동 우 함양이라 일컬어지기도 한다. 그런 만큼 함양은 예부터 선비의 고장으로서 학문의 전통이 굳건하여 서당도 흔했으며 자식에게 글을 가르치는 것을 당연시했다.

그러나 고개 넘어 장수는 처음부터 그러한 여건이 허락되지 못했으나 머잖아 장수 땅에도 이웃 고장의 영향을 받아 서당이 들어서고, 급기야는 장수군의 궐촌 마을에서 훈장을 필요로 한다는 소문에 주달문의 아버지는 고향인 함양에서 낯선 장수 땅으로 식솔들을 이끌고 고개를 넘어야 했다.

원래 예나 지금이나 중매쟁이는 수다스럽고 허풍이 많다. 언제 적 선비였고 언제 적 부자였는지도 모르게 새색시가 정지에 들어가면 구석구석 찬바람만 맴을 돈다. 간신히 시부모와 남편, 그리고 시동생의 밥상을 차리고 나면 밥솥은 씻은 듯이 말갛게 비어 버린다. 그래도 박 씨는 친정집이 행세깨나 하는 집안이라 어려움을 모르고 곱게 자란 셈이다. 원래 천성이 곱고 무던한 박 씨는 자라면서 투정 한 번 부리는 일이 없고 불평 한 마디 하는 일이 없었다.

마냥 유순하고 여린 박 씨는 마침 서상면 방지 마을에 심성이 착하고 부드러운 신랑감이 있다기에, 그의 어머니는 딸의 성격을 감안해서 천생연분이라 생각하고 인연을 맺기에 이르렀다. 어머니의 말대로 남편 주달문은 성품이 따뜻하고 자애로워 그나마 박 씨에겐 큰 위로가 되고 의지가 되었다. 비록 넉넉한 생활은 아닐지라도 남편이 그처럼 자신을 아껴주고 어떠한 경우에도 그녀의 바람막이가 되어주니 더 바랄 것이 없었다.

그래도 한때는 선비 집안에 남부럽지 않게 살았다는 중매쟁이의 말이 터무니없는 거짓말은 아닌 것 같다. 세월이 거듭할수록 가세가 기울어져 박 씨가 주 씨 가문으로 출가했을 때는 이미 기울어질 가세도 없었다. 거기에다 동생 주달무도 한몫했다고 해도 과언이 아닐 만큼 주달무는 형 주달문과는 달리 허랑방탕한 것도 모자라 천하 난봉꾼이었다.

이제 아버지는 세상을 떠나고, 아들 주달문이 그의 아버지의 뒤를 이어 주촌 마을에서 유일한 서당의 훈장이 되었다. 부모님들이 계실 땐 그렇듯 망나니짓만 하던 주달무는 아버지가 가시자 한 풀 꺾여 있는가 하더니 어느 날 갑자기 분가를 하겠다고 기어이 집을 얻어서 나갔다. 가끔 말썽꾸러기인 시동생이 걱정이 되었지만 박 씨는 지금 이대로 행복했다. 장수 땅에 와서 아들자식은 잃었으되 천금 같은 딸아이를 얻었다는 건 천하를 주고도 바꿀 수 없는 축복이었다.

왜인지 자손이 귀한 주 씨 가문에는 형제라고는 달랑 주달문과 그의 동생 달무뿐이었다. 주달문 역시 혼인한 지 몇 해가 지나도록 아무런 소식이 없어 근심하던 중 요행히 아들자식을 얻게 되자 그들의 기쁨은 이루 말할 수 없었다. 그러나 어려서부터 지혜와 총명이 남달랐던 아들의 운명은 기껏 열다섯 해를 넘기지 못했다. 자식을 가슴에 묻고 안으로, 안으로 삭여오던 그들 부부는, 도저히 이렇게 그냥 가만히 앉아서 망가질 수는 없다는 판단 하에 후세를 얻기 위해 갖은 노력을 다했다. 그러던 중 불혹의 나이가 훌쩍 넘어 예쁜 딸아이를 얻게 되었다. 길고 긴 역경을 헤쳐 나와 아버지 주달문과 어머니 박 씨 사이에 태어난 딸아이는 태생부터가 특이했다.

4개의 갑술이 들어간 특이한 경우였다. 말하자면 갑술(甲戌)년, 갑술(甲戌)월, 갑술(甲戌)일, 갑술(甲戌)시(1574, 9, 3, 밤)에 태어났는데, 딸아이가 이렇듯 거창하게 태어난 게 조금은 걱정이 되었지만 장차 큰일을 성취할 아이라고 기뻐했다. 한동안 기쁨에 들떠있던 주달문은 딸아이의 사주를 한 번 더 짚어보고 사갑술(개의 해, 개의 달, 개의 날, 개의 시)의 뜻을 개를 낳는다, 즉 경상도 방언으론 '개를 놓다', '놓은 개'의 뜻이 담긴 '논개'라고 이름 지었다. 천하를 주고도 바꿀 수 없는 딸자식을 안고 그들은 비록 가난하지만 행복했다.

그렇게 얻은 딸자식이 곱게곱게 자라서 어느새 다섯 살로 접어들었다. 귀여운 딸 논개는 자랄수록 이목구비가 또렷해지고 여아의 모습으로 곱고 예쁘게 자라났다.

엄마인 박 씨는 이제 겨우 다섯 살에 접어든 어린애가 서당에는 이르지 않느냐고 했지만, 훈장이자 아버지인 주달문은 "우리 아이는 범상치 않은 인물이오. 비록 여아이지만 특이한 인물로 태어났으니, 앞으로 세인들이 놀랄 만한 큰일을 할 아이임에 틀림없소.

내 정성을 다해 가르쳐서 후세에 이름을 남길 훌륭한 아이가 되게 하겠소." 하는 말을 잊지 않는다.

주달문은 아버지 뒤를 이어 서당을 물려받았을 때는 조금은 엉성하다 싶었는데 차츰차츰 서당에도 활기가 돈다. 한 형제라도 그의 동생 주달무와는 달리 천성이 곧고 바른지라 서당에서도 아동들을 성심성의껏 가르치고 훈육시켜서 그 마을 사람들은 존경과 칭찬을 아끼지 않는다.

그러나 지형적으로 산 많고 골 많은 척박한 땅이라 소출도 부실한 이웃들의 살림살이란 여느 집 없이 비슷비슷했다. 그러자니 학부형들이 성의껏 거출한 수업료로도 생활을 꾸려가기에 어려움이 뒤따랐다. 다행히 학부형들의 도움으로 농토를 조금 얻어 남은 시간은 열심히 일을 해서 생활을 꾸려나갔다. 박 씨는 행복했다. 비록 넉넉한 생활은 아닐지라도 든든한 남편과 그들의 분신인 사랑하는 여식이 저렇듯 귀엽게 커가니 삶의 보람을 느낄 수 있었다.

명인이 있어야 명산이 된다고 했듯이, 경북 봉화의 청량산은 퇴계(이황) 덕분에 명산이 되었으며, 지리산은 남명 조식으로 인해 더욱 빛이 난다 하였다. 합천 가야산은 최치원이 없었다면 붉은 언덕과 푸른 절벽에 불과할 따름이었을 것이다.

일찍이 유학자 노진 선생은 '땅은 반드시 사람을 통해 이름이 난다.'라는 말을 남겼다.

어미로서 좀 더 욕심을 낸다면 한 점 혈육인 딸아이가 모쪼록 덕유산의 너그러운 정기와 변함없는 무궁화의 끈기를 이어받아, 제가 태어난 땅에서 작은 일 하나라도 제 고장을 빛내 준다면 그로써 더 바랄 것이 없을 것이다. 박 씨는 큰 욕심내지 않고 지금처럼 이 안온한 행복이 영원히 지속되기를 마음속으로 빌었다.

가을이 지나가고 있었다.

어느새 산 위에서 세찬 바람이 나지막한 초가지붕 위로 미끄러지듯 이 집 저 집의 문풍지 사이를 비집고 들어온다. 가을걷이를 마친 농부들은 쉴 틈도 없이 겨울 땔감 나무를 하러 산으로 향한다. 이 마을 훈장인 주달문 역시 월동 준비를 위해 마을 사람들을 따라 산에 오른다. 몇 해 전부터는 온 산천이 오색찬연한 단풍으로 물드는 가을이 오면 약초를 찾아 산을 헤매야 했다.

요즘 따라 박 씨가 몸이 무척 쇠약해진 것 같다. 노산에 딸애를 얻은 탓에 약을 몇 제 먹었지만 왠지 전 같지 않다. 이 마을 할머니가 박 씨에게는 노루오줌꽃이 좋다는 말을 듣고 그는 온 산을 헤매며 채취하러 다녔다. 박 씨는 원래 건강한 체질은 아닌데다 산후조리가 부실했는지 여기저기 아프고 결리는 데가 많았다. 무엇보다 소화가 잘 안 되어 고생을 했는데 약초 덕분인지 요즘은 무척 좋아졌다.

주달문은 이날도 어쭙잖은 솜씨로 나무를 하는 동안 갖가지 상념에 사로잡힌다. 늦게 얻은 딸애가 저렇듯 귀엽게 자라고 있으니 아내인 박 씨만 건강하다면 더할 나위 없이 행복할 텐데.

세월 또한 연산군 때부터 명종 즉위까지 그 지긋지긋하던 4대 사화가 막을 내리고 선조 임금이 즉위하자 오랜만에 조정은 평화를 되찾았다. 인종이 죽고 명종이 12세의 어린 나이로 즉위했기 때문에 그의 어머니 문정왕후의 수렴청정으로 왕권을 대신하게 되자, 조정의 세력은 문정왕후의 동생 윤원형 일파에게 돌아갔다. 윤원형은 중종 시대부터 장경왕후(중종의 첫 번째 계비)의 오빠 윤임 일파와 왕위 계승 문제로 치열한 권력 다툼을 하고 있었다. 그러던 중 명종이 즉위하자 그는 먼저 인종 시대의 윤임 세력을 몰아내고 윤임, 유관, 유인숙 등을 사사케 하고 그 일파인 사림 세력들을 유배시켰다. 이 사건이 명종 즉위년인 1545년에 일어난 을사사화이다.

　윤원형은 그로서 끝난 게 아니라 '양제역 벽서' 사건을 들추어내어 사림 세력 20여 명을 유배시키는가 하면 많은 인물들을 희생시켰다. 이렇듯 윤원형의 세도가 지나치자 명종은 그 세력을 견제하기 위해 명종의 비, 인순왕후의 외숙인 이량을 세웠으나 그 역시 권력을 남용하기에 이르렀다.

　이량은 명종이 자신을 신임하자 이감, 신사헌 등과 결당하여 세력을 기르고 정치를 농단하기 시작했다. 이에 명종은 이량을 한때 평안도 관찰사로 내쫓았으나 윤원형을 의식한 나머지 1562년 다시 이조참판에 재수하여 중앙으로 불러들였다. 이량이 이조판서가 된 뒤 그의 권력 남용은 극에 달했다. 또다시 사림 세력을 제거할 음모를 꾸미다 발각되어 결국 1563년 삭탈관직 되었다.

이처럼 조정에서는 권력 다툼으로 혈안이 되어 있었고, 그와 더불어 도를 넘어선 문정왕후의 신경질적인 행동에 명종은 곰머리를 앓았다. 자연히 사회는 어수선해지고 게다가 엎친 데 덮친 격으로 흉년이 계속되자 백성들의 태반이 굶주림에 시달려야 했으며, 나라 구석구석마다 도적 떼가 들끓었다. 이때 소위 의적 임꺽정이 나타났다. 사회가 이렇듯 혼란스러운 지경에 이르자 자연 국방이 허술해졌고, 그 틈을 노려 왜구가 기승을 부렸다.

중종 시대의 삼포왜란 이래 세견선의 감소로 곤란을 당해오던 왜인들은 1555년 배 70여 척을 이끌고 전라도 일부를 점령하는, 을묘왜변이 일어났다.

결국 이준경 등이 이끄는 군사에 의해 격퇴되었지만, 이 사건으로 우리 민족은 막대한 피해를 입었다. 이때 조선 조정은 중종 때 임시로 설치된 비변사를 상설 기구화하고 왜침에 대비하는 방안을 마련토록 했다.

이러한 조선 혼란의 근본 원인은 문정왕후에게 있었다고 해도 과언이 아닐 만큼 그녀는 악독했고, 왕권을 마음대로 뒤흔들어 나라를 혼란스럽게 했다.

드디어 모두가 바라던 문정왕후의 죽음(1565)을 맞자 조선은 그제야 평화를 되찾기 시작했다. 그와 더불어 문정왕후와 윤원형 세력이 사라지자 명종은 마음 놓고 선정을 펴는데 주력했다. 그러자 조정은 안정되고 사회도 점차 질서를 되찾아갔다. 하지만 명종은 문정왕후가 죽은 지 2년 후인 34세의 일기로 세상을 떠났다.

명종은 후사가 없자 평소 눈여겨 보아오던 하성군(선조)을 지목했다. 이로써 선조는 1567년 16세의 어린 나이로 조선 14대 군왕으로 등극했다. 즉위 초에는 인순왕후가 수렴청정을 했으나 이듬해인 17세가 되어서 선조에게 넘겨주었다.

선조는 즉위 초년에는 오로지 학문에 정진하고 또한 성리학적 왕도 정치의 신봉자가 되었으며, 이황, 이이를 나라의 스승으로 모시는 한편 기묘사화 때 얽힌 일을 매듭짓고 과거 시험 제도를 전격적으로 개편했다. 동시에 뛰어난 인재를 대거 섭렵하여 명종 시대의 혼란을 수습하고, 외척을 몰아내어 신권 중심의 정치를 구현한 결과 명종 시대에 비해 비교적 평화로운 시대로 전환되었다.

그러나 정국의 평화는 오래가지 못했다. 또다시 동인(김효원)과 서인(심의겸)으로 분리되어 당파 싸움을 하게 되었다. 그러던 중 1591년 세자 책봉 문제로 동인이 정권을 잡자 서인 정철에 대해 유혈 숙청을 하는 과정에서 의견이 엇갈려 동인은 다시 북인과 남인으로 갈라지게 되었다. 그 피비린내 나는 4대 사화가 끝이 났는가 했는데 또다시 이러한 사태에 휘말리게 되자 자연 조정은 쇠퇴해졌다. 그 틈을 타 이탕개의 난이 일어났지만 신립과 첨사 신상절이 그들의 소굴을 소탕했다.

그 당시만 해도 신립과 이일 같은 장군이 있어서 주변에서 깔짝거리는 왜구들을 거뜬히 물리칠 수 있었다.

이렇듯 조선은 건국 초부터 선조 대에 이르기까지 200년이 가까
위 오는 동안 내부의 분쟁 등으로 조금은 혼란스러웠으나 비교적
평화로운 시대를 보내고 있었다.

주달문은 생각했다. 모쪼록 조정에서도 당파 싸움에 연연하지
말고 언제까지나 이렇게 전쟁이 없는 평화로운 나라가 지속되기를
바랄뿐이다. 박 씨도 이제 점점 건강이 좋아지고 귀엽고 사랑스런
딸은 벌써 여섯 살이 눈앞에 다가온다. 논개는 자랄수록 지혜와 용
모가 남달랐다. 아직 어린 아이지만 뭔가 비장한 각오를 하고 있는
듯한 얼굴에는 굳은 의지가 서려있다.
　이 마을은 원래 '궐촌' 마을이었으나 공교롭게 주달문 가정이 이
주한 전후로 해서 주 씨 성을 가진 여러 가정이 이 마을을 찾아 들
어와서 이제는 주촌 마을이 되었다. 신안(新安) 주(朱) 씨는 중국
남송의 대유학자 주자(朱子)의 후예로, 명문가로서의 자존심을 긍
지로 삼고 있다. 주달문의 작은 아버지는 정삼품 통정대부를 지낸
바 있다. 주달문 또한 한학에 밝았으며 향리에서 청년자제들의 훈
학에 종사한 선비였다. 그런 만큼 주달문은 이 마을에서 학덕이 높
은 훈장으로 존경받았다. 주달문의 고매한 인품과 학식이 넉넉해서
인지 이웃 마을에서 주달문의 가르침을 받으려는 사내아이들이 더
러 있었다. 그 중 한 아동은 장차 과거 시험을 준비하기 위해 우선
서당에 와서 천자문, 동몽선습(童蒙先習) 등과 같은 기초과정을
배우기 위해 찾아왔다.

이제 서당도 체계가 잡혀가고 학동들의 훈육에 보람을 느끼며 생활하고 있었지만, 주달문은 언제부터인가 자신의 몸에 이상이 있다는 것을 감지했으나 혼자서 애태우고 있었다. 여리기만 한 부인 박 씨에게 도무지 말을 꺼낼 수가 없었다. 만약에 자신이 몸져 누워버린다면…, 그는 얼른 고개를 흔들어 버린다. 상상조차도 하기 싫었다.

그러나 인간의 운명을 거스를 자 누가 있을까. 막상 자신이 아직 세상 물정 모르는 여린 박 씨와 논개를 두고 먼저 세상을 떠날 것을 생각하면 아득했지만, 지금의 행복을 깨트리고 싶지 않았다. 늦둥이를 끼고 영원히, 영원히 함께 살고 싶었다. 그럴 수만 있다면 가는 세월을 칭칭 동여매어두고 싶었다.

세월은 주달문의 안타까운 마음은 아랑곳없이 하나의 계절이 가고 또 하나의 계절이 성급하게 다가오고 있었다. 주달문은 괜히 마음이 바빠졌다. 자신이 해야 할 일이 너무 많았다. 그러나 초조한 마음과는 달리 몸은 점점 나락으로 내려가고 있었다.

급기야 바람이 몹시 불던 어느 날, 기어이 몸져눕게 되었다. 이웃들과 학동들이 몰려들었다. 한 가정의 불행만이 아닌, 서당 훈장의 슬픔만이 아닌, 작은 산골 마을 전체의 근심이었다.

이웃들의 염려 덕분인지 주달문은 조금 기운을 차리는가 하더니 또 누워서 일어나지 못했다. 아직도 어린 논개가 아버지에게 좋다는 약초를 캐오는가 하면 아버지 곁에서 떠날 줄 모르고 간호를 하고 있었다. 모두들 어린 딸애의 정성을 봐서라도 일어날 것이라고 위로의 말들을 남기고 갔지만 주달문은 좀체 일어날 기미가 보이지 않았다. 밤낮으로 아버지 곁을 지키는 논개의 몰골은 말이 아니었다. 박 씨는 박 씨대로 논개는 논개대로 온 정성을 다해 간호했지만 이렇다 할 차도가 없었다.

저녁 무렵이었나. 집집마다 낮은 초가지붕 굴뚝 위로 저녁연기가 하얗게 피어오르고, 하루의 해도 서녘 하늘을 붉게 물들이며 서산으로 넘어가려는 찰나였다. 방 안에는 벌써 어스름이 찾아들고 작은 봉창으로는 마지막 남은 저녁노을 한 가닥이 비껴 들어와 아버지 옆에서 졸고 있는 논개의 얼굴 위에 너울거렸다.

주달문은 정신 줄을 놓지 않으려고 안간힘을 쓰며 간신히 눈을 뜨자, 어리디 어린 딸애가 아버지 곁에서 지친 듯 졸고 있는 모습을 보는 순간 가슴이 무너지는 것 같았다. 혼미한 중에서도 딸애의 손을 꼭 잡고 속울음을 토해냈다. 주달문은 이만큼이라도 정신이 있을 때 사랑하는 딸의 얼굴을 가슴속에 영원히 간직하고 싶었다. 이 어린 딸을 두고 어떻게 눈을 감을 수 있을까! 그는 자꾸만 사그라드는 정신줄을 놓지 않으려고 혼신의 힘을 다하고 있었다.

하늘 아래 피붙이라곤 유일한 주달무는 무엇이 그리 바쁜지 한 번도 나타난 적이 없었다. 어쩌다 얼굴을 삐쭉 내밀고는 형님이 어떠냐고 건성으로 묻는 게 고작이었다. 도무지 형님에게는 아예 관심이 없는 듯하다. 그보다 주달무의 얼굴은 항상 초조하고 무엇엔가 쫓기는 사람 같았다. 일가친척 하나 없는 박 씨는 때론 허접스러운 동생이라도 아픈 형 곁에 좀 있어 주기를 바랐지만 주달무의 꼬락서니를 보기도 힘들었다. 오히려 이웃이, 학동이 간간이 들러서 이것저것 보살펴 주었다. 그러나 주달문은 주위의 정성에도 아랑곳없이 점점 나빠지는가 싶더니, 이젠 정신이 오락가락했다. 여전히 논개는 아버지 옆을 떠나지 않고 아버지만 지켜보고 있었다.

산 아래는 낙엽이 발목을 잠기게 하고 아침저녁으로 제법 쌀쌀한 날씨가 이어지던 어느 늦은 오후, 갑자기 논개가 숨이 넘어갈 듯이 아버지를 부르는 소리에 박 씨가 약탕관을 집어던지고 방문을 열자, 그 참담한 광경은 차마 눈뜨고 볼 수 없었다. 그 어린 딸아이가 방금 약지를 깨물어 아버지의 입에 피를 흘리며 "아버지, 아버지…"를 애타게 부르고 있었다. 끝내 주달문은 모두를 저버린 채 그렇게 훌훌히 떠나버렸다.

_ 2 _

운명의 장난

마음 같아선 당장 시동생을 잡아 족치고 싶었다. 인간의 탈을 쓰고 그럴 수는 없노라고.

모녀가 가야할 길은 단 하나였다. 선택의 여지도 없었다. 가지고 가야할 것도, 굳이 챙길 것도 없었다. 박 씨는 부들부들 떨려 정신을 차릴 수 없었다. 아무리 날짜를 되짚어 보려 해도 머리가 하얘져서 도무지 아무것도 떠오르는 게 없다. 다만 오늘 밤을 이용해 몸을 피신해야 한다는 생각만이 머리에서 맴을 돌 뿐이다.

'그래, 오늘이 그믐이래도 좋고 초승이래도 좋다. 악귀를 만나도, 흉악한 도적을 만나도, 짐승을 만나도 좋다. 잘못하다간 그 자들에게 붙들리면 큰일이 아닌가!'

남편의 슬픔도 채 가시기 전에 이게 또 무슨 날벼락이란 말인가. 박 씨는 천근이나 되는 몸을 일으켜 기운을 차렸다. 화가 나고 분통이 터질 것 같으니 천 리 길도 단숨에 갈 것 같았다.

　세월은 이들의 슬픔을 아는지 모르는지 한 치의 어긋남도 없이 여전히 흘러가고 있었다. 이제 모녀는 누구 하나 의지할 곳도 없었다. 모든 게 허망하고 참담하기만 한 날들이 그들 사이를 비집고 아무런 의미도 없이 흘러갔다. 그래도 이웃에서 물심양면으로 보듬어 주어서 허허벌판에 내몰리는 기분은 조금은 덜어진 것 같았지만, 갈 길이 천리 같았다.

　남편을, 아버지를 잃은 슬픔에 앞서 인간이기에 입에 풀칠을 해야 했다. 논 한 뙈기 밭 한 뙈기도 없는, 그야말로 비빌 언덕도 없는 처지였다. 그래도 이웃이 있었기에 조금씩 발돋움을 할 수 있었다. 집집마다 십시일반으로 양곡을 모아오는가 하면 농사철에는 논일과 밭일을 거들어주며 그날그날을 이어갔다. 여전히 삼촌이란 자는 코빼기도 보이지 않았다. 웬만하면 그가 의논의 대상이 될 수 있었을 텐데 오히려 짐이 될까 두렵기만 한 존재였다.

　어느 날이었다. 남편 주달문이 가고 그렇듯 어려움을 겪는 동안 한 번도 나타나지 않던 주달무가 난데없이 아침 일찍 모녀 앞에 얼굴을 내밀었다. 그의 몰골은 눈뜨고 보기 민망할 정도로 꾀죄죄했다. 보나마나 또 노름빚을 피해 다니는 신세겠지. 주달무는 얼굴을 똑바로 들지도 못한 채 난생 처음 형수에게 미안하다는 말을 했다.

　"형수님, 형님도 가시고 얼마나 힘들었겠어요. 명색이 시동생이

랍시고 아무 도움도 못 되고 위로도 못해 드려 형수를 볼 낯이 없습니다."

갖은 감언이설로 지껄이다 돌아갔다. 박 씨는 무언가 어려운 말을 할 듯하면서도 끝내 입을 다물고 돌아간 게 내내 찜찜했다. 그래도 그때까지만 해도 좋았다.

박 씨는 하루해가 이렇듯 길다는 것을 오늘에야 깨달았다. 며칠 전 주달무의 날벼락 같은 편지를 읽고 난 지금까지 가슴이 타들어가는 듯한 초조함으로 해가 지기를 기다렸다. 혹 주달무나 김풍헌이 나타나 모녀의 앞길을 가로막을까 심장이 오그라드는 듯했다.

이윽고 땅거미가 질 무렵 그 누구도 눈치 채지 못하게 논개의 손을 잡고 도둑고양이마냥 용하게 집을 빠져 나와 산 위에 올랐다. 눈물이 펑펑 쏟아지는 것을 간신히 참고 남편 주달문과 딸아이와 함께 꾸렸던 행복의 보금자리인 산 아래 초가를 내려다본다. 산속에 포근히 안겨있는 정겨운 초가들이 어스름을 비집고 한눈에 들어온다. 몇 가구 안 되는 집집마다에는 호롱불 빛이 가느다랗게 새어나오고, 이제 막 일을 마치고 돌아온 식구들이 옹기종기 모여 앉아 정담을 나누며 저녁식사를 하고 있을 그네들이 가슴 저리도록 부러웠다.

박 씨는 그 자리에 퍼질러 앉아 통곡이라도 하고 싶은 마음을 간신히 추슬렀다. 20년 넘는 세월을 이웃들과 함께 울고 웃던 때가 엊그제 같은데 이웃들에게 마지막 인사도 나누지 못하고 쫓겨 가야 하는 신세가 되다니. 이 어린 것이 무슨 죄가 있단 말인가. 아직도 솜털이 가시지 않은 어린아이를 두고 천하에 몹쓸 인간이 그런 수작을 꾸미다니. 분한 마음에 짐승만도 못한 시동생의 멱살이라도 붙잡고 담판을 짓고 싶지만 그러다간 꼼짝 없이 당할 수밖에 없었다. 우선 피하는 게 상책이다. 가만히 앉아서 당할 수는 없다.

육십령 고개, 그땐 하늘같은 남편이 있지 않았던가. 도적과 짐승들이 들끓는 밤길을 가야 한다는 것은 장정으로서도 엄두도 못 낼 일이다. 악에 받쳐, 설움에 받쳐 논개의 손을 붙잡고 나왔지만 생각하면 아득하기만 하다.

"힘을 내자. 아직 초입에도 들어서지 않고 지레 겁을 내다니. 짐승들도, 도둑들도 우리 모녀의 이 서럽고 딱한 사정을 알면 순순히 길을 비켜줄 거야. 용기를 내자."

순간 논개의 여리디 여린 손을 더욱 힘주어 꼭 잡는다. 살림을 합치자고 할 때 뭔가 낌새를 눈치채야 했다. 자신의 한 몸도 건사하지 못하는 주제에 어떻게 조카와 형수를 책임질 수 있단 말인가.

비가 억수같이 퍼붓던 점심나절, 발끝에서 머리끝까지 비를 함빡 맞고 들어서는 주달무를 보자 괜히 가슴이 철렁했다. 주달무는 흠뻑 젖은 그대로 툇마루에 털썩 걸터앉더니 그때 하지 못한 말을 꺼냈다. 어디서 술을 된통 마시고 왔는지 술 냄새가 지독했다. 내용인즉 살림을 합치자는 것이었다.

"형수님, 천지간에 형수와 조기기 의지할 데기 이디 있딘 말인가요. 세상은 그렇게 녹록치가 않아요. 형수같이 세상 물정 모르고 형님 그늘 아래서만 살던 사람이 앞으로 논개 데리고 어떻게 이 험한 세상을 헤쳐 나갈 작정이에요? 이 넓은 세상에 피붙이라곤 누가 있어요. 이제 겨우 6살이 될까 말까한 논개가 불쌍하지도 않나요. 저도 이젠 옛날 주달무가 아니에요. 이제야 철이 드는가봐요. 아무리 못난 시동생이지만 어린 조카와 형수님을 건사하지 못하겠어요? 형님 가시고 형수님 걱정에 일이 손에 잡히지 않았어요. 아무 생각 마시고 우리집에 갑시다. 부족하지만 이제 제가 모시겠어요."

박 씨는 몇 날 며칠을 거듭 생각해 보았지만, 한편으론 무슨 꿍꿍이속인지 가늠할 수 없었고 또 다른 한편으론 시동생의 말이 고마워 눈물이 날 지경이었다. 주위에선 뭐니 뭐니 해도 핏줄은 다른 거라며 감탄까지 하지 않았던가. 결국 그를 믿고 살림을 합치지 않았던가. 처음엔 그래도 모녀를 위하는 척 하더니 제 버릇 개 못 준다더니 금방 그 행세가 나왔다. 어린 조카를 사랑하기는커녕 부려 먹지 못해 안달이 났다.

여전히 주달무는 집에 들어오는 시간이 들쭉날쭉이었다. 아예 며칠씩 들어오지 않는 날들이 허다했다. 때론 일이 잘 풀리지 않는지 집에 들어오면 형수를 모시기는커녕 모녀에게 갖은 행패를 다

부렸다. 도저히 불안해서 견딜 수가 없었다. 그래도 논개와 함께 있을 때 천국이었다. 박 씨는 당장이라도 논개를 데리고 나가고 싶었지만 천지간에 모녀가 몸을 부려놓을 공간은 어디에도 없었다. 모녀가 살던 초옥은 어느새 주달무의 노름빚으로 남의 손에 넘어가 버린 지 오래였다. 사는 게 생지옥이었다. 생각 같아선 논개를 데리고 어디든 멀리멀리 떠나고 싶어도 그들에겐 뾰족한 수가 없었다. 그런 그를 믿은 게 불찰이었다.

동네에서 소문난 망나니로, 게다가 주색잡기로 둘째가라면 서러울 정도로 바람둥이요, 시러베자식이었다. 아버지가 계실 때 조금 있던 재산마저 노름판에, 유흥가에 다 갖다 바쳤다. 그러나 그의 부모는 오히려 불쌍하다느니, 어쩌느니 하며 싸고돌았다. 그런 잘못된 편견이 주달무를 이 지경으로 만들었는지 모른다.

아무리 다급해도 하나뿐인 어린 조카를 배냇병신에게 팔다니. 박 씨는 허겁지겁 마을을 벗어났는가 했는데 그제야 참았던 눈물이 펑펑 쏟아진다. 아직도 자신에게 흘릴 눈물이 남아있기라도 하단 말인가! 날은 점점 어두워지고 발걸음이 제대로 놓이지 않는다. 몇 번이나 발을 헛디뎌 넘어지려는 것을 논개가 간신히 붙잡는다.

어디쯤일까, 박 씨는 또 한 번 두고 온 동네를 뒤돌아본다. 어두워서 보이진 않지만 수십 년이나 정을 나누며 살아온 동네를 꿈엔들 그릴 수 없을까. 논개는 금방이라도 울음을 터트릴 것 같은 얼굴로 박 씨를 쳐다보기만 한다.

"논개야, 이렇게 귀여운 우리 아가를 부모 잘못 만나 이처럼 고생을 시키는구나."

"엄마, 그런 말씀 마셔요. 저는 엄마와 함께 있으면 어디든지 좋아요. 난 엄마와 잠시도 떨어지기 싫어요."

"그래, 아가야, 우리 이 밤에라도 짐승 같은 자들의 눈을 피해 어디든 멀리멀리 도망가서 살자꾸나."

그저께였다. 박 씨는 아직도 남편을 보낸 설움에 몸을 추스르지 못하고 있는데 밖에서 인기척이 났다. 간신히 몸을 일으켜 방문을 열자 난생 처음 보는 수염이 텁수룩한 4,50대 남자가 마당에 엉거주춤 서 있다가, 다짜고짜로 주달무의 심부름이라며 쪽지 하나를 마루 끝에 던져두고 쏜살같이 달아나버렸다. 밉던 곱던 한 지붕 아래 살던 시동생이 소문만 무성하고 오랫동안 얼굴 한 번 비추지 않다가 보내온 전갈이라기에 얼른 쫓아 나갔지만, 시동생의 안부를 묻기도 전에 그는 자취를 감추어 버렸다.

노름빚에 쫓기다가 이제는 무슨 돈이 있는지 노름판과 색주가를 떠돌며 돈을 흥청망청 쓴다는 소문이 들려왔다. 그러한 소문이 자자하던 어느 날, 주달무가 오랜만에 집에 왔지만 뭔가 불안한 듯한 모습에 박 씨의 얼굴도 제대로 바라보지 못하고 또다시 훌쩍 나가버렸다. 그러고는 감감소식이어서 무슨 큰일을 저지를 것 같은 불안감에 싸여 있던 차였다. 주달무가 보낸 사람이라기에 그의 소식을 물어보려 했지만 쪽지만 훌쩍 던지고는 달아나다시피 가버렸다.

그래도 시동생이라 궁금해서 얼른 쪽지를 펼쳐보다 박 씨는 까무러칠 뻔한 마음을 간신히 진정시켰다.

"형수님, 빈대도 낯짝이 있다고 인간의 탈을 쓴 이놈이 어떻게 형수님 면전에서 이런 말씀을 드릴 수 있겠어요."

형과는 달리 겨우 언문은 터득한지라 비뚤비뚤 쓴 글씨를 가까스로 뜯어보았다.

"어쩌다가 제가 평생 인간다운 짓을 하지 못하고 항상 아버지와 어머니의 마음을 아프게 해드린 불효자가 되었습니다. 지금 와서 후회해 본들 무슨 소용이 있겠습니까만, 형수님 한 번만 저를 용서해 주신다면 저도 이젠 인간답게 살아보렵니다.

형수님, 형님도 가시고 이 넓은 하늘 아래 제 어린 조카와 형수님밖에 또 누가 있겠습니까. 지금도 조카의 그 귀여운 모습이 눈에 삼삼합니다.

형수님, 화내지 마시고 모쪼록 제 얘기를 끝까지 들어보세요. 요즘은 아무리 양반이라 한들 돈이 없으면 아무 짝에도 쓸모없는 세상이 아닙니까. 지금 우린 아무것도 가진 게 없잖아요. 우린 그렇다손 치더라도 아직 논개는 살 날이 창창한데 이 각박한 세상을 맨주먹으로 살아간다는 건 생각도 못할 일이지요.

그래서 제가 고민 끝에 얻은 결론이었어요. 이웃 마을에 토호 김풍헌을 잘 아시지요? 그래도 이 지방에선 떵떵거리며 살잖아요. 마침 김풍헌을 만나 이런저런 얘기 끝에 형님 얘기가 나와서 형수님이 어린 조카와 우리 집에 함께 기거한다고 했더니 무척 애석해 하더군요. 자연 조카 논개 얘기가 나왔지요. 이직 어리지만 친하일색이라고 했더니 가만히 듣고 있던 김풍헌이 갑자기 무릎을 탁 치면서 좋은 방안이 떠올랐다고 하데요.

말인즉슨 김풍헌의 맏아들이 그럭저럭 하다가 보니 아직 미혼인데 논개와 짝을 지어주면 어떻겠냐고 하더군요. 나도 처음엔 펄쩍 뛰었지요. 아직도 솜털이 가시지 않는 귀여운 조카를 배냇병신에게 주다니요. 어림도 없는 일이지요. 그러나 김풍헌의 얘기를 곰곰이 생각해 보니 그렇게 나쁜 일도 아니다 싶었어요. 이 기회에 지금까지 고생한 논개도 가난을 다 떨쳐버리고 부잣집 맏며느리로 시집가서 호강도 하고 귀여움을 듬뿍 받고 살면 얼마나 좋겠어요.

참, 신랑 될 사람은 아시다시피 몸이 좀 불편한 것이 흠이지요. 그러나 살다 보면 언젠가 묻혀 지겠지요. 언제까지나 가난에 찌들려 사는 것보다 그 편이 훨씬 나을 것 같아서요. 그래서 형수님께 물어볼 시간도 없이 저 혼자서 엉겁결에 그만 허락을 하고 말았어요. 그쪽에서도 참 좋아했어요.

사주단자는 제가 벌써 받아 두었어요. 머잖아 집에 가서 형수님 드릴게요. 그래서 신랑 집에서 신부 쪽에 택일을 받아야 한다고 모월 모시에 신랑 집에서 사람이 갈 겁니다…"

거기까지 읽는데 가슴이 뛰어서 간신히 뜯어 읽었다. 아직도 엄마의 치맛자락을 붙잡고 응석을 부릴 어린 아이에게 그 무슨 해괴

망측한 소리란 말인가. 눈에 넣어도 아프지 않을 딸애를 배냇병신에게 팔다니, 하늘이 두 쪽이 나도 그럴 수는 없다.

이제 겨우 여섯 살인 논개는 풀숲을 헤치며 따라오느라 종종걸음을 하고 있다. 박 씨는 걸음을 늦추며 논개를 돌아본다.

'저 어린 것을 데리고 아직 고스란히 남아있는 크고 작은 60개의 고개를 무슨 수로 넘어야 하나.'

여기서 안의현으로 가자면 소백산맥의 태산준령을 허다하게 넘어야 하는데. 그러나 걸음을 늦출 수는 없다. 당장이라도 김풍헌이 앞길을 가로막으며 어딜 가느냐고 달려들 것만 같은 생각에 허둥지둥 달려가느라 몇 번이나 돌부리에 채이고 넝쿨에 걸려 넘어지기도 했다. 그렇게 허겁지겁 달려오다 보니 어둑어둑하던 산길이 차츰 밝아지는 듯했다.

그제야 하늘을 보니 군데군데 떠 있던 뭉게구름은 씻은 듯이 걷히고 하늘 끝에 반달이 모습을 드러냈다. 아, 오늘이 여드렌가. 하긴 여드레면 어떻고 열흘이면 어떤가. 달이 밝아도, 달이 없어도 걱정이었다. 아직 고갯마루까지 가자면 60리가 자부룩하게 남아있다. 부지런히 가면 사(巳)시(9시−11시)까지는 갈 수 있지 않을까.

불행 중 다행인 것은 달빛이 산길을 비춰 주었다. 논개는 달빛에 비친 나무 그림자를 보고 제풀에 놀랐는지 박 씨의 치맛자락을 움켜잡는다. 가만히 생각하니 논개에게 아직 그 연유를 말할 시간도 없었을 뿐 아니라, 차마 삼촌이란 자가 그런 엄청난 일을 저질렀다는 말이 선뜻 나오지 않는다.

저 멀리 숲속에서 간간이 들려오는 짐승들의 울음소리에 몸이 오싹해진다. 논개도 순간 깜짝 놀라는 것 같다. 모녀는 서로 내색은 하지 않지만 밤길이 무척 두렵고 떨린다.

박 씨는 육십령 고개를 넘나들며 광주리장사를 하는 아주머니들의 말이 자꾸만 떠오른다. 그들은 날이 저물면 아예 육십령 고개를 넘어 갈 생각을 않는다고 했다. 산길을 가다가 도적 때는 물론, 여우나 개호지를 만나면 그날로 세상 구경을 못한다고. 개호지란 놈은 영악하기로 치자면 여우보다 더 영악한 놈으로 밤길을 가는 사람에게 흙을 퍼부어 눈을 뜨지 못하게 한 후 사람을 헤친다고 한다. 박 씨는 이래서는 안 되겠다 싶어 억지로라도 머리를 흔들어버리고 옆에 바짝 붙어 따라오는 논개에게 먼저 안심을 시켰다. 새삼 고사리 같은 논개의 손을 꼭 잡는다.

"논개야, 엄마 따라 오느라 힘들지? 우리 딸은 이 엄마가 있으니 너무 무서워 말고 엄마만 믿고 따라 오렴. 엄마는 귀여운 우리 딸만 있으면 어디든 갈 수 있어. 우리 딸도 그렇지?"

"예, 어머니, 저는 어머니와 함께라면 하나도 힘들지 않아요. 저도 이젠 다 컸단 말이에요. 네 살짜리 코흘리개가 아니란 말이에요."

박 씨는 논개의 말에 새삼 동지를 만난 듯 힘이 솟구친다. 그래, 내 사랑하는 딸 논개와 함께라면 어딘들 못 가겠냐. 그렇듯 두 모녀는 서로를 의지하며, 우선 마을을 벗어나기 위해 무서움도 잊은 채 허둥지둥 달려갔다.

어디쯤 왔는지 정확히는 모르지만 어림잡아 마을을 완전히 벗어난 것 같다. 그자들이 사람을 시켜 우리 모녀 뒤를 따라 잡으러 오는 건 아닌가, 했는데 우선 그들의 시선에서 조금은 벗어난 듯하다. 달은 저만치에서 기구한 운명에 처한 모녀를 애처로운 듯 말없이 굽어보고 있다.

"논개야, 지금부터 이 엄마의 말을 잘 들어야 해."

"예 어머니, 무슨 말씀이든지 하셔도 돼요."

삼촌의 망나니짓은 논개도 익히 알고 있다. 그렇게 살림을 합치자더니 모녀가 살고 있던 초옥마저 어느새 노름빚에 팔아넘긴 것을 생각하면 울화통이 터지지만 이제 와서 어쩔 수 없었다. 그나마 처음엔 하나뿐인 조카를 귀여워하는가 싶더니 조금 지나자 공공연히 논개를 함부로 부려먹었다. 그래도 착하기만 한 논개는 삼촌의 말이라면 입에 혀같이 해주었다.

그러나 그 모든 건 고사하고라도 이 어린 것을 배냇병신에게 팔다니. 하늘이 무너져도 그럴 수는 없었다. 어떻게 어린 논개를 두고 그런 수작을 부린단 말인가.

사지육신을 마음대로 쓰지 못할 뿐 아니라 벙어리에, 백치에 거기에 한술 더 떠서 귀머거리인 병신을 어디에 견준단 말인가. 인간 구실을 못할 뿐 아니라 김풍헌의 집에서 쉬쉬하며 숨겨 놓고 산다고 하지 않던가.

주달무의 말로는 김풍헌이 먼저 논개를 탐을 냈다지만 그건 새빨간 거짓말이었다. 주달무가 그간 노름빚에 이리 쫓기고 저리 쫓긴 건 세상이 다 아는 사실이다. 어린 조카를 배냇병신에게 팔아 그 돈으로 노름빚을 갚으려 하더니, 정말 인두겁을 쓰고는 그럴 수는 없었다.

박 씨는 차마 입에서 나오지 않는 말을 간신히 꺼냈다. 엄마의 얘기를 듣고 있던 논개는 깜짝 놀란다.

"어머니, 저는 어머니를 떠나선 살 수 없어요. 싫어요, 전 병신이 아니라, 훌륭한 신랑감이래도 어머니와 헤어지는 건 하지 않을래요."

그때 모녀가 걸어가는 몇 발자국 앞에서 갑자기 부스럭거리는 소리가 나자 깜짝 놀라 서로 부둥켜안고 소리 나는 곳을 보았다. 한참 후에야 '휴우' 하고 안도의 숨을 쉴 수 있었다. 아마 날짐승들이 모녀의 발자국 소리에 놀랐는가 보다.

모녀가 오늘 밤 넘어야 할 육십령 일대는 먼 옛날 삼국 시대로 거슬러 올라가면 신라와 백제가 자리다툼으로 치열하게 싸우던 전쟁터였다. 결국 백제는 신라에게 무너지고 그 일대에 신라군이 병기를 숨겨둔 장소인 군장동이 있는 고갯마루를 또다시 넘어야 한다. 그래도 그땐 시부모님과 든든한 남편이 있지 않았던가.

벌써 자시(子時)가 가까워 오는지 달은 금방이라도 기울어질 것만 같다. 혹이나 이곳까지 따라올지도 모를 김풍헌 사졸들과 짐승과 도적 떼를 의식하고 가려니 길은 더 멀고 험하기만 한 것 같다.

산속이라 길이 버젓이 있는 것도 아니어서 산길을 어림잡아 자꾸만 걸어간다. 가녀린 여인들이 넘기엔 너무나 험한 길이었다. 박 씨도 어린 논개도 지치기는 매한가지였다. 그래도 논개는 힘들다는 말 한마디 없이 오히려 어머니를 걱정한다. 모녀는 서로가 서로를 격려하고 의지하며 험한 산길을 한없이 걷는다.

얼마나 걸었는지 이제 달빛은 간곳없고 말간 하늘에는 별들만 총총 빛을 발하고 있다. 울울창창한 산길을 그들은 걷고 또 걸었다. 지치고 쓰러지더라도 그들은 걸어가야만 했다. 산짐승이 앞에 와서 가로막는다 해도 사지육신을 쓰지 못하는 병신에게 저 어린 자식을 줄 수는 없다. 모녀는 마음속으로 다짐하고 또 다짐하며 험한 산길을 악에 받쳐, 설움에 받쳐 걸었다.

그들의 갈 길은 이미 정해져 있었다. 박 씨의 친정집 외에는 천지간에 갈 곳이 없었다. 이미 부모님들은 세상을 떠나고 논개의 외삼촌이 고향인 경남 함양군 안의현에 그대로 살고 있다.

이윽고 모녀가 밤낮을 걸어서 장정도 넘기 힘들다는 육십령 고개를 거의 넘어온 듯했다. 뒤를 돌아보았다. 도무지 믿기지 않았다. 어떻게 이 어린 딸과 장정도 넘지 못한다는 저 무시무시한 육십령 고개를 무탈하게 걸어왔단 말인가. 아마 도적 때도, 말 못하는 짐승들도, 불쌍한 모녀의 기막힌 사정을 미리 알고 나타나지 않았는가 보다. 얼마나 가슴 졸이며 걸어 왔던가. 그러자니 박 씨와 논개의 몰골은 말이 아니었다. 더구나 여섯 살 난 꼬마가 걷기엔 무리였다. 이제 그녀들은 발을 떼어놓는 게 아니라 두 다리를 질질 끌며 걸어야만 했다.

박 씨는 그제야 안도의 숨을 쉬며 어린 딸애와 함께 넘어지랴 쓰러지랴 발걸음을 떼어놓고 있는데, 갑자기 논개가 깜짝 놀라내 "어머니 저긴 어디예요?" 하는 바람에 놀란 가슴이라 정신이 아찔했다.

박 씨의 친정집인 안의현에 가려면 육십령 고개를 넘어서 아름답기로 유명한 남강 줄기인 화림동 계곡을 거쳐야 한다. 일찍이 함양의 선비들이 자연과 더불어 요산요수(樂山樂水)하며 음풍농월(吟風弄月)을 즐기던 계곡은 이제 막 여명을 맞아 물안개가 서서히 피어오르는 사이로, 하얀 포말을 일으키며 아래로 떨어지는 폭포수가 주위 기암괴석과 푸르른 소나무 숲에 어우러져 그야말로 장관을 이루었다.

어느새 여기까지 왔던가. 이제 조금만 더 가면 박 씨의 친정집에 갈 수 있다. 그러나 긴장을 풀기엔 아직 이르다. 마음 같아선 이 아름다운 자연에 묻혀 맑고 청아한 계곡 물소리를 음미하며 잠시라도 지친 육신을 부려놓고 싶지만 한가하게 앉아 있을 수 없다. 아직도 떨리는 가슴을 진정할 수 없었다. 그래도 그 험한 육십령 고개를 모녀가 무사히 넘어왔다는 것에 감사했다.

그럭저럭 해는 서산으로 넘어가고 산중에는 어둑살이 밀려오고 있었다. 모녀는 지칠 대로 지쳐 있었다. 조금만 더 조금만 더, 이제 마지막 남은 모퉁이만 돌아가면 박 씨의 친정인 함양군 안의현에 도착한다. 모녀는 걷고 또 걸었다. 마지막 남은 힘을 다해 걸어가자

드디어 눈앞에 나타난 낯익은 풍경에 모녀는 서로 끌어안고 울음을 터트렸다.

모녀가 박 씨 친정집에 도착한 것은 해시(亥時 : 저녁 9시 부터 11시)경이었다. 동생 내외가 늦은 잠자리에 들려는 찰나, 밖에서 들려오는 요란한 대문 두드리는 소리에 나가보니 대문 기둥에 매달려 기진맥진해 있는 모녀를 발견했다. 그들은 친정집에 도착하자마자 말 한마디 못하고 그대로 쓰러져버렸다.

_ 3 _

솔로몬의 지혜

태초에 하나님이 천지를 창조하시고, 에덴동산의 아담과 하와의 죗값으로 세상에 죄악이 들어온 후부터 인간은 땀을 흘려야 살아갈 수 있으며, 그와 더불어 인간 세상에는 크고 작은 다툼이 생기기 마련이었다.

그가 장수 현감으로 온지도 2년여가 되었다. 이 고을의 현감인 최경회는 덕망이 높고 인품이 훌륭하신 분이라 송사를 할 때도 항상 백성들을 위한 선정을 베풀었다.

그는 16세에 혼인을 하여 이듬해인 1548년(명종 3년)에 송정 양응정 문하에 들어가 수학하였다. 1557(명종 12)에는 고봉 기대승 문하에서 수학하였고, 총명하고 기골이 장대하며 학식과 무예가 뛰어나 신유년(명종16)에 생원 진사에 통과하고 정묘년(명종 22)에 문과에 장원으로 합격하신 분이었다. 일찍이 양응정 선생께서는 그의 총명함과 인품을 보시고 "그릇이 크고 성품이 강직해서 나중에 어떤 어려움이 닥쳐와도 굽히지 않을 것이라"고 칭찬했다. 1552년(명종 7년) 8월에는 부친상을 당해 3년간 시묘살이를 극진히 해서 이웃 사람들의 마음을 감동시키기도 한 효자이시다.

그는 고려 명문 해주 최 씨로 최충(崔沖) 선생의 16대 손이며, 증 승지인 최윤범을 할아버지로 모시고, 증 영의정 최헌부를 아버지로 모셨다. 그렇듯 훌륭한 가문에서 자라난 그는 유교의 덕목을 가치 기준으로 삼아 사회적 이상을 제시해 왔다. 충(忠)과 효(孝)를 가장 으뜸으로 여기고, 행실과 예절을 바르게 하는 유교 사상이 몸에 배인 사람이다. 이어 1577년(선조 10년)에 장수 현감으로 부임하여 지금에 이르렀다.

이날은 다른 날과는 달리 어떤 송사가 있는지 관아의 바깥마당에는 사람들 소리가 시끌시끌했다. 논개와 그의 어머니 박 씨 역시 사람들이 득실거리는 민원실까지 끌려와 어찌할 바를 모르고 벌벌 떨고 있다. 난생 처음 관아에 와보는 모녀는 칼을 찬 수령들을 보자 무서워 떨기부터 했다.

남정네들도 넘기 어렵다는 육십령 고개를 연약한 여자의 몸으로 이틀이 걸려 친정집에 도착한 박 씨 모녀는, 대문을 붙잡고 그대로 쓰러져 버렸다. 이튿날 낮이 되어 정신이 들자 박 씨의 동생과 올케가 근심스러운 듯이 들여다보고 있었다. 그제야 자초지종을 들은 그들 내외는 논개 삼촌의 비인간적인 행위에 분개하며, 이젠 아무 걱정 말고 함께 지내자고 하는 동생 내외가 한없이 고마웠다.

"히늘이 무너저도 솟이날 구명이 있다"고 하듯이 처음 끔찍한 일을 마주했을 땐 앞이 캄캄했지만, 그래도 이렇듯 반갑게 맞아주는 형제가 있다는 것만으로도 고마울 따름이었다. 오랜만에 모녀는 무겁던 몸과 마음을 내려놓고 편히 쉴 수 있었다.

갑자기 당한 일이라 깊이 고심할 겨를도 없이 우선 짐승 같은 자들을 피해 이곳으로 피신해 오긴 했지만 생각하면 황당하기 그지없었다. 다만, 저렇듯 어리고 귀여운 딸자식의 일생을 백치 불구에게 묶어둘 수 없다는 생각뿐이었다. 수십 년이나 이웃과 정을 나누던 마을을 눈 깜짝할 사이에 떠나와 버린 셈이었지만, 차츰차츰 이곳에 익숙해질 수 있었고 동생 내외를 따라 밭에도 나가며 가능한 한 그들의 도움이 되려고 노력했다. 논개 또한 어린애답지 않게 그들의 일손을 도와주었다.

최경회는 이날따라 아침부터 분주히 서둘렀다. 항상 단정하게 관복을 차려입고 조금도 흐트러짐 없이 행동하며 송사를 할 때도 어느 한 곳에 치우침 없이 공정하게 재판하자 고을민들에게 존경의 대상이 되었다.

점심시간이 자나자 민원실에서 초조하게 기다리고 있던 무리들이 순식간에 동헌 마당을 메웠다. 이날따라 오전에는 묘지 관계로 숨 가쁜 재판을 하고 오후에는 점심을 먹는 둥 마는 둥 하자 연이어 재판할 시간이 되었다. 혹이나 자신의 과오로 주민들이 억울한 일을 당하지 않을까, 작은 일에도 심혈을 기울이며 공정한 판단을 하려는 최경회는 연이어 있는 재판에 자신이 부덕한 탓이 아닌가 하는 자괴감이 밀려온다. 하긴 재판을 공정히 하는 것도 중요하지만 교화로서 고을 주민들을 잘 다스려 무송(無訟)의 고을을 만드는 것을 가장 바람직하게 여겼기 때문이다.

조선은 건국 초기부터 성리학의 이념과 이론에 따라 덕치주의를 내세워 유교적 이상 정치를 하고자 하였다. 실제로 조선 시대 때 관에서 시행한 정책 중에는 소송을 제한하는 내용과 관련한 것들도 있었다. 우리나라가 '동방예의지국'이라 일컬어지는 것은 상고 시대부터였다. 예(禮)를 좋아하고 예가 발달한 나라였다. 예(禮)는 인간 삶의 중대한 일에서부터 이웃과의 일상적 교제, 특히 교화 수단으로서의 예와 도덕규범의 핵심이 되는 것을 예라 할 수 있다. 그런 만큼 법으로 다스리기보다 교화를 통해 소송이 없는 무송(無訟)의 경지, 즉 형벌과 다툼이 없는 고을을 만드는 게 가장 이상적인 고을로 간주하였다.

드디어 오후 재판이 시작되자 동헌 뜰 앞에는 술렁이기 시작했다. 이윽고 드높은 마루 위에 재판관인 수령이 앉아 있고, 마당에는 소송에 관계된 인물들이 중앙에 앉았으며 이들 좌우로 관리들이 늘어서 있다. 보기만 해도 숨막히는 광경이 아닐 수 없다.

관에 소송장을 내는 시기는 춘분 후부터 추분 전까지는 형사 사건이나 도망 노비 문제 등 중대 사건이 아닌 잡송은 소송을 수리하지 않도록 되어있다. 바쁜 농사철에 혹 농사일을 망칠까 함이다. 또한 지방 양반들은 향약(鄕約) 등을 통해 사회 문제를 자체에서 처리했으며 웬만한 일들은 관까지 끌고 가는 대신 양반들의 논의로 잘 처리하도록 했다. 그러고 보면 오후의 이 소송도 무게 있는 소송이 아닐 수 없다.

최경회는 오후 시간이라 몸과 마음이 나른해지는 것을 느끼며 뜰 앞에 꿇어 엎드린 자들을 가만히 내려다보았다. 뜻밖에도 관아 앞마당에는 전에 없이 어린 여아와 그의 어머니가 피의자로 끌려나와 벌벌 떨고 있었다.

얼핏 보아도 영특하고 총명해 보이는 여아는 어머니와는 달리 자신이 처해 있는 상황에 어리둥절해 하면서도 무언가 스산한 분위기를 파악하려는 듯이, 연신 초롱초롱한 눈동자를 굴리고 있는 것이 한편 귀엽기도 하고 조금은 당돌해 보이기까지 했다.

도대체 무슨 일로 저 어린아이가 이곳에 끌려왔는지 궁금했다. 최경회는 처음 장수 땅에 부임했을 때만 해도 이 지역의 실정에 어두워서 난처할 때도 있었지만 2년여가 가까운 지금은 이곳 실정에 훤하다.

얼굴에 불만을 잔뜩 담은 형방이 마지못한 듯 한발 나와 김풍헌이 주달무와 박 씨를 상대로 낸 소장을 읊조린다. 실로 아전들은 일정한 봉급이 없었다. 형을 다스리는 관리들이 재량껏 그들과 협의해서 뇌물을 받아 살라는 것밖에 안 되었다. 그들은 국가에서

금주령이라도 내릴 때면 아전들은 주머니를 크게 채울 수 있는 기회였다. 까무잡잡한 얼굴에 키도 그리 크지 않은, 금방 보아도 깐깐해 보이는 형방은 아마 뜰 앞에 엎드려 있는 자들과 교섭이 그리 신통하게 되지 않은 모양인가 보다. 그렇다고 수령이 함부로 형방을 꾸짖을 수도 없는 입장이라 수령은 애써 모른 체할 수밖에 없었다.

형방이 부은 목소리로 읽어 내린 소장의 내용은 그리 흔치 않은 일이었다. 그 지방에서 토호 김풍헌이라 하면 모르는 사람이 없었다. 더구나 쉬쉬하며 방 안에만 가두어두는 서른 살 되는 백치 불구인 그의 아들도 모르는 이가 없었다. 내용인즉슨, 김풍헌이 부지불식간에 당한 억울함을 하소연할 곳이 없어 이곳까지 오게 된 것을 이해해 달라는 문구를 서두로 이야기는 시작되었다.

지난 초겨울이었다. 하필이면 그날은 아침부터 비가 추적추적 내리고 있었다. 그러잖아도 마음이 심란해서 사랑방에 누워 비 내리는 광경을 내다보고 있노라니 왠지 마음이 더 서글퍼졌다. 어느 누구에게라도 이 답답한 심정을 실컷 하소연이라도 하고 싶었다. 그러는 찰나 마침 이웃 마을에 있는 주달무란 자가 비를 맞으며 대문을 들어서고 있었다. 요즘 따라 김풍헌은 한 해 한 해, 해가 바뀌는 것이 두려웠다. 자신에겐 가슴에 못이 박히도록 아픈 자식이 있었다.

마음이 뒤숭숭하던 차, 주달무와 이런저런 얘기 끝에 자신도 모르게 주달무에게 지금의 심정을 털어놓았다. 그랬더니 주달무는 기다렸다는 듯이 자신이 거두어야 할 오갈 데 없는 불쌍한 모녀 때문에 밤잠을 설친다고 하며 어린 질녀를 위해서라도 두 사람 짝을 지어 주는 게 어떠냐고 했다. 처음 김풍헌은 그 소리를 듣자 펄쩍 뛰면서 신부 나이가 이제 겨우 여섯 살밖에 안 되는데 그럴 수는 없다고 단호히 거절했으나, 주달무가 한사코 조르는 바람에 마지못한 듯 그 자리에서 언약을 하고 말았다.

들던 바와 같이 주달무란 자의 속셈은 뻔했다. 그러나 그렇게까지 철면피일 줄은 몰랐다. 요구 조건이 너무 많았다. 어린 질녀를 팔아서 팔자를 고쳐보겠다는 속셈이었다. 물론 김풍헌은 그렇게만 된다면 자신은 감지덕지이지만 아직도 어린아이에게 인간으로선 할 짓이 아니라는 생각이 들었다. 몇 번이나 계약을 파기하려 했으나 주달무의 끈질긴 설득력에 김풍헌은 속절없이 그의 요구를 받아들이고 말았다.

이에 김풍헌은 백치 불구인 자신의 아들을 장가보내려 논개를 민며느리로 데려오는 대가로, 주달무가 지금까지 여기저기 깔아놓은 노름빚 전액을 탕감해주어야 했다. 그러나 그로서 그치는 게 아니었다. 논밭전지 중에서도 기름진 옥토 세 마지기와 엽전 삼백 냥 그리고 당백포 세 필을 주기로 했다.

그러나 아무리 생각해도 불쌍한 어린 질녀를 팔아서 팔자를 고치려는 그의 비정함에 그만 모든 걸 집어치울까 해도 평생 가슴에 묻고 가야할 병신자식을 위해서는 양심 같은 건 아예 집어 던지기로 했다. 이에 다시 만나서 그의 앞으로 작성한 논문서와 약속한 일체, 그리고 신랑의 사주단자를 주달무에게 전했다.

그런데 여러 날이 지났는데도 신부 집에서는 감감소식이었다. 신랑의 사주단자를 받으면 신부 집에서 택일을 하여 보내는 게 상례였다. 그런데 신부 집에서 소식이 없기에 아마 아직까지 슬픔에서 헤어나지 못해서 그런가하여 신랑 집에서 택일까지 해서 보냈는데도 여전히 아무런 기별이 없기에, 그제야 부랴부랴 알아보았더니 천만뜻밖의 일이 벌어졌다. 신부와 그의 어머니가 감쪽같이 사라졌다는 것이었다. 어찌된 영문인지 몰라 일꾼들을 시켜 주달무의 행방을 백방으로 찾아보았으나 주달무 역시 찾을 길이 없었다. 감쪽같이 당한 일이라 도저히 견딜 수 없어 주달무와 박 씨를 상대로 고소장을 내었다는 것이다.

이러한 연유로 해서 경상도 함양군 봉전 마을에 피신해 있던 죄인을 붙잡아 대령하였노라는 아전의 볼멘소리가 동헌 뜰에 길게 이어졌다. 동헌 뜰에 죄인의 몸으로 칼을 찬 박 씨와 논개는 아전이 소장을 읽어 내려가는데도 갑자기 당한 일이라 넋을 잃은 사람 같았다.

한동안 논개 모녀는 남동생 내외의 따뜻한 사랑을 받으며 악몽 같았던 현실에서 벗어나 안도의 숨을 쉴 수 있었다. 그러나 그것도 잠시뿐, 갑자기 들이닥친 상황에 어안이 벙벙했다.

이른 아침이었다. 보기에도 우락부락하게 생긴 얼굴에 털벙거지를 눌러쓰고 육모방망이를 옆구리에 찬 사령들이 갑자기 우르르 방으로 몰려와 닥치는 대로 발길로 차고, 손에 잡히는 대로 밖으로 내던지며 갖은 행패를 다 부렸다. 남동생 내외는 무슨 영문인지도 모르지만 그렇듯 마구잡이인 사령들에게 함부로 말을 할 수도 없어서 한동안 벌벌 떨고 있다가 간신히 그들에게 사유를 물어보았다. 도대체 어디서 왔으며 무슨 연유로 이런 난동을 부리느냐고 했더니, 그제야 장수 관아에서 죄인 주달무와 박 씨를 잡아오라는 명을 받고 온 사령들이라며 기세가 조금도 누그러들지 않았다.

그러잖아도 박 씨는 이곳에 피신해 온 후로 언뜻언뜻 그 일이 궁금했지만 오랜만에 찾아온 평화를 놓치고 싶지 않아서 의식적으로 모른 체했던 터였다. 예고도 없이 들이닥친 그들의 행패에 박 씨와 논개는 사색이 되어 다락방에 숨어 벌벌 떨면서 그 광경을 지켜보았다. 그러나 그들의 그치지 않는 무차별한 난동에 더 이상 보고 있을 수 없어서 박 씨가 다락방에서 내려오자 논개도 겁에 질려 울며불며 따라 나왔다.

누이가 우악스러운 그들 앞에 나타나자 남동생이 먼저 얼굴이 샛노래졌다. 박 씨를 보자 그들은 우르르 달려와 으름장을 놓으며 당장 포승줄로 손목을 꽁꽁 묶었다. 남동생이 울면서 사령들에게 손이 발이 되도록 빌어도 그들은 들은 체도 않는다. 너무 당황해서 혼이 반은 나간 듯한 동생은 그제야 얼른 알아차리고 쏜살같이 방에 들어가더니 무언가 묵직한 것을 그들의 주머니에 찔러 넣는다. 그러자 그들은 조금은 누그러지는 듯하더니 박 씨를 살살 대했다.

울면서 따라오는 남동생 내외에게 박 씨는 아무런 죄가 없으니 걱정 말고 집에 가 있으면 다시 돌아올 것이라고 안심시킨 후 논개와 함께 사령들을 따라 나왔다.

장수 고을에 가자면 또다시 그 험한 육십령 고개를 넘어야 한다. 생각하면 그들 모녀의 운명도 기구했다. 이제 간신히 힘겨웠던 지난날들을 잊고 조금은 마음의 안정을 되찾으려는 찰나 또 이렇게 죄인의 몸으로 끌려가야 하다니. 그자들을 피해 육십령 고개를 넘어 이곳으로 피해온 게 엊그제 같은데 이제는 죄인의 몸이 되어 또다시 육십령 고개를 넘어야 하다니.

장정들도 넘기 힘들다는 험준한 고개를 넘어지고 쓰러지며 압송되어 온 박 씨와 논개의 꼴은 말이 아니었다. 지치고 힘이 들어 금방 쓰러질 것 같은데 거기에다 칼을 씌워 동헌 뜰에 부복하게 하였으니 금방 그 자리에서 혀를 깨물고 죽고 싶으나, 올 걸음 줄걸음으로 엄마를 따라 온 어린 논개를 두고 혼자 죽을 수는 없었다. 저 어린 것이 무슨 죄가 있다고.

형방의 볼멘소리가 끝나자 동헌 마루에 근엄하게 좌정해 있던 수령의 단호하고 우렁찬 목소리가 동헌 뜰을 쩡쩡 울렸다.

"죄인은 듣거라. 지금 이 소지(所志)의 내용과 같이 정녕 네가 어린 딸의 혼인을 빙자하여 금품을 갈취하고, 임의로 혼사를 파기하였느냐?"

박 씨는 그 말을 듣는 순간 정신이 혼미해졌다. 어떻게 이 억울함을 낱낱이 고해야 할지 몰라 혼자서 입만 달싹이고 있었다. 그러자 옆에 섰던 이방이 호통을 쳤다.

"네가 감히 어느 안전이라고 우물쭈물하느냐. 어서 속히 바른 대로 아뢰지 못할까!"

가만히 보니 동헌 마당에 엎드려 있는 여인은 심신이 무척 피로해 보였다. 난생 처음 이런 곳에 끌려온 것 같은데 여기저기서 호통만 쳐서는 안 되겠다 싶어 수령은 조금 전과는 달리 부드럽게 말했다.

"여인은 듣거라. 너무 두려워하지 말고, 이 죄목에 대해 조금이라도 억울한 일이 있다면 서슴지 말고 낱낱이 고하라. 그래야 공정한 판단을 할 수 있느니라."

사또의 부드러운 말씀에 박 씨는 눈물이 날 지경이었다. 그러나 아직도 떨리기만 할 뿐 감히 말이 되어 나오지 않는다. 그러자 이 광경을 처음부터 끝까지 하나도 놓치지 않고 침착하게 바라보고 있던 아이가 문득 사또 전에 아뢴다.

"사또님, 감히 어린 제가 이 자리에서 어머님 대신 이 억울함을 아뢸 수 있게 허락해 주시옵소서."

아직도 솜털이 가시지 않은 어린 여아가 어머니 대신 나서는 바람에 동헌 뜰에 모여 있던 모든 이들은 눈이 휘둥그레졌다. 어머니 옆에 바짝 붙어있는 아이는 마치 쓰레기더미에서 갓 나온 듯 꾀죄죄하기 이를 데 없는 아이였다. 그러나 초롱초롱한 두 눈동자는 빛을 발하였다.

드높은 동헌 마루에 앉아 있던 수령도 그제야 그의 딸을 의식하고 가만히 내려다보았다. 아직도 부모의 보호 아래서 응석이나 부리며 자라야 할 어린아이가 넋 놓고 있는 어머니 대신 나서는 바람에 깜짝 놀랐다.

"그래, 네가 어미 대신 사건 전말을 얘기하겠단 말이냐? 그래, 어서 말해 보아라."

"소녀가 아뢰올 말씀은 조금 전 소장에 있는 내용 중 어머니께는 어느 것도 해당되는 것이 없사옵니다. 소녀의 어머니가 약한 몸으로 비록 힘겹게 살아왔으나, 한 번도 이웃에게나 어디서나 남을 해한 일도 없사옵고 항상 정직하게만 살아왔습니다. 더구나 자신의 몸보다 더 아끼시는 여식을 앞세워 신랑 측의 재물을 탐내거나 탈취했다는 것은 천부당만부당한 일이옵니다. 저희 모녀는 김풍헌이란 어른을 한 번도 만나본 일도 없거니와 혼인을 빙자해 재물을 사취했다는 것은 저희 모녀에겐 하늘의 날벼락 같은 말씀이옵니다. 거듭 말씀 말씀드리자면 저희들은 신랑 측의 재물이란 티끌만 한 것도 본 적도, 받은 적도 없사옵니다. 이점 널리 살피시어 사또님의 현명하신 판단을 바랄뿐입니다."

어느새 육십을 바라보는 장수 현감 최경회는 슬하에 자식이 없는 터라 그 아이가 귀엽고 앙증맞기까지 했다. 최경회는 잠시 재판도 잊은 듯 어린아이가 조금은 당돌하지만 이 살얼음 같은 분위기에서 조금도 무서워하지 않고 자신의 의사를 분명히 밝히는 영민함에 넋을 잃은 듯 바라보았다. 말을 마치자 현감은 정신을 차렸다.

"그래, 네 나이가 지금 몇이더냐?"

"예. 여섯 살이옵니다. 감히 쳐다볼 수도 없는 높으신 사또 어른께 무례를 범했다면 용서해 주시기 바랍니다."

최경회 현감은 지금까지 많은 재판을 해왔지만 저처럼 어린 아이가 어머니 대신 사건 전말을 또박또박 얘기하는 것은 난생 처음이었다. 비록 행색은 어머니나 아이나 초라하기 이를 데 없다지만 예사 아이가 아닌 것 같았다.

오늘의 재판을 위해 새벽부터 나와 초조하게 기다리던 김풍헌은 얼굴이 붉으락푸르락 했다. 가만히 보니 사건이 자신에게 불리한 쪽으로 흘러가고 있었다.

"그래, 네 말이 사실이렷다?"

"예, 조금도 보탬도 뺌도 없사옵니다."

"정녕 네 모녀는 김풍헌을 만난 적도, 돈을 받은 적도 없다는 말이 사실이더냐?"

이제는 박 씨에게 묻는다.

"박 씨 부인 듣거라. 지금 저 아이의 말이 틀림없는 사실이렷다?"

그제야 박 씨는 용기를 얻어 눈물과 한숨으로 그간의 경위를 더듬더듬 주워섬겼다.

"남편을 먼저 보낸 박복한 여인은 저 어린 것을 데리고 시동생인 주달무 집에 함께 기거했는데 주달무가 집을 나가 오랫동안 들어오지 않고 있던 어느 날이었습니다. 사시(巳時)경이었을까, 덥수룩한 사내가 찾아와서 시동생의 편지라기에 얼른 뜯어 읽어보니 거기엔 청천벽력과 같은 내용이 들어 있었습니다. 이제 겨우 여섯 살밖에 안 되는 이 어린 아이를 김풍헌의 서른 살 되는 배냇병신과 당사자도 모르는 사이 어느새 혼인을 서약하고, 몇 월 며칠 김풍헌의 집에서 사람이 갈 것이니 기다리고 있으라는 내용이었습니다. 그때부터 눈앞이 캄캄하여 아무것도 따질 사이도 없이 이 아이를 데리고 그 밤에 육십령 고개를 넘어 도망을 쳤습니다. 시동생이 돈을 받았는지 어쨌는지, 사주단자를 받았는지 쇤네는 전연 모르는 사실이옵니다.”

박 씨 부인은 그제야 말문이 트여 시동생인 주달무의 됨됨이와 김풍헌과의 그간의 사정까지 낱낱이 고해 바쳤다.

“그렇다면 김풍헌의 공소 내용과 전연 다르지 않느냐? 당장 김풍헌과 주달무를 대령 하렸다!”

사령의 추상같은 호령이 떨어졌다.

그러잖아도 주달무를 찾아 헤맸으나 어디에 숨어 있는지 찾을 길이 없었고 김풍헌만이 대령하였다. 김풍헌은 울며 겨자 먹기로 그간의 사정을 사실대로 진술했다. 자신도 주달무에게 속았노라는 뜻을 강하게 비추었다. 자신은 신부의 어머니도, 신부될 아이도 만나본 적은 없으나 전부터 알고 지내던 신부 삼촌인 주달무를 통해 땅문서와 금품과 사주단자까지 다 건넸다는 것이었다.

최경회는 전후 사정 얘기를 듣고 자칫 큰 과오를 저지를 뻔한 것을 생각하니 정신이 아찔했다.

"김풍헌은 듣거라. 어린 아이를 두고 너희들끼리 함부로 한 것이 이런 결과를 가져 온 것이니라. 인륜지대사란 그런 것이 아니니라. 어떻게 당사자도 모르게 너희들끼리 약조를 다해 버렸단 말이냐? 보아하니 신부 삼촌인 주달무란 자가 자신의 노름빚에 어린 질녀를 얼렁뚱땅 팔아버린 게 분명하구나. 원인은 주달무란 자에게 있는데 엉뚱하게 박 씨 부인에게 덮어씌우는 건 옳지 않은 일이니라.

박 씨 부인 듣거라. 박 씨 모녀는 아무 죄도 없으니 무죄 방면을 선고(宣告)하노라. 이제 이 자리에서 마음대로 가도 좋으니라."

처음부터 끝까지 어떠한 판결이 날까 마음 졸이고 있던 김풍헌은 천지가 내려앉는 듯했다. 그렇다면 자신은 주달무에게 어쭙잖게 말려들어 이런 꼴이 되었는데 어디에 가서 하소연을 한단 말인가. 김풍헌은 그 자리에서 발을 동동 구르며 그 많은 금품을 고스란히 빼앗긴 것에 대해 어쩔 줄 몰라 했다. 평소 김풍헌을 못마땅하게 여긴 그 고을 사람들은 속으로 고소를 금치 못하는 눈치였지만, 김풍헌은 김풍헌 대로 그런 판결을 내린 최경회 사령을 고운 눈으로 볼 수 없었다.

주위에서 그 사연을 듣고 있던 방청객들도 주달무와 김풍헌의 처사를 못마땅하게 여기는 듯했다. 물론 부모 된 도리로서 자식을 걱정하는 마음은 있다지만 저 어린 아이를 두고 병신자식과 금품으로 흥정을 하다니. 차마 면전에서 내색은 하지 못해도 자신의 일인 양 공정한 판결을 내린 사또의 지혜로움에 모두들 내 일인 양

기뻐했다.

논개 모녀는 사또의 무죄 방면에 서로 부둥켜안고 한없는 눈물을 흘렸다. 이제 모녀는 생각조차 하기 싫은 그 끔찍한 상황에서 자유로운 몸이 되었다. 그들은 사또께 백배 감사드리고 기쁨을 이기지 못해 손에 손을 잡고 동헌 마당을 나와 어딘지도 모르게 자꾸만 걸었다. 그러다가 현실로 돌아와 가만히 생각해 보니 더 이상 갈 곳이 없었다. 박복한 모녀의 기쁨은 거기까지였다.

손을 꼭 잡은 모녀는 갈 곳을 몰라 해가 기울어져 가는 서녘 하늘을 바라보며 하염없이 서 있었다. 또다시 그 음흉한 주달무의 집에 가는 것은 생각만 해도 몸서리가 쳐진다. 그렇다고 봉정 마을 남동생 집에 갈 수도 없었다. 불시에 들이닥친 사령들이 집안을 풍비박산으로 만들어 놓은 남동생 집에 무슨 염치로 들어간단 말인가.

이 넓은 하늘 아래 논개 모녀가 몸을 부려놓을 곳은 어디에도 없었다. 당장 이 밤을 어디에서 지새워야 할지 막막했다.

그 큰 은혜를 입은 기쁨도 잠시 뿐, 그들은 발길 닿는 대로 긴 논두렁을 지나 개울을 건너 어딘지도 모르게 어둠이 밀려오는 석양 길을 무작정 걸었다. 얼마나 걸었을까? 어느새 저 멀리 집집마다에는 정다운 불빛이 새어나오고, 하루 동안 흩어져 있던 가족들이 하나둘 돌아오기를 기다리고 있는 초옥들이 어둠에 밀려 듬성듬성 나타났다.

모녀는 이제 더 이상 걸을 수도 없었다. 낮에 허름한 국밥 한 그릇 얻어먹은 게 전부인 그들은 기진맥진해 있었다. 동헌 뜰에서 모녀가 무사히 풀려 나온 기쁨도 잠시뿐 당장 살아갈 길이 막연했다. 아니, 당장 이 밤을 지새울 곳이 없었다. 무턱대고 인가도 없는 허허벌판으로 걸어 들어간다는 건 무모한 짓이었다.

박 씨는 가던 길을 멈추고 치맛자락을 붙잡고 간신히 따라오는 논개를 내려다본다. 어둠이 물들어가는 넓은 들녘에 그들 모녀는 거기 그렇게 서 있었다. 이날따라 밤하늘에는 군데군데 구름 조각들이 널려 있고 이제 하나둘 별들이 모습을 드러내고 있었다. 그 사이로 어둠에 젖은 바람 소리만이 그들 곁을 무심하게 지나가고 있었다.

"어머니, 이럴 게 아니라 우리 모녀를 석방시켜준 사또 마님께 감사 인사도 드릴 겸, 마님께 가서 우리 모녀를 그곳에서 일할 수 있게 해달라고 떼를 써보는 게 어때요? 사또 어르신이 그렇게 훌륭하시고 인자하시면 아마 마님께서도 틀림없이 우릴 내치지 않을 것 같은 생각이 들어요."

박 씨는 깜짝 놀랐다. "저 아이는 비범한 아이임에 틀림없소." 하던 남편의 말이 떠오른다. 어미가 봐도 논개는 범상한 인물이 아니었다. 극한 상황에 대처하는 논개야말로 어미보다 더 지혜로웠다. 그들은 이 상황에서 다른 선택의 여지가 없었다. 당장 이 밤을 지새울 곳이 없는 그들은 가던 길을 되돌아 나왔다. 초저녁이라도 들녘에 부는 바람이 제법 쌀쌀했다.

어둠을 실은 들녘에는 초저녁 별들이 그들 모녀를 굽어볼 뿐 사위는 고요했다. 한 발짝 한 발짝 걷는 발자국 소리가 을씨년스런 들판에 긴 여운을 남기며 지나간다.

"어머니, 걱정하지 말아요. 제가 마님을 만나 뵙고 싶다고 청할게요. 틀림없이 우리의 딱한 사정을 들어주실 거예요."

"아가야, 어미로서 오히려 네게 짐만 되는구나."

드디어 그들은 관사 앞에 왔으나 차마 용기를 내지 못했다.

"논개야, 낮에 그렇듯 크나큰 은혜를 입었는데 또다시 사또님을 괴롭혀서야 되겠니?"

아직도 어머니의 손길을 필요로 하는 어린애라지만 논개는 단호하게 대답한다.

"어머니, 그럼 어머니는 여기서 좀 기다리고 계세요. 제가 마님을 만나 뵙고 올게요."

논개는 뒤도 돌아보지 않고 동헌 뜰 옆, 담으로 격리되어 있는 내아로 들어갔다. 웬 낯선 어린아이가 마님을 찾아왔다는 옥단이의 전갈을 듣고 사또 부인은 조금은 의아했다. 이 밤에 누구일까 하고 있는데 웬 어린 계집아이가 문 앞에 서 있었다. 금방 보아도 눈망울이 초롱초롱한 아이는 무언가 단단한 결심을 하고 온 것 같았다.

"그래, 보아하니 아직 어린애인 것 같은데 내게 무슨 용건이 있는 게냐?"

"마님, 저희 모녀를 구해주신 사또 어른의 은혜를 입었사온즉 진즉에 마님께 감사의 말씀을 드려야 하는데 이렇게 늦었습니다."

"그런 일이 있었구나, 그런데 내게 긴히 할 말은?"

"예, 마님. 사또 어른께 무죄 방면은 받았으나 저희 모녀 갈 곳이 없사옵니다. 고향에 초가삼가이 있던 건 진즉에 저희 삼촌이 노름빚으로 팔아버리고 당장 몸담을 곳이 없사옵니다. 바라옵건대 저희 모녀를 거두어만 주신다면 무슨 일이든 열심을 다하겠습니다. 부디 저희 모녀를 불쌍히 보시어 마님의 손과 발이 되게 해주옵소서."

사또 부인은 어린 논개를 유심히 살피더니 아직도 어린애가 애처로운 생각이 들었던지 "그럼 네 어미와 함께 내 수발을 들어줄 수 있겠느냐? 마침 일하는 사람을 구하던 중이었는데" 하며 순순히 허락하는 뜻을 비쳤다.

"예? 마님, 저희들을 받아주신다고요?"

논개는 사또 부인의 선선한 허락에 뛸 듯이 기뻐했다. 천만뜻밖에도 마님의 허락을 받은 논개는 어찌할 줄 몰랐다. 당장 갈 곳이 없던 그들 모녀에게 어렵사리 행운이 다가온 건 아마 평생을 두고 그 어떤 길조라 하지 않을 수 없었다.

논개는 밖에서 초조하게 기다리는 어머니께 쏜살같이 달려갔다.

"어머니, 어머니 됐어요. 우리 모녀 기거할 곳을 허락받고 왔어요."

그들 모녀는 그 자리에서 또 한 번 슬픔의 눈물인지 감격의 눈물인지 모를 눈물을 쏟아냈다.

그렇듯 그들 모녀의 아슬아슬한 인생길은 이제 내아(內衙)에서 펼쳐지게 되었다. 박복한 모녀에게 이제 때아니게 내아의 노비라는 이름이 주어졌다. 그러나 그 당시 그들에겐 최선의 방법이었다. 아니 오히려 갈 곳 없는 그들을 거두어 준 김 씨 부인에게 손과 발이 되어야겠다고 마음속으로 수없이 다짐했다. 착하기만 한 논개 모녀는 주어진 일에 열심을 다했다.

논개 모녀가 내아로 들어온 후로 내아의 분위기가 알게 모르게 밝아졌다.

바야흐로 봄을 맞아 내아의 앞뜰에도 사랑채 연못에도 봄기운이 완연했다. 이제 제법 사람 사는 냄새가 난다. 밤이나 낮이나 굳게 닫혀있던 마님의 방문이 수시로 열리는가 하면 얼굴 한 번 비추지 않던 마님의 초췌한 얼굴이나마 희미한 미소를 머금으며 시종들을 바라본다.

오똑한 콧날에 갸름한 얼굴이 마치 잘 빚은 조각 같은 논개를 마님은 무척 마음에 들어 했다. 하찮은 잔심부름에도 열과 성의를 다하는 논개의 정성에 마음속으로 흡족해 했다. 저런 아이라도 있었으면 하는 생각을 가져본다. 논개를 볼라치면 생의 의욕이 생기는 것 같다고 한다.

이 고을 수령인 최경회 역시 재판이 있던 날, 서슬 퍼런 주위의 분위기에도 기죽지 않고 또랑또랑한 눈망울을 굴리며 자신이 처한 상황을 낱낱이 고하던 그 애가 무척 기특하고 한편 당찬 계집애라고 생각했다. 그러던 그 애가 내아에 머물러 오랜 병고에 시달리는 부인의 잔심부름을 하기로 했다는 것에 내심 반가워했다.

그의 부인 김 씨는 최경회와 혼인을 하여 비록 슬하에 한 점 혈육도 두지 못했지만 한때 무척 행복한 부부였다. 언제부터인가 곱고 상냥하던 얼굴에 웃음기가 가시고 급기야 자리보존하기에 이르렀다. 오랜 세월 동안 갖은 약을 써보았으나 아무런 차도가 없이 그날그날을 이어가고 있을 뿐이었다. 논개 모녀가 김 씨 부인에게 은혜를 입었다면, 김 씨 부인 역시 자신을 그처럼 살뜰히 간호하는 그들 모녀에게 고마워했다. 그러나 모쪼록 김 씨 부인의 선처로 모녀가 살길을 찾았다지만 박 씨는 박 씨대로 마음의 병을 앓고 있었다.

부모가 못난 탓으로 천지간에 하나밖에 없는 귀하디귀한 딸을 지켜내지 못하고 노비로 전락시켰다는 죄책감에 잠시도 편할 날이 없었다. 머잖아 남편 주달문을 어떻게 대할까 걱정이었다. 딸 또래 계집애들이 논개에게 함부로 대할 때마다 분통이 치미는 것을 간신히 참았다. 당장 집어치우고 논개를 데리고 어디든 훌훌 떠나버리고 싶지만 도무지 갈 곳이 없었다. 어떻게 낳은 자식인데, 지아비가 있을 때는 비록 부유한 생활은 아니더라도 한없는 사랑을 쏟으며 부족함 없이 길렀던 딸애가 지금 이렇게 노비 생활을 한다는 게 가슴이 미어지는 것 같았다. 박 씨는 이런 저런 생각에 잠을 이룰 수 없었다.

박 씨는 요즘 몸이 천근만근이었다. 남편 잃은 설움, 시동생에게 철저히 우롱당한 배신감, 거기에다 난생 처음 동헌 뜰에서의 그 끔찍한 일들을 겪고 나니 온몸이 만신창이가 되어 있었다. 밤에 간신히 잠이 드는가 하면 가위에 눌려 버둥거릴 때면 논개가 옆에서 근심스럽게 바라보고 있었다.

"어머니, 몸이 많이 아파요?"

"아니야, 낮에 일을 좀 했더니 고단해서 그런가 봐."

"어머니, 제가 틈틈이 빨래도 설거지도 도울게요."

"괜찮아, 내 걱정은 말고 너나 마님을 잘 간호해드려."

그렇게 모녀는 서로를 위로해 가며 내아에서 하루하루 생활해 가고 있었다.

가도 가도 험산준령이었다. 남편 주달문과 함께 행복했던 시절이 눈만 감으면 오버랩 되어온다. 박 씨는 요즘 따라 산다는 게 이처럼 고달프다는 것을 절감한다. 자신은 아무래도 좋지만 어린 딸 논개를 볼 때마다 의지할 곳 없는 세상에 저 어린 것을 떨어트리고 세상을 떠나면 어쩌나 하는 생각에 잠을 설칠 때가 한두 번이 아니었다. 그런 중에도 김 씨 부인의 시중을 게을리 하지 않았다.

논개 모녀는 최경회 현감의 현명한 재판으로 풀려나와 자유를 얻었다지만, 토호 김풍헌은 배냇병신 자식을 양심도 없이 그 어린 논개에게 떠맡기려 재산만 날리고 실패하자 앙심을 품고 있었다. 모든 고을 주민들이 입을 모아 최경회 현감을 칭송하나 김풍헌은 어떻게 하면 최경회를 궁지에 몰아넣을까 궁리하고 있었다. 그러던 중 최경회가 장수 현감으로 부임한지도 어언 3년이란 세월이 훌쩍 지나갔다.

선조 12년(1579년)에 최경회는 장수에서 임기가 끝나고 무장 현감으로 전출되었다. 고을 민들은 현감의 선정을 익히 알고 있는 터라 선정비를 세우려 하자 성품이 청렴결백한 최경회는 극구 사양하였지만, 주민들이 한사코 추진하는데 김풍헌이 가만있을 리 없었다. 이때다 싶어 갖은 구실로 꼬투리를 잡으려 하나 고을 민들은 눈 하나 깜짝하지 않았다. 오히려 그는 그 일로 인해 그의 비양심적인 태도에 고을 주민들의 비난을 사기에 이르렀다.

그렇게 최 현감의 임지가 정해지자 논개 모녀의 거취 문제가 불거졌다. 관노라면 두말할 것도 없이 그곳에 남든지 아니면 따라가든지 하지만, 그들은 임시로 김 씨 부인에게 속한 노비였기에 결정은 논개 모녀가 해야 했다.

박 씨는 밤이 맞도록 생각해 보았다. 이제 한창 자라나는 논개를 위해선 이 기회에 이곳을 떠나야 한다고 생각했지만 그렇다고 무작정 세상 밖으로 나가 보았자 별 뾰족한 수도 없었다. 송곳 꽂을 땅 한 뛰기도 없는 빈털터리로 세상 밖으로 나가 보았자 지금보다 더 나을 건 아무 것도 없었다. 오히려 남편 없는 설움, 가진 것 하나 없는 설움이 녹록치 않을 것 같았다. 차라리 덕망 높은 최 현감을 따르는 것이 더 안전하다고 판단했다.

그런 중에도 박 씨에게는 희미하게나마 한 가닥 희망이 있었다. 남편인 주달문을 믿었던 것과 같이 그래도 시동생 주달무도 믿어보기로 했다. 설마 자신들을 이런 구렁텅이에 빠트려 놓고 끝까지 모른 체하진 않을 것 같았다. 아무리 노름과 여색에서 헤어나지 못한다 해도 언젠가는 불쌍한 모녀를 수소문해서 찾아오지 않을까 하는 생각을 버릴 수 없었다.

장수 땅은 박 씨에게는 희로애락(喜怒哀樂)이 고스란히 담겨 있는 곳이다. 혹이나 시동생에게서 어떤 기별이 올까 귀 기울여 보았지만 아무런 소식도 듣지 못한 채 최 현감의 새로운 임지로 떠날 때, 박 씨는 무척이나 아쉬워하며 장수 땅을 뒤돌아보고 또 돌아보며 눈물지었다. 가뜩이나 건실하지 못한 박 씨는 세상에 시달리고 치여서 몸이 쇠약할 대로 쇠약해졌다. 새로운 임지인 무장에 와서도 좀처럼 그곳에 적응하지 못하고 한동안 넋을 잃은 사람처럼 멍하니 앉아 있기가 일쑤였다. 장수 땅을 바라보며 무언가 애타게 기다리는 사람처럼 보였다. 박 씨는 아직도 실낱같은 끈을 놓지 못했다. 영리한 논개가 눈치 채지 못할 리 없었다.

"어머니, 제게 말씀해 보세요. 어머니는 어디서 무슨 통기가 올까 날마다 기다리는 거지요?"

"논개야, 아니다. 그냥 좀 피곤하구나. 내 걱정은 하지 마라. 너는 일이 고되지 않니?"

논개는 새로운 곳에서 마음을 붙이지 못하는 어머니가 혹이나 병이 덧날까 걱정이 태산 같았다.

그런 중에도 논개는 무장에 오고부턴 김 씨 부인의 시중과 더불

어 최 현감이 즐겨 마시는 국화차를 달여 올리는 일도 하게 되었
다. 부엌 찬장 시렁 위에 중국에서 가져왔다는 차가 수북이 쌓여
있지만 사또 어른은 극구 국화차와 쑥차를 즐겨 마신다.

쑥차는 쑥이 연하고 보드라운 것이 맛과 향이 한층 더하다. 살
을 에는 듯한 차갑고 매서운 긴 겨울이 지나가고 아지랑이가 피어
오르는 음력 2~3월쯤이면 들녘 논두렁에 쑥과 냉이가 파릇파릇
올라온다. 음력 2~3월이라 해도 산중의 들녘에는 쌀쌀한 바람이
몸을 움츠리게 하지만, 논개는 넓은 들판을 날렵하게 돌아다니며
여리고 깨끗한 쑥만 골라 바구니에 한가득 뜯어 와서 정성들여
씻고 또 씻어서 소쿠리에 담아 햇볕 좋은 날 잘 말려서 가루로 만
든다.

'삶은 슬프고 아름답다'라는 말이 예닐곱 살의 논개에게도 적용
이 될까? 아직도 엄마의 치맛자락을 붙잡고 응석을 부릴 논개야말
로 정말 겪지 못할 숱한 시련을 겪어온 아이였다. 그러나 그러한 일
상 중에서도 논개의 가슴 저 깊은 곳에서부터 잔잔히 흘러나오는
저만의 기쁨을 간과할 수 없다. 봄이면 쑥을 뜯으러, 가을이면 뒷
산에 올라가 흐드러지게 피어 있는 노란 들국화를 따서 국화차를
만들 때, 논개의 몸짓은 마치 무엇에 홀린 듯한 몸짓이다. 마음속
에 심어둔 님이라도? 하기엔 아직 너무 어리다.

최경회가 분주한 집무에서 벗어나 집에 돌아오면 논개는 어김없
이 새하얀 쟁반 위에 노란 국화 송이를 동동 띄운 국화차를 조심

스레 방 안으로 가져온다. 최경회 또한 그윽한 국화 향을 음미하며 작은 계집아이가 가지고 온 따뜻한 차 한 잔을 마시며 하루의 피로를 달랜다.

"애야, 네가 이 차를 달였느냐?"

"예, 사또 어른."

논개는 왠지 입술 사이로 말이 되어 나오지 않는다. 그 앞에서는 숫기가 완연하다. 서슬 퍼런 동헌 뜰에서도 기죽지 않고 그처럼 당돌하던 논개였는데. 논개는 달아나듯 그 자리를 뜬다.

사람 사는 데는 어디든 분쟁이 있고 크고 작은 송사가 있기 마련이다. 장수나 무장이나 때론 골치 아픈 사건들이 있는 건 매 한 가지였다. 최경회는 하루 종일 그들과 씨름하다 보면 자신도 모르게 피곤이 몰려온다. 그러나 퇴청을 하자마자 정성스럽게 달인 국화차를 마시다 보면 낮 동안의 피로가 씻은 듯이 가시는 것 같은 느낌에 최경회도 때론 놀란다. 차의 효능인가…… 그러다가 최경회는 씁쓰레하게 웃는다.

김 씨 부인은 요즘 남편 최경회의 얼굴을 마주 대할 때마다 꼬집어 무어라 할 수 없지만 어딘지 모르게 전과는 다른 느낌이다. 그는 그 당시 법규와 관례를 어기면서까지 병든 부인을 데리고 임지로 옮겨 다닐 만큼 남편으로서의 사랑과 의무를 소홀히 하지 않았다.

원래 지방 관리들은 이런저런 이유로 가족을 임지로 데려가지 않고 달랑 사령만 부임지로 가는 것이 원칙이었으나, 그는 주위의 비난도 개의치 않고 항상 김 씨 부인과 함께 임지로 떠난다. 김 씨 부인은 남편 최경회의 자애로움과 자신을 향한 한결같은 사랑에 항상 고마워했다. 그러나 어쩔 수 없이 그늘이 진 듯한 남편의 얼굴을 대할 때마다 죄스러움을 느꼈다.

그러던 그에게 심경의 변화가? 요즘 따라 얼굴에 드리워진 그늘이 알듯 모를 듯 희미해지는 것 같은 느낌이다. 비록 오랜 세월을 몸져 누워있는 아내라지만 수십 년을 함께 생활해온 부부인지라 얼굴빛만 보아도, 몸짓 하나에도 상대방의 마음을 읽을 수 있다.

김 씨 부인은 어쨌든 잘된 일이 아니냐고 생각해본다. 항상 자리 보존하고 있는 자신의 구질스러운 영역에서 벗어나 새로운 무엇엔가 즐거움을 찾을 수 있다면 자신은 기꺼이 찬성할 일이 아니겠는가. 그러나 왠지 찜찜하다.

요즘 김 씨 부인은 논개 모녀의 덕분으로 차츰차츰 얼굴에 화색이 도는 듯도 하더니 뭔지 모르게 심기가 불편하다. 이제 막 정성 들여 달인 약사발을 들고 들어오는 논개를 뚫어져라 쳐다보는 김 씨 부인의 시선이 이날따라 심상치 않다. 김 씨 부인은 느닷없이 논개에게 한 마디 던진다.

"너 나이가 올해 몇이더냐?"

전에 없이 차가운 눈초리로 쏘아보자, 논개는 순간 어리둥절해 있다가 가까스로 대답했다.

"예, 마님, 며칠 전에 여덟 살 생일을 맞았습니다."

논개는 며칠 전 몸도 잘 가누지 못하는 어머니가 딸을 위해 생일상을 한 상 가득 차려 놓았던 일이 떠오른다. 그러잖아도 건강이 좋지 못한 어머니가 무장에 온 후로 마음의 병까지 얻었다. 논개는 병약한 어머니를 볼 때마다 자신도 모르게 눈물이 글썽여지는 것은 어찌할 수 없었다.

박 씨는 박 씨 대로 어린 논개가 궂은일도 마다않고 저렇듯 동동 뛰어다니는 것을 보면 가슴이 미어지는 것 같았다. 박 씨는 요즘 따라 자신의 앞날이 머지않은 듯한 불안감에 정신이 아찔할 때가 많았다. 자신은 병이 짙은 몸이라 세상을 떠나는 것은 그리 섧지 않으나 부모로서 끝까지 지켜주기는커녕 오히려 짐만 된다는 것이 한없이 슬펐다. 모쪼록 어미의 손으로 딸에게 짝을 지어줄 때까지만이라도 있어줄 수 있다면.

박 씨는 딸애의 생일을 맞아 눈물이 펑펑 쏟아지려는 것을 간신히 참았다.

"논개야, 너의 오라비를 열다섯 살에 잃고 갈팡질팡하다가 어렵사리 너를 낳고 너의 아버지와 함께 세상을 다 얻은 듯한 기쁨을 맛보았단다. 너는 우리 가정의 즐거움이자 보배였어. 나보다 너의 아버지가 너를 더 사랑하셨지. 끝까지 너를 지켜주지 못하고 너를 이 지경에 놓이게 했으니 내가 죽어도 눈을 감을 수 없구나. 너의 아버지는 말씀하셨지. 너는 우리가 낳았으되 우리 아이가 아니라고. 너는 장차 귀하게 될 아이라고 입버릇처럼 말씀하셨어."

논개의 생일날 모녀는 함께 울었다. "논개야, 네 생일을 또다시 이 어미 손으로 차려줄 수 있을지 모르겠구나."

마님의 말씀에 논개는 갑자기 그때의 생각에 가슴이 아파왔다.

"벌써 그렇게 되었느냐? 그러고 보니 이제 논개도 제법 처녀티가 나는구나. 어디 마음에 새겨둔 아이라도 있느냐?"

소문이란 동네 우물가에서나 내아에서나 마찬가지인가 보다. 어저께 일인데 벌써 마님의 귀에 들어갔는가 보다.

논개 모녀가 천지간에 피붙이라곤 하나뿐인 주달무에게 생각하기도 끔찍한 배신을 당하고 난 뒤 고향땅을 먼발치에서도 본 적이 없었다. 숱한 역경을 헤쳐 나와 바야흐로 장수 관아를 거쳐 무장 관아에 발을 들여 놓은지도 많은 날들이 흘러간 어느 날이었다.

"논개야, 장수에서 널 찾아온 분이야, 빨리 가봐."

논개는 깜짝 놀라 머뭇머뭇 다가가자 청년은 반갑다는 듯이 다가와 수인사를 했다. 어릴 때 서당에서 함께 공부하던 이웃 마을의 학동이었다. 세월이 흘러간 지금은 훌륭한 청년이 되어 있었다. 논개 모녀가 갑자기 사라진 뒤 청년은 백방으로 수소문 한 끝에 논개의 기막힌 사연을 듣고 울분을 참지 못하였으나 어쩔 도리가 없었다고 했다. 그러구러 지금에 이르러 논개가 수령을 따라 무장 내아에 있다는 소식을 듣고 용기를 내어 찾아왔다고 하는 청년은, 한때 철없이 굴던 감정이 아니라 논개를 향한 마음을 수년이 지난 지금까지도 쉽사리 지울 수가 없었던가 보다. 양반집 자제가, 그것도 훤칠한 체구에 이목구비가 뚜렷한 청년이 논개를 찾아왔으니 일시에 소문이 쫙했다.

그러잖아도 논개 모녀가 최 현감을 따라 무장 내아에 오니 또래의 아이들이 대여섯 명 있었다. 당장 논개의 뛰어난 용모에 시샘을 하는 아이들이 있는가 하면 논개의 예의범절과 일거수일투족에 입을 삐쭉이기도 했다. 그래 봤자 노비가……

입소문이란 빨랐다. 어느 입에서 나왔는지 정확히는 알 수 없지만 "저 아이는 원래 양반집 아이래, 기구한 운명을 타고나 노비가 되었지만 우리와는 전혀 다르대. 저 애 하는 꼴을 좀 봐, 행동 하나하나가 양반집 자녀답게 행동하잖아. 아버지가 훈장이어서 아버지께 글도 많이 배웠대.", "뭐 그래, 우리나 저나 다른 게 하나도 없잖아." 하며 저희들끼리 찧고 까불었다.

더구나 통인들 중에 논개를 점찍어 놓은 사내아이가 있었다. 통인이란 수령의 잔심부름을 하는 아이에 불과하지만 향리의 자녀가 통인으로 있다가 아전으로 성장하는 게 상례다. 고려 시대만 해도 지방의 호족들이 향리로서 고을을 다스렸으나, 고려 말부터 수령을 파견하기 시작하면서 향리의 지위가 낮아졌다지만 행정의 실권은 이들이 가지고 있는 편이었다. 특히 지방 관아의 실무는 대대로 이들이 담당하였으므로 수령도 이들을 마음대로 할 수 없다. 소위 텃세라는 것이겠지.

사내아이는 든든한 아버지가 있고, 머잖아 아전이 될 것이란 믿음으로 조금은 분수 이상으로 행동하지만 모두들 그냥 보아 넘긴다.

"논개야, 금방 보아도 양반집 자제 같아 보이던데 누구야? 그렇게 멋있는 청년이 널 찾아 왔어? 그럼 넌 역시 떠도는 소문이 아니라 양반집 규수가 맞는가 보네."

모두들 궁금해 죽는다. 그러나 정작 논개는 아무런 감흥도 일어나지 않는다.

부모님에게 허락을 받고 정식으로 논개를 찾아오겠다는 그의 말이 허공을 맴돌 뿐이다.

언제부터인가 논개의 마음이 가당치도 않은 곳에 머물러 있는가 생각하다가 소스라치게 놀란다. 아니나 다를까 저희들끼리 숙덕대던 사건이 김 씨 부인의 귀에까지 전해졌는가 보다. 논개는 김 씨 부인의 말에 대답은 않고 들고 온 약사발을 다소곳이 내려놓으며 김 씨 부인을 내려다본다. 그렇게 그는 돌연히 나타나서 큰 파문을 일으켜 놓고 다시 오마 하고 떠났다.

'정식으로 찾아오겠다고?'

지금의 논개에겐 도무지 실감이 나지 않는 대사다. 그는 어린 시절 논개와 함께 주달문의 서당에서 함께 공부를 한 학동에 불과하다. 벌써 소과(小科)에 합격해서 성균관에 입학하게 되었다는 것이다.

조선 시대에는 관료로 진출하기 위해서는 우선 과거 시험부터 치러야 한다. 그러자면 자연 공부도 과거 시험 위주로 하며, 응시 자격도 양반 자제로 구분 지어져 있다. 이들은 대개 어릴 때 서당에서 초보적인 지식을 배운 뒤 15, 16세 이전에 서울은 사학(四學), 지방은 향교(鄕校)에 들어가서 몇 년간 공부한 뒤 소과에 합격하면 성균관에 입학하는 자격을 얻는다. 그렇게 그는 논개가 숱한 역경을 겪는 동안 훌륭한 부모님 모시고 출세가도를 달리고 있었다. 그러나 논개는 서당 훈장이던 아버지가 가시자 천신만고 끝에 여기까지 밀려온 인생이 아니던가!

_ 4 _

최경회의 한성 입성

"이름이 논개라고 했지? 아무리 보아도 네가 적임자일 것 같아 오늘부터 사또 어른의 서재실 청소는 네가 맡아야겠다." 하던 수노의 말이 엊그제 같은데 벌써 계절이 몇 번이나 바뀌었나 보다.

방 두어 칸을 헐어서 만든 듯한 널따란 서재에는 책이 가득하다. 이렇듯 많은 책이 사또 어른의 손을 다 거쳐 갔을 것이라 생각하니 절로 우러러 마지않는다.

최경회 사또 어른은 어릴 때부터 용모가 준수할 뿐 아니라 또래들에 비해 월등하게 총명하여 아이들이 배우는 쉬운 글에는 관심이 없었으며 아버지로부터 글을 배웠다고 한다. 그의 나이 아홉 살되던 어느 날 밤, 가물가물하는 등불을 시제로 글을 지었는데 그 등불이 흡사 중국의 사천성에 있는 백제성가에 붉은 깃발을 꽂은 것 같다는 표현을 해서 모두를 놀라게 했다고 한다.

서재에 한 발을 들여놓으면 그 특유의 그윽한 향이 서재 구석구석 감도는 듯했고, 그의 기품이 책갈피 갈피마다 서려있는 듯했다. 논개는 서재 청소를 할라치면 자연스레 조심스러워진다. 감히 쳐다볼 수도 없이 덕망 높고 인품과 학식을 두루 겸비하신 분을 지척에서 모시고 있다는 것을 생각하면 자신도 모르게 끌려들어가는 듯한 마음을 부인할 수 없다.

논개는 책꽂이의 책을 가지런히 정리한다. 틈새에 윤이 나도록 닦는다. 말끔하게 정리하고도 나올 생각을 않고 조용히 앉아 명상에 잠긴다. 서재에만 오면 시간 개념을 잊은 듯하다. 그분의 온기가 전신을 훑고 지나가는 듯하다. 따뜻하고 평온하다. 이제 그분의 서재 청소는 논개의 일상에서 빼놓을 수 없는 논개만의 유일한 즐거움이었다.

어머니의 말씀과 같이 생명의 은인이신 사또 어른이 행여나 불편하시진 않을지 유리알처럼 정리정돈을 한 후에도 마음이 놓이지 않는다. 논개는 희망한다. 모쪼록 사또 어른께서 마음 편히 쉴 수 있는 공간이 되었으면 하고….

그는 강직한 성격에 빈틈없고 치밀하기 이를 데 없는 분이지만, 때론 저녁에 책을 보다 그대로 펼쳐놓거나 묵화를 치다 그대로 둘 때도 있었다. 옛 선비들이 다 그랬듯이 최경회 수령 역시 붓과 벼루는 그의 가장 가까운 벗이었다. 옛 선비들이 시(詩), 서(書), 화(畵)에 능하듯이 그는 홀로 서재에서 시와 특히 묵화 치는 것을 즐겨했다.

예로부터 선비들은 정신과 마음이 혼란스러울 때 벼루에 먹을 갈며 마음을 정리하듯이 최경회 또한 이런저런 어수선한 마음을 붓으로 달랬을 것이다. 그는 하루의 일과를 끝내고 집으로 돌아오면 반드시 책과 벼루를 앞에 놓고 마음을 달랜다.

그는 지금까지 관직 생활을 했다지만 그의 주변엔 마음을 터놓고 얘기를 나눌 가까운 지인도 없다. 불의에 타협하지 못하고 혼자서 고립된 생활을 해온 셈이다. 오직 청렴, 정직, 곧은 생활이 그에게 주어진 모든 것이었다. 혼자서 시와 묵화 치는 것이 그의 전부였다.

그의 일상을 살짝 엿본다면 썩 좋은 것도 나쁜 것도 없다. 그런 그에게 심경의 변화가 찾아온 것일까. 정확히 언제부터인지는 꼬집어 말할 수 없지만 예전과 다른 그 무엇을 느낄 수 있었다.

그가 하루의 피곤한 몸을 누이기 위해 서재이자 침실이기도 한 방문을 열라치면 무언가 그윽한 향이 가슴 가득 밀려오는 것을 피부로 느낄 수 있었다. 예전보다 다른 느낌, 무언지 모르게 따뜻함과 안정감이 감도는 듯한 방 안 분위기, 이 느낌은 도대체 무얼까. 그는 조용히 밀려오는 평화로움에 몸과 마음을 담가본다. 오랜만에, 아주 오랜만에 평범한 일상이던 그에게도 삶에 대한 호기심을 유발하는 계기가 되었다.

최 현감은 무장에서 2년여 간 지내다가 1582년에는 영암 군수,

1584년에는 호조정랑, 형조정랑, 영해부사로 승진하였다. 영해 역시 경북의 작은 면소재지의 바닷가였다.

아무리 사방을 휘저어 보아도 어디에도 의지할 곳 없는 논개는 이제 최 현감의 부임지마다 따라다니는 것은 말할 것도 없었다.

어린 논개는 또 한 번 어린아이로선 겪지 못할 일을 겪어야만 했다. 자신 앞에 도사리고 있는 이 현실을 도무지 받아들일 수가 없었다. 천애의 고아가 되었다. 넋을 놓고 앉아 있다가도 생전에 어머니의 말씀을 되새겨 보며 다시 한 번 용기를 내어본다.

논개 어머니 박 씨는 아마 불혹의 나이에 막둥이를 얻은 탓으로 몸이 더 쇠약해졌는지도 몰랐다. 또한 맏이인 아들과 남편을 먼저 보내고 이어 시동생에게 억울한 일을 당하고 오갈 데 없는 모녀가 결국에는 노비로 전락했으니, 그녀의 일생은 무척이나 굴곡이 심한 인생길이었다.

"논개야, 아직도 어린 너를 이 지경에 두고 가려니 엄마가 정말 미안하구나. 내 귀한 딸을 두고 가려니 도저히 눈이 감기지 않을 것 같구나."

논개는 뼈만 남은 앙상한 어머니의 손을 부여잡고 오열을 토해냈다.

"논개야, 내가 없다고 절대로 주저앉거나 사또 어르신께 게을리 해서는 안 된다. 사또 어른은 너와 나를 지금까지 있게 해주신 분이야."

박 씨는 더 이상 말을 잇지 못하더니 한참 후에야 "논개야, 장차 네가 자랑스러운 딸로 컸을 때 그 훌륭한 모습을 어미 눈으로 못 보고 가는 게 한스럽구나. 용서해다오. 그리고 그 청년은 어찌 되었느냐? 다시 연락이 왔느냐?"

박 씨는 행여나 그 일로 인해 논개가 또 아픔을 당할까 두려웠다.

"논개야, 혼인이란 엇비슷한 집안끼리 하는 게 좋아. 보아하니 그 청년은 양반 집 자제인 것 같고 앞으로 출세가도를 달리는 청년 같은데 너희들끼리 아무리 좋다 해도 결국엔 사달이 나기 십상이야."

"어머니, 그 청년은 장수에서 서당을 함께 다니던 사람이에요."

"그래?"

논개는 한 번도 그 청년을 생각해 본 적이 없었다. 언제부터인가 마음 깊숙이 자리 잡은 그 어떤 형상으로 인해 다른 그 무엇도 비집고 들어올 틈이 없었다.

그렇게 박 씨는 살아생전 논개의 걱정에 노심초사하다가 이생의 모든 걸 내려놓고 한 많은 세상을 훌훌히 떠나버렸다.

슬하에 자녀 하나 없는 김 씨 부인으로서는 박 씨가 오히려 자신보다 더 복된 삶을 살지 않았나 하는 생각마저 든다. "내가 없더라도 논개를 잘 보살펴 달라"는 박 씨의 애절한 부탁이 아니더라도 김 씨 부인에게 논개는 관심이 가는 아이였다.

원래 음식 솜씨와 바느질 솜씨가 남다른 박 씨가 떠나고 나자 그 누구도 박 씨를 대신할 사람이 없었다. 무엇보다 오랜 세월 동안 그렇게 살갑게 시중을 들던 박 씨와 정이 깊었다면 깊었다. 그런 박 씨가 떠나고 난 후유증도 무시 못했다. 김 씨 부인은 그 즈음 병세가 더 나빠졌다. 노비들이 정성들여 탕약을 달여 올리는 덕분으로 근근이 지탱하고 있는 형편이었다. 처음 얼마간은 호전되는가 하더니, 또다시 병세가 짙어지고 있었다. 논개는 어머니의 슬픔도 채 가시기 전에 김 씨 부인의 시중을 들어야만 했다. 딸은 어머니를 닮는다더니 다시 한 번 논개를 유심히 관찰해 보니 무엇 하나 버릴 것이 없는 아이였다.

'저 애 같으면 무슨 일을 맡겨도 안심할 수 있을 아이야.'

김 씨 부인은 젊은 시절부터 시난고난했지만 최경회는 한 번도 언짢은 내색도 하지 않고 부임지마다 아픈 부인을 데리고 다녔다. 그러나 이번에는 문제가 달랐다.

최경회는 항상 변방으로만 다니던 중 1587년에는 경직(京職, 서울의 벼슬자리)인 사도시정으로 임명을 받게 되었다. 사도시정이란 궁중 창고의 미곡(米穀)과 궁내에 공급되는 간장, 조미료 등의 물품을 맡아온 사도시의 정삼품(正三品) 당하관(堂下官)이다. 위로 제조(提調: 正二品, 從二品)가 있고, 아래로 부정(副正: 從三品), 첨정(僉正: 從四品), 주부(從六品), 직장(從七品) 봉사(從八品) 등이 있다.

최경회는 무장에서 영암으로, 영암에서 영해로, 영해에서 사도시정으로 승진 발령을 받았다. 그는 부귀와 출세에 연연하지 않고 약한 자들의 고통을 외면하지 않으며, 정도의 길을 걷는 보기 드문 인격자였다. 그가 관직에 발을 들여 놓은 지 오랜만에 한양 땅으로 가게 되었다.

이역만리에서 본 하늘이나, 산 높고 골 깊은 산골에서 본 하늘이나 조금도 다를 바 없는 하늘이 한성 땅에도 펼쳐져 있었다. 여전히 하늘은 높고 태양은 밝게 빛나고 인파들은 거리를 메우고 있었다. 봄이라지만 아직은 쌀쌀한 날씨가 연일 계속되고 있었다. 연신 소매 깃으로 파고드는 바람은 차가웠다.

잠시나마 인생살이도, 아픔도, 슬픔도 내려놓고 마냥 쉬고 싶은 심정이다. 굳이 찾아 나설 이웃도 없는 흙냄새 나는 고향 마을, 가슴을 헤집으며 차가운 땅 속에 두고 온 어머니, 떠나면 잊으리라 마음 다졌지만 뜻대로 되지 않는 게 인생살이이던가.

긴 겨울이 물러나자 집 앞뜰에는 새하얀 목련화가 꽃망울을 터트리고 돌담 사이엔 샛노란 개나리가 앞다투어 꽃을 피워 올리던 어느 화창한 봄날, 최경회는 몇몇 식솔들을 앞세우고 한성에 당도했다. 경복궁을 이웃하고 또 육조를 위시한 중요 관청도 인접해 있는 여경방에 마련된 아담한 관사에 일행은 짐을 풀어 놓았다. 이제 한성에서의 생활이 시작되는 날이었다.

신라 초기에는 서벌(徐伐), 서나벌 (徐羅伐), 서야벌 등에서 비롯되어 변천된 조선의 도읍지는 한성(漢城)이다. 1392년, 개경에서 조선 왕조를 세운 이성계는 1393년에는 도읍지를 한양으로 정하고, 1394년에 천도하였다. 1395년(태조 4년)에 한양부의 명칭을 한성부로 칭하고, 9월에 서쪽에는 사직과 궁궐을 짓고 동쪽에는 종묘를 완성했다. 고려 왕조가 멸망하고 조선이 새롭게 도약하려는 시점이었다.

광화문 앞에는 육조관서가 있고, 육조 앞길은 조선 시대의 법궁(法宮)인 경복궁으로 가는 진입로이자 이 나라의 중심부인 거리에는 티끌 하나 없이 광택이 나는 듯했다. 1396년에는 백악산, 낙산, 목멱산, 인왕산을 연결하는 약 18km의 도성을 쌓았으며 한성부의 행정구역을 5부 52방으로 했다. 이때부터 조선은 정치 도시로서의 기능을 갖추어 나가기 시작했다.

바야흐로 지금은 14대 선조시대다. 논개는 같은 하늘, 같은 조선 땅에 왔으나 난생 처음 발을 디뎌보는 으리으리한 도시가 마치 이국땅에 온 것 같은 기분이었다.

"애야, 박 씨도 가버리고 너를 오랫동안 내 곁에 두고 싶으나 부사 어른을 수행해서 한성에 가야겠다."

김 씨 부인은 모든 걸 체념한 듯 힘겹게 말을 이어갔다. 훌륭한 부모님 모시고 정규 교육을 받은 김 씨 부인이지만 인간에게 가장 중요한 건강을 잃어버렸으니 모든 걸 잃어버린 거나 마찬가지였다. 김 씨 부인에게는 무척이나 힘든 세월이었다.

논개 어머니 박 씨가 가고 나자 김 씨 부인은 알게 모르게 몸이 천근만근이었다. 등을 땅에 붙이고 누워 있어도 어딘지 모르게 깊은 나락으로 내려가는 기분이었다.

김 씨 부인은 이번엔 도저히 함께 동행 할 수 없다는 것을 직감했다. 자신의 몸은 본인이 더 잘 알듯이 남편 최경회에게 더 이상 짐이 될 수 없었다. 김 씨 부인은 한성의 동행을 극구 사양하는 대신, 오래전부터 눈여겨보던 논개라는 아이를 데리고 갈 것을 권유했다. 그 아이라면 믿고 보낼 수 있을 것 같았다.

오갈 데 없는 논개 모녀를 내아에 들여준 것도 김 씨 부인이요, 어머니가 돌아가시고 버리지 않고 끝까지 책임져준 것도 김 씨 부인의 아량이다. 논개는 새삼 두 분들께 감사해하며 평생 그분들의 은혜에 보답하리라 다짐했다.

말은 태어나면 제주도로 보내고 사람은 태어나면 한양으로 보내라는 옛말이 떠오른다. 지리적으로 관사가 중앙에 있어서 눈만 돌리면 경복궁이니 뭐니 산골에선 볼 수 없었던 웅장한 건물들이 즐비하게 늘어서 있고, 비단옷을 입은 아름다운 여성들이 거리에 나다닌다. 순간 논개는 흠칫 놀란다. 시골에서는 볼 수 없는 낯선 풍경이었다. 한성이란 곳엔 눈만 돌리면 저렇듯 멋진 여성들이 활보하고 있는데. 언뜻 자신의 몰골을 내려다본다. 그러다 불에 대인 듯 또 한 번 놀란다.

한성에 오자 논개는 자신을 돌아볼 계기가 주어졌다. 어쩌다 여기까지 밀려온 인생이지만 현 위치에서나마 좀 더 현명하게 처신하자고 마음먹었다. 우선 내아에 있을 때보다 생활 반경이 줄어들었다. 날 많고 시샘 많은 내아는 노비들도 많고 생활이 분주 복잡했지만, 한성은 관사에 있는 몇 안 되는 식솔들만 건사하면 된다. 제일 먼저 논개는 오랫동안 잊었던 논어(論語)를 펼쳐 놓고 틈나는 대로 글을 익혀가기로 했다. 아버지가 계셨으면 지금쯤은 사서삼경 정도는 거뜬히 읽었을 텐데, 문득문득 아버지 어머니가 떠올랐지만 현 생활에 충실하려고 안간힘을 썼다.

무엇보다 한성에 와서 논개의 임무는 최경회 사도시정을 불편함 없이 시중드는 일이었다. 그에 따라 최경회의 식단은 논개의 몫이었다. 내아에 있을 때 곁눈질로 본 최경회 사또 어른의 진짓상은 논개가 보기에 무척 소박했다.

한성에 온 후로 논개는 제 임의대로 차츰차츰 식단을 바꿔나갔다. 소박하고 검소한 생활에 익숙해 있는 그는 결코 푸짐한 밥상은 원하지 않는다 해도 건강이 제일이 아닌가. 논개는 찬거리를 장만하기 위해 번화한 한성의 길을 이곳저곳 다니면서 길을 익혀 놓았다.

남대문 시장은 조선 초기부터 장사치들이 모여들어서 시장을 꾸려나갔다. 시장은 여기저기에서 장을 보러오는 사람들과 장사치들로 활기에 넘쳐있었다. 논개는 그들 틈에 끼어 흥청거려보기도 하며 싸전, 옷 가게를 구경하다가 채소전에 가서 싱싱한 채소를 사고, 생선 가게에 가서 싱싱한 고등어를 사와서 맛깔나게 조렸다. 시금치를 무치는 데도 사랑과 정성을 담았다. 논개는 이곳에 와서 그의 진짓상에 올라갈 요리를 하는 시간이 세상 그 무엇과도 바꿀 수 없는 달고 즐거운 시간이었다.

최경회 사도시정 역시 고을 수령으로 재직 시에는 한 고을의 제반사를 책임져야 하기 때문에 일일이 신경을 써야 했지만, 사도시정은 자신에게 주어진 업무만 철저히 해 놓으면 되기 때문에 오히려 정신적인 부담이 덜어졌을지도 모른다. 그러나 처음 얼마 동안은 평온한 생활이었지만 갈수록 왠지 마음이 편치 않다. 어지러운 정세 때문인가.

여전히 그에게는 하루의 일과를 마치고 집으로 돌아오면 저녁상을 물린 후 묵화를 치든지 아니면 책을 보는 것이 유일한 즐거움이었다. 처음 김 씨 부인이 논개를 딸려 보냈을 때는 조금은 미심쩍었다. 논개라는 아이가 어리지만 무척 영특하다는 것은 짐작했지만 이렇듯 다반사를 어른 못지않게 잘 처리해 나갈 줄은 그도 몰랐다. 최경회는 저녁상을 마주하면 깔깔하던 입맛이 되살아난다. 그 애의 정성이 담긴 밥상 때문일까. 이날도 그는 저녁상을 물린 후 따뜻한 국화차를 앞에 놓고 쏟아질 듯한 밤하늘의 별들을 내다보며 근심에 잠긴다. 장차 이 나라는 어떻게 될까?

일찍이 고려 시대에도 무수한 북방민족의 침략을 받았다. 거란의 3차례에 걸친 침입과 몽골의 7차례에 걸친 침입을 당하여 고려인들은 끝까지 거란과 몽골제국에 대항하여 싸웠다. 이것은 동아시아 역사에서 뿐만 아니라 세계역사상 드문 민중의 저항이라 하겠다. 당시 몽골은 중국을 정복하고 유럽으로 진출하여 세계역사상 전무후무한 몽골제국을 건설하였다. 이러한 몽골제국을 상대로 40여 년 가까이 항전을 계속하였다는 것은 세계사에서 아주 드문 일이다.

사실 고대로 거슬러 올라가 살펴보면 동아시아 세계에서 사라진 민족들이 부지기수다. 동아시아 세계에는 고대로부터 무수히 많은 민족이 살고 있었지만, 그 당시 강대국인 한족의 강력한 흡수, 동화력에 끌려 들어가 버리고 지금까지 존속해온 나라는 우리나라뿐이다.

동아시아 세계란 광대한 중국 대륙과 그 인접 국가인 우리나라를 비롯하여 만주, 몽골, 티벳 등을 말한다. 이러한 동아시아 세계에는 고대로부터 무수히 많은 민족이 살면서 민족 국가 혹은 대제국을 건설하였고, 한때는 한족을 정복하고 중국 대륙을 그들의 지배하에 둔 흉노 제국이 있었다.

한때 한족과 만리장성을 사이에 두고 치열하게 싸움을 벌인 흉노족이 세운 흉노 제국이 있었다. 한 제국도 함부로 하지 못했던 흉노족이었다. 그 당시 양국 사이에는 슬픈 전설도 전해지고 있다.

한(漢)의 왕 원제는 어느 달 밝은 가을 밤, 궁 안을 산책하다가 어디서 가냘픈 비파 소리에 걸음을 멈추고 비파 소리가 나는 곳을 돌아보다가 그 자리에 붙박인 듯 서버렸다. 궁녀 중에 저렇듯 미색이 있었을까? 그녀는 왕소군이라는 궁녀였다. 후에 원제는 그녀를 찾기 위해 궁녀들의 초상화를 꼼꼼히 찾아보았지만 그녀를 찾을 수가 없었다.

한족과 흉노족은 항상 티격태격했다. 그러다가 호한야가 두 나라 사이에 친선을 도모하기 위해 한족 원제의 딸을 달라고 했다. 그러자 원제는 딸은 줄 수 없고 대신 후궁 중 어느 누구든지 택하라고 했다. 그러자 잔치에 나온 많은 후궁들을 둘러보다가 왕소군에게 시선이 멈췄다. 호한야는 당장 왕소군을 지목했다. 원제는 그때서야 그처럼 찾아 헤매던 왕소군을 보고 깜짝 놀랐다.

사연인즉, 왕의 명으로 궁녀들의 초상화를 그릴 때 다른 궁녀들은 예쁘게 그려 달라고 화공에게 뇌물을 주는데, 왕소군은 집안이 가난해 그럴 형편이 못 되어 그냥 두었더니 아주 못생긴 얼굴에 큰 점을 그려 놓았던 것이다. 후에 화공의 목이 달아난 것은 말할 것도 없었다. 결국 왕소군은 흉노족에게 가고 원제는 그녀를 그리다 생을 마감했다고 한다.

그 후 왕소군은 양국 사이에 우호 관계를 유지하는데 힘써 60년이란 오랜 세월 동안 전쟁이 없었다고 한다. 그만큼 흉노족은 한족에게는 공포의 대상이었다. 그러나 그렇듯 중국 대륙을 휩쓸던 흉노족도 5세기 말을 기점으로 동아시아에서 자취를 감추어 버렸다.

그 외에도 많은 자질구레한 민족들이 나타났다간 사라져 갔다. 10세기 초에는 당나라가 망하고, 거란족이 세운 요나라와 여진족이 세운 금나라는 10세기와 13세기에 걸쳐 중국 대륙의 대부분을 차지하는 정복 왕조로 발전했다.

13세기 초에는 중국의 몽골 고원에서 몽골족이 나타나 원 제국을 세우고, 중국 역사상 처음으로 중국, 유럽, 남러시아까지 들어가 세계 역사상 몽골 민족에 의한 세계 제국을 건설하였다.

정복 왕조인 몽골족이 세운 원나라, 거란족이 세운 요나라 등은 그 당시 끊임없이 한반도를 쳐들어와 우리 민족을 괴롭히던 나라였다. 한때 그렇듯 잘나가던 국가는 몽골족을 제외하고는 모두 사라져 버렸다. 그러나 쇠심줄 같은 백의민족은 주위의 무수한 격침 속에서도 동아시아 세계에서 이렇게 버젓이 살아남아 있다.

그 외 동아시아 세계에서 살아남은 예외적 민족인 일본이 있다지만, 그들은 동아시아 세계에 포함시킬 수 없다. 그것은 일본이 고대와 중세, 그리고 근세에 이르기까지 동아시아 세계의 일원으로 정치, 군사적 영향권에 들어오지 못한 섬나라이기 때문이다. 무엇보다 일본은 주위 나라가 쳐들어간 일이 없었다. 기껏 해보았자 13세기 말에 고려·원 연합군의 일본 침공 외에는 외국 군대가 쳐들어간 일이 없거니와, 섬나라로서 동아시아 세계의 영향권 밖에서 생존한 민족일 따름이다.

그렇듯 한때는 중국 대륙을 뒤흔들던 민족들도 서서히 이 땅에서 사라져 버렸지만, 우리 민족은 지금까지 굳건히 이 땅에 건재하고 있다.

최경회는 국화차가 차갑게 식어버릴 때까지 밤하늘의 별을 내다보며 생각에 잠겨 있었다. 그 시간이 얼마나 흘러갔는지 이윽고 저 멀리 서쪽 하늘에 반달이 뾰족이 모습을 드러내고 있었다. 잠은 이미 세상 밖으로 달아나 버리고 간간이 바람소리만이 정적을 깨트리고 있었다. 왠지 이 밤은 번민에 젖어드는 밤인가. 아마 한 고을의 수령으로 있을 때보다 시간적 여유가 있기 때문에 이런저런 생각에 젖어드는 걸까. 그렇듯 동아시아 세계에서도 오늘날까지 버젓이 존속하고 있는 백의민족이지만 왠지 요즘은 나라 걱정에 마음이 편치 않다.

논개는 차츰차츰 이곳의 생활이 익숙해지자 나름대로 보람을 느낄 수 있었다. 무엇보다 내아에 있을 때보다 자유로웠다. 그렇다고 멍하니 앉아 시간을 낭비할 수 없어서 하루의 일정을 짜놓고 그대로 실행하기로 했다. 하루의 일과를 다 마친 후에는 오랫동안 접어두었던 책을 편다. 그럴라치면 언제나 아버지와 어머니의 환한 얼굴이 떠오른다.

"너는 장차 큰 인물이 될 아이야."

"그래, 부모님을 위해서라도 열심히 공부하자. 비록 큰 인물은 되지 못할지라도 주어진 일에 열심을 다하자. 아니, 훌륭하신 사임당 신 씨와 조선 중기의 대표적인 여류 시인인 허난설헌과 같은 유명한 여인으론 엄두도 내지 못할지라도 나름대로 열심히 노력해 보자."

논개는 혼자서 책을 들고 앉아서 한 자 한 자 익혀가는 것이 무척 즐거웠다. 글을 읽다가 도저히 이해할 수 없는 부분은 최경회 사도시정께 직접 말씀 드리지는 못하고 서간(書簡)을 써서 책상 위에 얹어 놓는다. 그럴라치면 이튿날은 틀림없이 아주 상세하게 그 뜻을 하나하나 풀이해서 책상 위에 얹어 놓으신다. 겉으로 보기엔 무뚝뚝하고 정이 없어 보이지만 속마음은 너무나 다정다감한 분이라는 것을 알 수 있었다.

한성에 온 후로 논개는 최경회 사도시정과 마주하는 기회가 있었지만, 최경회는 다정한 눈길 한 번 주지 않는 분이었다. 그러나 중용의 어려운 문구를 해석해 주실 때는 그분의 한 자 한 자가 사랑과 정열로 가득 찬 것 같았다. 논개는 하루하루의 일상에 보람과 희열을 느끼며 한성에서의 생활을 이어갔다.

한성 땅을 밟은 지도 어언 2년이란 세월이 흘렀다. 이제 한성의 지리도 어느 정도 익혀 놓았다. 다만 이곳에서는 봄철이나 가을철에 직접 재배한 싱싱한 채소를 상에 올리지 못하는 것이 무척 아쉬웠다. 논개는 일주일에 두세 번은 시장에 가서 반찬거리를 사오는가 하면 시장의 이곳저곳을 돌아보며 그들의 얘기에 귀를 기울여 보기도 한다. 주로 살아가는 얘기며 띄엄띄엄 정세에 대한 얘기를 할 때는 무언가 근심스런 얼굴이 되곤 하는 것을 수차 본 적이 있었다. 논개는 나라가 어수선하다는 것을 어렴풋이 짐작했다.

선조가 즉위하자 외척 세력은 물러가고 사림 세력이 정권을 독점했으나, 또다시 1575년 명종 비 인현왕후의 동생 심의겸과 신진 사류 김효원의 대립으로부터 동인과 서인의 파당 정치가 시작되었다.

그 당시 이조전랑 직은 바로 3사 언관직의 인사권을 쥐고 있는 막강한 힘을 가지고 있었다. 오건의 후임으로 이조전랑 자리에 김효원을 추천하자 심의겸은 김효원을 훈구파 윤원형의 집을 들락거렸다는 이유로 극구 반대했다.

그럼에도 김효원이 이조전랑 자리에 올랐다. 그 후 김효원이 다른 자리로 옮기자 이제는 심의겸이 자신의 동생 심충겸을 후임으로 천거했고, 이번에는 김효원이 그냥 있지 않았다. 이렇듯 전랑직을 둘러싼 심의겸과 김효원의 대립으로 급기야 동서분당으로 이어졌다.

동인으로는 김효원, 유성룡, 김성일, 이발, 이산해, 이덕형 등 이황과 조식의 문인들이 많았고, 심의겸을 비롯한 서인으로는 정철, 송익필, 윤두수 등 주로 이이와 성혼의 제자들이었다. 동인과 서인으로 갈라진 뒤 그들은 당파 싸움을 지속하게 된다. 이렇듯 동인과 서인의 싸움이 조정을 혼란시키자 이이가 이들의 중재(仲裁)를 맡아서 해결하려 했으나 1584년 이이가 세상을 떠나 동인과 서인의 다툼은 다시 격렬해졌다.

이이가 죽자 이발, 백유양 등이 동인에 가세해서 서인의 우두머리인 심의겸을 파직시켰다. 그러자 동인이 조정을 거의 장악하려는 찰나, 조선에 피바람을 일으키는 또 다른 사건이 터지고 말았다.

정여립은 전주의 명문 출신으로 조선 중기의 문신이자 사상가, 정치가였다. 그는 일찍이 기대승, 이이의 문하에서 수학하였으며, 이이는 정여립을 무척 아끼며 총애하였으나 이이가 죽을 때 선조 임금에게 지적하였듯이 정여립은 성격이 과격하고 기질이 매우 강한 자였다.

그러나 그는 학문적 자질은 뛰어나 1567년 진사시에 합격하였으며 1570년(선조 2년) 식년 문과 을과로 급제하여 예조 좌랑, 홍문관 부수찬과 수찬 등을 지냈다. 정여립은 홍문관수찬이 된 후 서인에서 동인으로 전향한 뒤로는, 자신의 스승인 이이를 선조 임금 앞에서도 소인배라 하며 공공연히 비난했다. 이로 인해 선조의 미움을 산 정여립은 관직에 오래 있지 못하고 고향으로 낙향했다.

그는 고향인 전라도에 내려가 죽도에 서실을 짓고 대동계를 조직하였다. 대동계는 신분에 제약을 두지 않고, 양반과 상인, 그리고 노비들까지 누구든지 뜻이 있는 자들이 매달 15일이면 한 곳에 모여 말타기, 칼 쓰기, 활쏘기 대회를 열고 술과 음식을 나누어 먹으며 친목을 나누었다.

1587년에는 당시 전주 부윤으로 있던 남언경이, 녹도에 왜적 18

척이 들어와 행패를 부리니 도와달라는 요청이 들어왔다. 이에 정여립은 서슴없이 대동계를 이끌고 녹도와 손죽도에 침범한 왜구들을 거뜬히 물리치기도 했다. 후에 왜구들이 정여립의 토벌대가 온다는 소식만 듣고도 풍비박산이 되어 달아날 정도로 그의 위세는 대단했다. 그와 더불어 대동계의 조직은 점차 확대되어 황해도 안악의 변숭복, 박연령, 해주의 지함두, 운봉의 승려 의연 등이 포함하게 되었다.

하지만 대동계가 날로 강화되어 감에 따라 주위의 주목을 받게 되고 결국 황해도 감찰사 고변이 조정에 장계를 올렸다. 장계에 의하면 정여립이 역모를 꾸미고 있다는 것이다. 정여립이 한강이 얼때를 기다려 한양으로 쳐들어가 신립과 조정 중신들을 죽이고 병권을 장악하기로 한다는 엄청난 사건의 내용이었다.

선조 임금은 후궁 출신 서자에다 관상가로부터 '왕이 돼선 안 될 관상'이라고 들은 바 있어 항상 콤플렉스와 피해망상에 사로잡혀 있었다. 이에 놀란 선조는 서인 정철을 현무관에 임명하여 전주에 파견하여 이 사건의 모든 조사 책임을 정철에게 맡겼다.

1589년 10월 8일 정여립 모반 사건에 연루되었다는 혐의로 수많은 인물들이 체포되어 심문을 받기 시작했다. 정철은 조선 시대 가사 문학의 대가이며 서인의 우두머리이다. 정철은 그의 큰누이와 작은 누이가 궁궐에 있어서 어린 시절부터 궁궐에 수시로 드나들면서 명종과도 친하게 지냈다. 정철은 늦은 나이에 임억령, 김인후,

기대승에게 수학하였다.

정여립을 체포하기 위해 의금부 도사들이 군사를 거느리고 금구로 갔으나 정여립은 이미 피신한 후였다. 변승복이 역모가 사전에 발각된 것을 알아차리고 정여립에게 달려가 알리자 정여립은 변승복과 죽도로 도주했다. 이에 진안현감이 관군을 이끌고 정여립의 뒤를 추격하자 그는 10월 17일 변승복과 아들을 죽이고 자신도 자결을 해버렸다. 이로써 반신반의하던 그의 역모 사건은 그 당시로는 사실화 되었고, 정철이 위관이 되어 동인의 인사들을 씨를 말렸다. 이때 숙청된 인사는 4대 사화 때의 두 배나 되는 1천여 명이나 되었다.

이 무렵 한양에 와 있던 일본 사절단의 승려 게이테쓰 겐소는 이러한 조선 내부의 갈등과 변란을 하나도 놓치지 않고 살피는 한편, 일본에 가서 샅샅이 보고했다.

정철 역시 성정이 강직하고 거친 성격이라 그의 사사로운 감정까지 겹쳐서 수많은 인명 피해를 입힌 사상 최대의 잔혹한 사건이었다.

《연려실기술》 선조조 고사본말에 의하면, 정철을 가리켜 "마음씨가 참혹하고 독하기가 칼날보다 더하니 생각하면 기가 막히다."라고 했다. 정철은 정여립과 조금이라도 교류가 있었던 사람들은 모조리 잡아들였다.

남명 조식의 수제자인 최영경이란 선비는 상상 속에 만든 정여립의 최측근 부하와 이목구비가 비슷하다는 이유로 죽임을 당하고, 김빙은 눈병을 앓아 자주 눈물을 흘렸는데 정여립을 위해 울었다 하여 죽임을 당했다. 심지어는 정여립과 단순히 편지를 주고받았다는 이유만으로, 그리고 유학자 정개청은 정여립의 집터를 봐주었다는 이유로, 또한 정여립과 이발의 편지를 근거로 이발을 비롯하여 정언신, 최영경, 정개청 등 1천여 명이 넘는 동인 계열사들이 희생을 당한 끔찍한 사건이 이 조선 땅에서 일어났다.

정철은 자기와 반대되는 뜻을 가진 자들은 모두 역적으로 몰아 기어이 죽여야 했다. 이 끔찍한 사건으로 인해 수많은 동인이 억울한 죽음을 당하게 되었다.

최경회가 승진해서 십수 년 만에 한성으로 올라오던 1587년에는 여진족들이 쳐들어오는가 하면, 그로부터 2년 후인 1589년에는 이런 끔찍한 사건이 일어나게 되었다. 일본이 지금 무슨 생각을 하고 있을지도 모르는 판국에 조선에서는 이런 엄청난 일이 일어나고 있었다.

아까운 사람들이 희생되었고 아까운 사람들이 유배를 갔다가 죽었다. 지금의 상황에선 어느 누구도 죽을 수 있다. 이 무슨 동족상잔이 이처럼 잔인하단 말인가. 최경회는 씁쓸한 마음을 달랠 길 없어 소주잔을 앞에 놓고 자작을 했다. 이러한 사세(斯世)에 한가로이 술잔을 기울인다는 것도 그로서는 죄스러운 일이라고 생각했다.

소위 기축옥사라고 하는 이 옥사로 한때 서인이 조정을 장악하긴 했지만, 1591년 그렇듯 날뛰던 정철이 세자 책봉 문제로 실각하자 또다시 동인이 득세하게 된다.

정철이 선조의 미움을 사 실각하게 되자 동인은 정여립 모반 사건에 대한 보복을 할 기회를 잡은 듯, 서인의 주요 인사는 대부분 숙청되고 조정은 완전히 동인의 손아귀에 넘어갔다. 그러나 동인은 정철의 치죄 과정에서 사형이냐, 유배로 끝내느냐의 문제를 두고 또다시 남인(유성룡, 우성전)과 북인(이산해, 이발)으로 갈라지게 된다. 이 역시 따지고 보면 같은 주리론을 주창한 영남 학파였으나 남인은 이황 문하이고, 북인은 조식의 문하이면서도 이이, 성혼 등과 교우 관계를 가지고 있던 사람들이었다.

또 북인은 소북으로 갈라지게 된다. 이렇듯 끝없는 분파를 통하여 조선의 붕당 정치는 그칠 줄 모르고 이어지고 있었다.

그러나 엄청난 사건인 기축옥사에 대해서는 아직까지 정설이 없다고 하지만, 사실상 서인이 동인의 씨를 말리려 한 구실이었다는 것이 학계의 정설이라는 것에 굳어진 듯하다.

이처럼 분당 사태로 정계가 당파 싸움에 휘말리는 동안, 일본은 전국을 통일하고 호시탐탐 조선을 침범할 계획을 세우고 있었다.

기이한 운명

한 치 앞을 모르는 인생길을 어린 논개는 혈혈단신으로 지금에 이르기까지 부단히 걸어왔던가! 마냥 아버지 어머니의 한없는 사랑을 받으며 고이 자라리라 여겼던 논개의 인생길은 무던히도 힘겨운 인생길이었다. 그러나 논개에겐 태산 같은 믿음의 지주가 있었기에 햇살이 따사로울 수 있었고, 삼라만상이 아름다울 수 있었다.

세월은 모든 것을 흘려보내고 한 치의 어긋남도 없이 인간들 사이를 비집고 지나갔다. 조선 땅에 차마 볼 수도, 들을 수도 없던 피비린내 나는 사건을 한성 땅에서 겪고, 이듬해 1590년 최경회는 사도시정의 임기를 마치고 담양 부사로 임명을 받았다. 차라리 홀가분했던가, 결코 그럴 수 없었다. 최경회는 한성을 떠나오면서도 혼자 몸을 피하는 것 같은 생각에 마음이 편치 않았다. 모쪼록 나라가 편안해지기를 마음속으로 빌면서 무거운 발걸음을 옮겼다.

최경회는 담양에 오자 제일 먼저 고향 화순에 있는 김 씨 부인을 데려왔다. 몸도 건강하지 못한 상태에서 시댁에 있는 마음이 오죽했을까만, 3년 만에 만나는 김 씨 부인의 얼굴은 몰라보리만치 병색이 완연했다. 논개는 얼른 김 씨 부인을 부축해서 방으로 모시고 지극 정성으로 간호했다.

논개는 담양에 오자 한층 더 바빠졌다. 약을 달이는가 하면 오랜만에 김 씨 부인의 식사 준비를 하느라 정신이 없었다. 그나마 논개가 정성을 다해 바친 식사는 한 술이라도 뜨는 시늉을 한다. 그래도 한성에 가기 전까지는 그럭저럭 지낼 만했는데, 이젠 살아야한다는 의욕조차 상실해 버린 것 같은 김 씨 부인을 대하자 마음이 아팠다.

최경회는 아내 걱정에 노심초사하며 토박이 아전들이 용하다고일러주는 의원들을 다 불러보았으나 뾰족한 수가 없었다. 담양뿐아니라 전라도에 용하기로 이름난 의원에게 진맥을 부탁했으나 대답은 여전히 불분명했다. 차마 그 앞에서 막말을 하기가 어려웠던가 보다. 김 씨 부인의 병세는 의원이 아니라 어느 누가 보아도 다시 일어날 가망은 어디에도 보이지 않았다.

셀 수 없이 많은 날 동안 남편 시중 한 번 변변히 들어주지 못했던 것을 돌이켜 보니 죄스럽기만 한데, 끝까지 버리지 않고 진실 된마음으로 자신을 돌보는 남편의 사랑에 이제 이생에서는 더 이상보답할 수 없을 것이라는 생각이 미치자 갑자기 걷잡을 수 없는 눈물이 베갯잇을 적셨다.

논개는 담양에 오고부터 멀리서나마 최경회 부사의 그림자도 보기 힘들었다. 의원들이 저마다 가져다주는 탕약을 달이느라 동분서주했다. 약은 정성이 반이라는 어머니의 말을 되새기며 한시도 불 앞을 떠나지 않고 정성을 다해 달여 김 씨 부인 앞에 가져간다. 김 씨 부인은 모든 것을 체념한 듯 약을 먹으려들지 않다가도 논개의 진심어린 권유에 마지못한 듯 약사발을 든다.

밤이 늦어서야 잠자리에 드는 논개는 때론 열일곱 살의 자신을 되돌아본다.

17년, 어쩌면 인생의 한평생을 다 산 듯한 꼬부랑 할머니가 되어 자신 앞에 나타난다. 아마 밤이나 낮이나, 슬플 때나 기쁠 때나 장승처럼 버티고 있는 버팀목이 아니었더라면 지금의 논개가 없었을지도 모른다. 눈 깜짝할 사이에 스쳐간 세월이 어언 17년, 무엇을 위해 생명을 지탱해 왔던가!

김 씨 부인은 주위의 정성에도 아랑곳없이 하루가 다르게 잦아들자 최경회 부사는 등청도 미루고 김 씨 부인 옆에서 병석을 지키고 있었다. 그러나 언제까지나 공석으로 비워둘 수 없어서 일단 등청했다가 아침저녁으로 오기로 하고 대신 논개가 병석을 지키기로 했다. 신경이 극도로 날카로워진 김 씨 부인의 극성도 받아주어야 했다. 그러나 무엇보다 김 씨 부인이 요즘 따라 자신을 의미심장하게 바라보는 눈길이 왠지 불안하다.

미인은 아무리 궂은일에 시달려도 아름다움이 단박에 드러나듯이 논개 또한 그 험한 일에 시달리고 지쳐있어도 빼어난 미모는 숨길 수 없다.

'저 애가 지금 몇이더라? 어림잡아 열대여섯은 되었을 게 아닌가. 이제 한창 피어나는 저 애를 보고 있을라치면 숱한 상상에 사로잡혀 스스로 마음을 다치곤 하던 적이 있었지.'

물론 논개의 됨됨이를 익히 알고 있는 터라 한성에 딸려 보냈지만 내심 마음이 그리 편치만은 않았던 것도 사실이다. 그러나 그 모든 게 이젠 부질없는 짓이 아닐까. 김 씨 부인은 괜히 논개에게 생트집을 부리는가 하면, 아침저녁으로 부인의 병문안을 오는 최경회 부사에게도 투정을 부리기 일쑤였다.

논개는 지금 처해 있는 현실과는 아랑곳없이 갈수록 아름다움이 더해 갔다. 해맑은 피부에 그린 듯 고운 눈매와 흑진주 같은 두 눈은 타인의 눈길을 끌고도 남음이 있었다.

김 씨 부인은 명이 길다면 길었다. 의원마다 비슷한 말을 남기고 갔지만 여전히 시난고난하며 병석에 누워있는 상태로 또 한 해를 맞았다. 느는 것이라곤 짜증뿐이었다. 그와 더불어 논개는 전에 없이 괴팍한 김 씨 부인의 비위를 불평 한 마디 없이 맞춰가며 묵묵히 자기 할 일을 해나갔다. 웬만해서는 병자의 피고름을 수시로 받아내며 거기에다 얼토당토않은 신경질을 감당하기란 결코 쉬운 일이 아닐 텐데 이제 갓 피어난 아이가 어떻게 견뎌낼까? 오히려 김 씨 부인이 고개를 갸웃거릴 지경이었다.

아직 어리다면 어린 아이가 궂은일도 마다하지 않고 묵묵히 참고 견디는 힘은 어디에서 오는 것일까! 박 씨의 유언을 지키기 위해 저렇듯 어금니를 깨물면서 궂은일도, 수모도 마다하지 않고 견뎌내는 것일까. 아니다, 분명 그 어떤 힘이 저 애를 묵묵히 지켜주고 있을 거야. 그랬다. 박 씨 역시 세상을 떠나기 전에 일점혈육인 논개를 부탁하노라고 신신당부하며 눈을 감았다. 김 씨 부인은 기꺼이 마지막 부탁을 들어주겠노라고 하지 않았던가.

오후의 햇살이 강렬했던 탓일까? 김 씨 부인은 논개의 진심어린 권유로 오랜만에 자리를 털고 일어나 마루에 나왔다. 자신의 몸이 점점 나락으로 기어들어가는 것과는 상반되게 세상은 온통 푸르름 그 자체였다. 내아 앞뜰에는 연산홍, 작약, 갖가지 꽃들이 만발하여 노랑나비와 흰나비들이 날갯짓을 하며 날아들고 있었다. 바야흐로 만물이 생동하는 계절이다. 절로 "아, 아름답다!"라는 탄식 아닌 탄식이 입술 사이로 새어나왔다. 오랜만에 따사로운 햇살이 병들고 지친 몸뚱이를 축복인 양 감싸주고 갖가지 꽃들은 시샘을 하듯 활짝 피어서 자신을 반기고 있었다.

며칠 후, 으레 시간에 맞추어 탕약을 들고 들어오는 논개에게 김 씨 부인은 다른 날과는 달리 부드럽게 불렀다.

"애야, 나 때문에 수고가 많다. 어린 나이인데도 병시중을 군말

없이 들어주는 네가 아니었더라면 지금까지 이렇게 버티고 있지 못했을 거다. 고맙다. 너뿐만 아니라 너의 어머니 박 씨도 내게 지극정성으로 하다가 먼저 가지 않았니. 적어도 인간의 탈을 썼다면 은혜를 모르면 되겠니?"

"마님, 그 무슨 당치도 않은 말씀을 하셔요. 저희들이 마님께 은혜를 입었습니다."

"그래, 논개야, 참 곱구나. 너 지금 나이가 몇이더냐? 널 어릴 때부터 지켜보았지만 넌 분명 양반 자식임에 틀림없다. 비록 이런 곳에 있다지만 너의 행실과 예의범절이 다른 노비들과는 전연 다르다. 논개야, 내가 너의 어머니와 굳게 언약한 게 있다. 이만한 정신이라도 있을 때 그 약속을 지켜야겠다."

"마님, 무슨 약속을요?"

"너의 장래를 부탁하고 갔다. 혹 마음에 두고 있는 사람이라도 있느냐? 있으면 어려워하지 말고 내게 말해보아라."

논개는 정신이 아뜩했다. 혹이나 일편단심 그를 향한 마음이 들켰을까 얼굴을 들 수 없었다.

"마님, 아닙니다."

"그럼 오래전에 양반집 자제가 찾아온 건 무어냐?"

그는 그 후 다시 찾아왔지만 논개는 단호히 거절했다. 자신은 양반 자제를 탐할 수 없노라는 겸손한 말로.

"네가 마음에 둔 사람이 없다면 네게 맞춤한 청년을 내가 한 번 주선해 볼까?"

"마님, 저는 아직…"

논개는 얼른 그 자리를 뛰쳐나왔다. 김 씨 부인은 곰곰이 생각해보았다. 아무리 주종 관계라지만 오랜 세월을 함께 보낸 정이 있지 않은가.

여전히 최경회 부사는 하루도 거르지 않고 아침저녁으로 아내가 자리보존하고 있는 방으로 들어온다.

그날은 소리 없이 비가 내리던 저녁나절이었다. 여느 날과 다름없이 논개는 저녁 탕약을 받쳐 들고 김 씨 부인에게로 왔다. 오랫동안 병석에 누워있는 방이라 문을 열면 역겨운 냄새가 확 끼쳐 오지만 논개는 태연하게 방으로 들어갔다.

이제 막 달인 탕약을 따뜻할 정도로 식혀서 김 씨 부인에게 올리는 순간, 방문을 여닫는 소리에 무심코 돌아보니 뜻밖에도 최경회 부사였다. 아마 최경회 부사가 이날은 전보다 퇴청이 빨랐던가 보다.

담양에 온 후로 논개와 최경회 부사가 마주치는 일은 극히 드물었다. 순간적으로 그들의 눈이 마주치자 무척 당황해 하는 모습이 역력했다. 아니 순식간에 그들의 얼굴에 미묘한 감정이 스치고 지나가는 것을 김 씨 부인은 놓치지 않았다. 지금까지 자신의 생각이 한낮 기우에 지나지 않을 것이라 여겼던 것이 현실화되어 버렸다. 괘씸했다. 논개도 남편도. 당장 그 자리에서 트집을 잡으려다 점잖은 사대부의 행동이 아니라 싶어서 목까지 차오르는 것을 간신히 억눌렀다. 칠거지악(七去之惡) 중에 투기가 제일 무섭다고 하지 않았던가. 조선 왕실에서도 많은 사례가 있지 않았던가. 사대부 집안에서 태어나 정규 교육을 받은 자신이 이제 와서 어쭙잖은 꼴을 보이고 싶지 않았다.

하루가 다르게 김 씨 부인의 병세는 나빠지고 있었다. 이제 얼마 남지 않음을 본인도 짐작하고 있었다. 긴긴 밤을 생각해보아도 세상에 태어나서 아무것도 한 일이 없었다. 최 씨 가문에 혼인을 해서 대를 이어주지 못한 것도 죄요, 아내의 구실을 못한 것도 남편에게 더할 수 없는 죄악이었다. 그런 주제에 투기라니.

'그 애는 원래 양반가의 자녀가 아니었던가. 왜 하필이면 그 사람이던가. 17년 세월 속에 차곡차곡 쌓아놓은 비밀한 마음을 깨트릴 수는 없을까.'

무쇠도 녹일 듯하던 더위도 자취를 감추고 온 산천에 오색 단풍이 곱게 물들던 어느 가을 날, 내아 앞뜰에서 조촐한 혼례식이 있었다. 새색시가 아직 초혼이기에 예식을 갖추어야 눈을 감을 수 있다는 김 씨 부인의 성화에서였다. 새신랑의 분부대로 모두들 쉬쉬했는데 어떻게들 알고 내아 밖 대문 앞에도 축하객들이 진을 치고 있었다.

사모관대를 쓴 이날 신랑은 조금은 연륜이 쌓인 것 같았으나 아직도 당당하고 늠름한 풍채와 외모는 젊은이 못지않았다. 그에 비해 아직 어린 티가 가시지 않은 채 두 볼에 빨간 연지곤지를 찍고

머리에 족두리를 쓴 새 신부는 마치 천상의 선녀 같았다. 조금은 이색적인 결혼식에 참석한 손님들은 진심으로 신랑 신부의 행복을 빌어 주었다.

김 씨 부인은 비록 몸은 천근만근이었지만 마음은 전에 없이 가벼웠다. 수시로 치밀어 오르는 울분을 참아내지 못하고 속을 끓이던 때가, 그래도 세상에 미련이 조금이라도 남아 있었을 때였던가. 이제 세상을 초월하고 나니 모든 게 부질없는 짓이라는 걸 깨달았다.

신랑 최경회, 신부 주논개.

이제 그들은 김 씨 부인의 주선으로 만인 앞에서 부부의 연을 맺었다. 그 후 논개는 전보다 더 김 씨 부인을 극진히 병간하며 불편한 점이 없는지 살피며 진심으로 김 씨 부인을 간호했다. 최경회 부사 역시 김 씨 부인을 전보다 더 알뜰히 보살펴 주었다.

가을이 막바지에 이르던 어느 날, 밤늦게까지 비가 부슬부슬 구슬프게 내리고 있었다. 자시쯤 되자 김 씨의 수발을 들고 있는 논개를 한사코 신혼 방으로 돌려보내고, 홀로 쓸쓸히 자리에 누워 서글프게 내리는 빗소리를 들으며 가물가물한 의식을 한사코 붙들려고 안간힘을 썼던가. 그날 밤 김 씨 부인은 자는 듯이 누워서 한 많은 세상을 하직했다. 살아생전 무척이나 고달픈 인생길이었으리라. 자신의 피붙이도, 여인의 행복도 감지하지 못한 채 이제 모든 걸 내려놓고 아픔도 슬픔도 없는 세상으로 김 씨 부인은 그렇게 떠나갔다.

'영원히 내 것이 될 수 없으리라. 남의 것을 탐하면 도적과 다를 바가 어디 있을까!' 많이도 밀어냈지만, 마음 한 자리에 깊숙이 파묻혀 있는 열기는 가실 줄을 몰랐다. 그 사랑이, 그 행복이 현실이 되었다. 논개는 이 세상에서 더 이상 바랄 것이 없었다. 생에 있어서 '사랑' 그 외에 또 무엇이 이처럼 아름답고 황홀할 수 있을까!

남의 말은 3일을 안 간다더니, 처음엔 천첩(賤妾)이니 뭐니 하며 더러는 시샘을 하는 아낙들도 있었지만, 워낙에 후덕한 인심으로 내아를 두루 잘 다스리니 험담이 칭찬으로 변했다. 좀처럼 속내를 잘 나타내지 않던 최경회 부사 역시 뭔지 모르게 관대해짐은 숨길 수 없었다.

그들은 길가에 내동댕이쳐진 돌멩이 하나에도, 바람에 휩쓸리는 나뭇잎 하나에도 의미를 부여하듯이 눈에 보이는 삼라만상이 소중했다. 세상에 존재하는 모든 만물들이 환희 그 자체였다. 어떻게 이루어진 사랑인가, 낙타가 바늘구멍에 들어갈지언정 그들의 사랑은 세상 끝 날까지 평행선을 달리리라 여겼던 것이 현실화되었다.

꿈같은 날들이 흘러갔다. 그런 가운데 최경회 부사는 왠지 불안했다. 신혼의 단꿈에 젖어 있다가도 문득문득 연로하신 어머님 생각에 가슴이 저려온다. 자신만이 이렇게 행복해도 될까? 원래 좋은 일에는 마가 낀다는 말이 있듯이, 왠지 악마의 신이 그들 사이를 헤집고 훼방을 놓을 것만 같았다. 일찍이 관직 생활을 하고부터 자신은 임지로 돌아다니느라 고향에 계신 연로하신 어머님과 형님들을 자주 찾아뵙지 못한 게 요즘 따라 한없이 죄송한 생각이 든다. 며칠 전 골치 아픈 송사도 잘 마무리된 상태였다.

모두들 어떤 판결이 날까 마음 졸이고 있었는데 최경회 부사의 올바르고 지혜로운 판결에 모두들 혀를 내두르며 칭송을 아끼지 않았다. 관아의 일도, 신혼의 단꿈도 아무런 문제없는데 어쩐지 마음이 편치 않았다.

어느 날이었다. 아침부터 눈발이 휘날리더니 오후가 되자 함박눈이 펑펑 쏟아지고 있었다. 논개는 눈 내리는 정경을 내다보자 기분이 날아갈 것 같았다. 갑자기 눈발 사이로 어머니의 모습이 떠오른다. '어머니, 어머니가 그처럼 걱정하시던 딸 논개가 평생 흠모해도 모자랄 그 사람과 이렇듯 행복한 생활을 하고 있어요. 어머니, 이젠 제 걱정하시지 않아도 돼요.' 하며 눈 오는 바깥을 내다보며 어머니를 그리고 있었다. 최경회 부사 역시 이날따라 퇴청하는 모습이 며칠 전보다 한결 기분이 좋은 것 같다.

"부사 어른, 요즘 부사 어른 모습이 무언가 근심이 있는가 하더니, 오늘은 기분이 참 좋아 보입니다."

논개는 이젠 어엿한 남편인데도 그에게 예를 갖추어 말했다.

"실은 요 며칠간 연로하신 모친 생각에 근심이 되더니, 펑펑 쏟아지는 눈발을 보니 괜히 기분이 좋아지는구려. 내 근심이 한낱 기우에 지나지 않은 것 같아. 눈은 원래 상서로움의 상징이라고 옛 어른들이 말씀하셨지."

그렇게 그들은 내일이 다시 오지 않을 것처럼 사랑에 겨워 어찌할 바를 모르는 듯 새하얀 눈발이 이리저리 흩날리는 바깥을 내다보고 있는데, 뜻밖에도 눈을 함박 뒤집어쓴 50대 남자가 화순 고향에서 전갈을 가지고 왔다. 최경회 부사는 단박에 가슴이 철렁 내려앉았다. 아니나 다를까 최경회의 모친이 위급하니 빨리 고향으로 오라는 전갈이었다.

충(忠)과 효(孝)를 가장 으뜸으로 삼고 있는 조선 시대에는 자신의 일에 앞서 부모님의 근황이 우선이었다. 그러잖아도 모친 살아생전 한 번도 곁에서 모시지 못한 게 항상 마음에 걸렸는데, 막상 모친이 위급하다는 전갈을 받고 보니 천 길 낭떠러지로 떨어지는 것 같았다. 최경회는 부랴부랴 관직을 내려놓고 모친 곁으로 갈 채비를 했다. 그러나 막상 가려니 논개가 마음에 걸렸다. 아무래도 지금 가면 꼬박 3년이란 세월을 떨어져 있어야 할 텐데 차마 논개에게 지금의 사정을 얘기할 수 없었다. 아무리 논개와 뜻이 합해서 부부의 연을 맺었다지만 항상 논개에게 죄스러웠다. 아직도 풋과일 같은 논개가 자신의 부실이 되어주었다는 것이 그로서는 미안하면서도 고마웠다. 그렇다고 정실이 아닌 논개를 고향에 데려갈 수는 없었다.

"저는 괜찮으니 아무 걱정 마시고 한시 바삐 떠나셔야 합니다."

그제야 최경회는 말문을 열었다. 도저히 말이 입 밖에 나오지 않는데 눈치 빠른 논개가 대신해 주었다.

"아직 일 년도 채 안 되었는데 자네를 두고 가려니 미안하네. 이곳은 관사라 더 있을 수 없고, 자네 고향인 장수에 내가 없는 동안 가 있으면 좋겠네."

고향이라 해보았자 그때 그 일이 있은 후로는 아직 한 번도 가본 적이 없었다. 먼발치에서도 본 적이 없었다.

"자네가 거처할 만한 곳을 미리 얘기해 두었으니 아무 걱정 말고 그곳에 가 있게나. 그렇게 불편하지는 않을 걸세."

"저는 아무래도 좋습니다. 지금까지 잘 견뎌온 것도 부사님의 은덕이었고, 또 부족한 저를 거두어 주신 것도 당신의 은덕이 아니옵니까. 제게 3년이란 긴 세월이 아니어요. 제가 걱정되는 것은 3년 동안 시묘살이를 하시려면 혹 건강을 해치실까 저어됩니다."

논개는 가슴이 미어지는 것 같았지만 그의 말에 순순히 따르기로 했다. 17년간 사모하던 그분을 지아비로 모시고 이제는 행복만이 펼쳐질 것이라 여겼던 것이, 그의 사람이 된지 기껏 일 년이란 세월도 가기 전에 또 헤어져야 한다는 운명 앞에서 허탈할 뿐이었다.

3년이란 세월 동안 얼마나 그를 그리워하며 살아야 할지 불을 보듯 훤하지만, 논개는 길 떠나는 분 앞에 아쉬움의 표정도, 눈물도 보여서는 안 되겠다 싶었다. 당장 그와 헤어져야 한다는 생각을 하니 눈앞이 캄캄해져 왔다. 회자정리(會者定離) 거자필반(去者必返)이라 했던가. 만나면 헤어지고, 헤어지면 만나는 것이 세상사라지만 논개에겐 아득한 세월이었다.

- 6 -

성곽의 나라

우리나라는 예로부터 '성곽의 나라'라고 불릴 만큼 많은 성을 가지고 있는 나라다. 고대인들은 험준한 산에는 산성을 쌓았고, 도시 외곽에는 도성과 나성을 쌓았다. 그 옛날 고구려가 대제국인 수나라, 당나라의 침입을 거뜬히 물리칠 수 있었던 것도 국토의 내외곽을 요소요소 지키고 있던 성의 덕택이었다.

마을(읍)을 지키기 위해 쌓은 읍성은 보통 산기슭을 끼고 지어졌다. 특히 왜구의 침입이 잦았던 고려 말 이후에는 해안 지방을 중심으로 성을 세웠다. 변란이 일어나면 성 밖에 사는 마을 사람들도 성 안으로 들어와 성문을 굳게 닫고 마을을 지켰다. 우리나라는 곳곳에 성도 많을 뿐 예부터 외적의 침입이 잦았다.

우리나라 역사상 가장 많은 외적의 침입을 받은 시기는 고려 때라 할 수 있다. 고려는 건국 후 세 차례에 걸친 거란족과 여진족, 그리고 몽골에는 40여 년간 끈질기게 침입을 받아왔지만 백성들과 관군이 하나가 되어 끝까지 몽고군에 맞서 싸워 성을 지킬 수 있었다.

그 당시 중국 대륙에서는 거란, 여진, 몽고 등 북방 민족이 대두하여 중원(中原)의 한족(漢族)을 압박하였다. 그러나 고려는 건국 이후 중국의 역대 왕조와는 친선 관계를 유지해 왔으나, 북방 민족에 대해서는 대립 정책을 취하고 있었다. 특히 발해를 멸망시킨 거란과는 불편한 관계였다.

광종은 서부 지역에 여러 성을 쌓아 거란에 대한 경계를 엄하게 했다. 그 즈음 발해의 유민들은 다시 일어나 정안국을 세우고 송과 고려와 손을 잡고 거란을 치려는 움직임이 보이자, 거란은 먼저 정안국과 여진족을 공략한 후, 993년(고려 성종 12년)부터 1019년(현종 10년)에 이르기까지 27년에 걸쳐 크고 작은 14 차례의 전쟁을 치렀다.

993년 1차 침입에서 거란은 소손녕이 80만 대군을 이끌고 침입하자 고려 내부에서는 화친론과 주전론(主戰論)이 나왔으나, 고려 초기의 정치가인 서희의 지혜로 소손녕과 담판을 지어 오히려 강동 6주를 받을 수 있었다.

거란의 고려 침략은 영토 확장에 있는 게 아니라 고려와 통교를 맺고자 하는데 있다는 것을 간파한 서희는, 소손녕과 담판을 통해 거란과 통교를 하려해도 여진족이 방해가 되니 여진족을 물리쳐줄 것과, 압록강 유역의 땅을 고려에 넘겨주어 통교할 길을 트이게 해 달라는 요구 조건을 내세웠다.

거란은 이를 흔쾌히 허락하여 압록강 동쪽의 280리 지역에 대한 영유권을 넘겨주었고, 고려는 대신 송과의 관계를 끊고 거란을 적대시하지 않겠다는 조건으로 강동 6주를 받아 고려의 영토로 편입시켜서 성을 쌓은 뒤 그곳을 군사 기점으로 삼았다. 이것이 거란과의 1차 전쟁이었다. 실로 강동 6주는 군사 요충지 중의 요충지였다. 후에 거란은 이 지역의 성을 침범하지 못해 난감해했고, 결국 포기하고 남쪽으로 진군했다가 돌아가는 길에 참패를 당하게 된다.

그 후 거란은 송과의 전투 끝에 중원의 연운 16주를 차지한 후, 강동 6주를 되돌려 받기 위해 1010년 거란의 성종이 직접 40만 대군을 이끌고 고려로 쳐들어오자 고려 조정은 나주까지 피란을 갔다. 그러나 거란군은 압록강을 건너 맹렬히 진군했지만, 이번에도 강동 6주의 하나인 흥화진과 통주에서 고려군에게 밀려 결국 성을 점령하지 못하고 돌아갔다.

이후 거란은 계속 고려를 공격하다 현종 9년(1018년)에 소배압이 10만 대군을 이끌고 쳐들어 왔다. 이번에도 모든 조정 관리들이 항복을 하자고 했지만 강감찬은 현종을 전라도 지방으로 몽진을 하게 한 후, 그의 기발한 아이디어로 도망가는 거란 군을 귀주에서 크게 무찔렀다. 강감찬의 귀주대첩이야말로 우리나라 대외 항전 사상 중요한 전투의 하나로 손꼽힌다.

세 차례에 걸친 거란과의 전쟁에서 고려가 승리함으로써 이후 거란은 고려를 넘보 지 못했고 동아시아에서 고려의 위상은 높아졌으며, 거란과 송, 고려가 대등한 위치에서 당당하게 걸을 수 있었다.

전란 이후에는 강감찬의 주장으로 개성 외곽에 나성이라고 하는 성곽을 축조하여 외적의 침입에 대비했다.

또한 12세기 초에는 고려의 속국이나 다름없었던 여진족의 침입을 받자, 윤관이 총책임자가 되어 여진족이 진을 치고 있는 함흥으로 쳐들어가 그 주위에 9개의 성을 쌓아서 여진족을 몰아냈다.

이처럼 고려국은 어느 나라 못지않은 훌륭한 장군들이 있었고 여러 성을 쌓은 결과 거란과 여진족을 거뜬히 물리칠 수 있었다. 그 뒤로 고려는 무신정권이 들어서고 권력 다툼과 부패로 인해 농민들과 천민들의 봉기가 끊이지 않았다.

고려는 계속되는 내란으로 나라가 무척 약해져 있는 상태인데, 중국 대륙에서는 가장 광대한 영토를 정복한 몽고의 칭기즈 칸이 지배자로 나타났다. 이런저런 이유로 두 나라 사이엔 관계가 좋지 않던 차, 설상가상으로 1225년에는 몽고 사신 제구유가 고려에 왔다가 돌아가는 길에 압록 강변에서 암살당하는 사건마저 벌어졌다. 이에 몽고는 고려와 국교를 단절하고 1231년부터 1258년까지 30년에 걸쳐 6차례나 고려에 쳐들어왔다.

몽고의 1차 침입 때에는 군사적 요충지인 귀주성에서 30일간이나 성을 여러 겹으로 포위해서 네 차례에 걸쳐 온갖 방법으로 성을 무너트리려 할 때, 귀주성 주민들은 한마음 한뜻이 되어 박서의 지휘 아래 그때그때마다 훌륭한 전술로써 막아냈다. 몽고군은 이러한 박서의 지략과 주민들의 결사적인 단합을 보고, 비록 적군이라지만 입을 모아 감탄을 했다고 한다.

또한 귀주성 전투에 참여했던 70세의 몽골군 노장수가 성과 보루, 병기를 자세히 돌아보고 탄식하기를 "내가 20세부터 전투에 참가하여 천하의 무수한 성을 공격하였으나, 이처럼 맹렬하고 오랜 공격을 당하면서도 끝내 항복하지 않은 곳은 일찍이 본 적이 없다. 이 성을 굳게 지킨 여러 장수들은 후일에 반드시 장군이나 재상이 될 인재들일 것이다."라고 하였다. 이처럼 귀주성 전투에서 보여준 고려인의 감동적이고 끈질긴 저항력에 몽고군마저 감탄해 마지않았다.

1232년 또다시 몽고가 침략할 기미가 보이자 해전에 약한 몽고군의 약점을 이용해 고려는 수도를 강화도로 옮겼다. 그러나 1차 침략에 혼이 난 최충헌의 아들 최우는 이듬해 강화도로 피신해 버렸다. 그 즈음 무신정권의 진압에 밀려 산속으로 들어가 있던 난민들이 또다시 들고 일어나 몽고군과 맞서 싸웠다. 1차 침략 때도 귀족들은 도망가기에 바빴고 농민과 천민들만 남아서 충주성을 굳게 지킴으로서 몽고군이 더 이상 침범하지 못했다.

2차 침략의 전투는 치열했다. 닥치는 대로 강탈과 살육을 하며 수원과 용인까지 내려와 처인성에 다다랐다. 몽고군의 광기에 맞선 민중의 항전도 만만치는 않았다. 특히 처인성 방어 전투를 지휘했던 김윤후는 백성들과 함께, 미친 듯이 날뛰는 몽고군에 죽음을 각오하고 대항했다. 김윤후는 노비 문서를 불태우면서까지 노비들의 사기를 북돋아주면서 내 나라를 지키기 위해 몽고군에게 맹렬한 기세로 달려들었다. 그 결과 몽고군의 우두머리 살리타이가 화살에 맞아 죽게 되자, 몽고군은 더 이상 공격할 힘을 잃어버리고 철수하기에 이르렀다.

승려 김윤후는 20년 후인 1253년 다섯 번째 침입 때도 많은 노비들과 병사들을 이끌고 몽고군과의 맹렬한 격투에도 싸워서 기어이 승리로 이끌었다.

고려의 민중들과 싸우는 상대는 중국 대륙은 물론이려니와 중앙아시아와 유럽까지도 진출한 대제국이었다. 고려라는 작은 나라가 이 어마어마한 나라와 긴 세월 동안 전쟁을 치를 수 있었다는 건 보통 일이 아니었다. 그것도 관리들은 모두 도망간 상태에서 농민이나 천민들이 오직 내 나라 내 민족을 지키겠다는 마음 하나만 가지고 힘을 합쳐 싸운다는 건 정말 대단한 일이 아닐 수 없었다. 그러나 전쟁을 총지휘하여 온 국력을 집결해야 할 조정 관리들이 나라는 어찌됐든 안위에만 빠져 있으니 아무리 민중들이 결사적으로 대항한다지만, 몽골의 대군을 물리친다는 것도 한계가 있었다.

끝내 고려는 민중들의 피나는 노력도 뒤로한 채 몽고에 손을 들게 되었다.

이 끔찍한 전쟁은 1231년에 시작해서 1270년 원종이 개경으로 환도하면서 종결될 수 있었다. 몽골을 상대로 기나긴 세월 동안 싸울 수 있었던 것도, 고려라는 나라를 지킬 수 있었던 것도, 온전히 백성들의 덕분이라 할 수 있다. 그러나 몽고는 고려 왕조를 자기 나라의 속국으로 만들지 않았다. 몽고는 고려를 작은 나라라고 만만하게 보았다가 이번 전쟁에서 민중들의 애국심에 기가 질려 버렸다고 한다. 그런 상태로 있다가 원나라가 약해진 틈을 타 고려는 그들의 지배에서 쉽게 벗어날 수 있었고, 그 후 어느 나라와도 분명하게 독립적인 관계를 유지해 나갔다.

이처럼 옛 선조(先祖)들의 피나는 노력으로 고려라는 나라를 지켜왔고 이어 조선 200여 년간 여전히 주위의 작은 침범이나 왜구의 노닥거림이 있었으나 그때마다 거뜬히 물리치고 이 땅에 버젓이 존속해있는 조선이다.

더구나 13세기와 14~15세기의 조선 사회는 금속 활자를 세계 최초로 만들어낼 정도로 과학 기술은 세계 최고 수준이었다.

세계적인 과학 사학자인 도날드 힐 박사는 13세기를 대표하는 기술자가 알재재리(Al-Jazari)라고 하면, 장영실은 15세기를 대표하는 기술자라고 평가했다.

장영실은 천민으로서 세종대왕이 끝까지 밀어 주어서 세계적인 기술자가 되었다. 원래 그의 아버지는 중국에서 온 귀화인인 반면 그의 어머니는 관기였기에 장영실 또한 관노가 될 수밖에 없었다 그는 주위의 비난과 시기 속에서도 천문 관측 기기와 1434년 자동 물시계인 자격루를 당대 최고로 만들었는가 하면, 1441년에는 세계 최초의 우량계인 측우기를 만들어냈다. 그 당시 장영실을 일러 '과학을 위해 태어난 인물'이라 할 정도로 그는 과학적 재능이 비상했다.

또한 태종대에 화약 및 화기 제조 기술 개발이 원활하게 이루어져 세종 대에는 중국보다 더 높은 기술이었는가 하면, 독자적인 기술을 개발해 쇠로 만든 포탄을 만들어냈다.

그 외에도 서양보다 350년 앞서 세계 최초 2단형 로켓을 개발해 내기도 했다. 나아가서 1983년에 일본의 이토, 야마다 교수 등이 편찬한 《과학기술사사전》에 의하면 1400~1450년의 주요 과학 기술 업적을 조사한 결과 조선이 29건, 중국이 5건, 일본은 한 건도 없고, 그 외 전 지역에서 28건으로 되어 있다.

당시 과학 기술의 중심은 동아시아였고 동아시아에서도 가장 압도적으로 발전된 곳이 조선이었다. 당시의 일반 교육 수준이나 문화나 문물에 있어서, 항상 깐족거리는 여진족이나 일본 등은 조선의 발뒤꿈치에도 따라오지 못할 정도였으니 주변 민족들에 대해 조선은 항상 자부심과 우월감을 갖고 있었다.

일본은 역사적으로 불교나 유교, 심지어 도예 기술까지 조선이 전수해 주었으니, 왜는 늘 문화적으로 미개한 나라라고 치부했다. 한마디로 당시 조선은 일본이라는 나라는 작은 섬나라이며 해적 정도로 생각했다. 그러나 작은 섬나라인 왜(倭)는 점차 어디든 기어들어와 노략질을 일삼았다.

일찍이 삼국 시대부터 해적이 침입한 바 있지만 그리 큰 규모는 아니었다. 그러다 고려 말부터 조선 초에는 거의 해마다 좀도둑마냥 기어들어와 노략질을 해갔다. 14세기 후반에는 왜구가 자주 침입했을 뿐 아니라 그 규모도 커졌고 노략질하는 지역도 남부 해안 지역에 그치지 않고 전국을 누볐다.

심지어 대마도는 그 땅이 매우 척박하여 백성이 살지 않기에 잠시 소홀했더니, 그 틈을 타 나라에서 쫓겨나 오갈 데 없는 왜인들이 그곳으로 모여들었다. 그렇게 들어온 왜인들은 대마도가 그들의 본거지가 되면서부터 때로는 도적질로 나서서 평민을 위협하고 갖은 행패를 부리며 노략질을 일삼았다.

《조선왕조실록》에 "태종 임금은 대마도는 본래 우리 땅이나 다만 궁벽하게 막혀 좁고 누추함으로 왜놈이 살게 내버려 두었더니 개같이 도적질하고, 쥐같이 훔치는 버릇으로 군민을 살해하고 난동을 부려서 정벌을 약속했다."라고 기록되어 있다. 그리고 세종대왕 때에 이르러 대마도는 정벌되었다. 이렇듯 왜인들은 아득한 옛날부터 조선에 들어와 빌붙어 살면서 몰염치한 행동을 거침없이 하는 자들이었다.

왜인들은 조선에만 말썽을 일으키는 게 아니라 이번에는 명나라에서 자기네들끼리 난동을 부렸다. 삼포왜란이 일어난 지 10여 년 후인 중종 18년에 명의 무역항 영파에서 일본인들이 난을 일으켰다. 말하자면 명나라의 주도권 장악을 위해 저희들끼리 벌인 폭동이다. 대내씨(大內氏)를 중심으로 박다(博多) 상인 세력인 두 세력의 치열한 무역 쟁탈전이 영파의 난으로 발전했다. 이 난을 계기로 대내씨가 대명 감합무역의 패권을 차지하게 되었다. 그러나 중요한 것은 남의 나라에서 폭동을 일으킨 결과 명종 2년(1547) 이후 감합무역이 폐지되자 일본은 크나큰 타격을 입게 되었다.

조선과는 삼포왜란 이후 왜구에 대한 무역이 원활하게 되지 못했고, 명나라 역시 영파의 난 등 왜구의 침습이 거듭되자 일본과의 무역을 제한시켜 버렸다. 그러자 제일 난처하게 된 것은 일본이었다.

한편 일본을 통일한 도요토미 히데요시는 대명 무역의 새로운 기틀을 마련하고자 선조 22년(1589)경 그는 감합무역의 새로운 전환점을 찾아 나서기로 했다. 그러나 그로부터 3년 뒤인 선조 25년에 도요토미 히데요시는 마음을 바꾸어 조선과 중국을 침입하기로 했다.

_ 7 _

님을 그리며

날이 희뿌염하게 샌다. 아직도 어둠이 걷히지 않는 새벽 미명에 밖을 내다본다. 첩첩산중에 둘러싸인 마을에도 어김없이 새벽은 찾아온다. 여명을 가로지르며 저어기에서 그리운 님이 서서히 다가온다. 새벽바람이 차다. 새벽바람을 따라 벽오동나무의 알싸한 내음이 내 님의 온기인 양 온 전신을 휘감아 돈다.

애순이는 아직 깊은 잠에 빠졌는지 기척이 없다. 그 옛날 자신을 보는 듯한 애순이가 가여워 자신보다 더 챙기고 보듬었더니 할아버지는 언뜻 귀띔을 한다.

"마님, 부사님께서 저 애를 딸려 보냈을 때는 마님 시중들라고 한 것인데 오히려 정반대인 것 같으니 제가 송구스럽습니다."

"어린 나이에 아무도 의지할 곳 없는 불쌍한 아이에요."

남편 최경회와 헤어질 때 그는 저 애라도 자네 곁에 있으면 한결 낫지 않을까 해서 불쌍한 아이를 데려왔으니 함께 가는 게 어떠냐고 할 때 흔쾌히 그러마고 했다. 논개 역시 어린 나이에 부모님을 잃고 천애 고아의 몸으로 최경회 부부의 은덕으로 여기까지 오지 않았던가.

숱한 역경을 딛고 논개가 우러러 마지않는 최경회와 부부의 연을 맺었으나 일 년도 채 안 되어 또 이렇듯 헤어져야 할 운명이었다. 그저 바라보기만 해도 사랑이 흘러넘칠 듯한 신혼부부의 정도 못다 나누고 3년이란 긴 세월을 떨어져 있어야 할 마님을 바라보니 할아버지의 마음은 못내 애처롭기만 하다.

과거에 최 현감이 장수 현감으로 있을 때 할아버지는 큰 은혜를 입은 사람이었다. 장수군 계북면에는 여러 성씨가 살고 있지만 그 중에도 밀양 박 씨가 가장 많이 살고 있었다. 할아버지 역시 밀양 박 씨로써 문성 마을에 터줏대감 같은 분이다.

마님의 고향이 장수이며 과거 훈장의 따님이라는 말을 듣고 주촌과는 이웃 마을이라 어렴풋이 기억이 나는 것도 같았다. 최 현감같이 훌륭하신 분이 장수 땅을 떠나실 때 할아버지는 무척이나 서운해 했다. 그러던 중 수년이 지나서야 최 현감의 부탁으로 두세 집 건너 아담한 초옥으로 마님을 모시게 되었다. 그렇게라도 최 현감의 은혜를 갚을 수 있는 기회가 주어짐을 감사해하며 마님을 진심으로 기뻐 맞이했던 터였다.

"장수 땅에 거처할 집과 살림살이는 대강 마련해 두었으니 불편하지만 3년만 떨어져 있을 수 있겠나?"

왈칵, 봇물 같은 울음이 터져 나오려는 것을 간신히 참고 박 씨할아버지가 마련해주신 집에 온지도 어언 1년여의 세월이 흘렀는가보다. 사랑하는 님과 함께 있으면 흙담집인들 어떠랴. 시골의 전형적인 아담한 초옥에 마당에는 봉숭아, 홍초, 민들레, 꽈리나무 등이 바람에 살랑이고, 담벼락에는 감나무 한 그루가 서 있었다. 논개는 할아버지를 시켜 감나무가 서 있는 반대편에 벽오동나무를 심어 놓았다. 그리고 삽짝 안팎에는 애순이와 함께 무궁화나무를 겹겹이 심었다.

논개는 새벽부터 일어나 집 안팎을 깨끗이 정돈한 뒤 텃밭으로 나갔다. 텃밭에서 상추와 배추가 싱싱하게 자라고 있는 것을 보자 가슴이 서늘해진다. 겨우 걸음마를 배울 때부터 어머니의 치맛자락을 붙잡고 텃밭에 따라가던 그 옛날이 눈앞에 선하게 떠오른다. 갑자기 어머니에게 '죄송합니다'란 말이 새어나온다.

'딸을 위한 일이라면 목숨도 아끼지 않으시던 어머니. 어머니, 비록 지금은 그 사람과 이렇게 떨어져 있지만 그는 곧 제게 달려올 겁니다. 어머니, 걱정 마세요. 어머니 딸, 숱한 고통을 딛고 지금 이렇게 우뚝 솟아 있잖아요. 그 사람과 떨어져 있는 시간은 잠깐이에요. 눈 깜짝할 사이에 지나갈 거예요.'

논개는 저 멀리 산허리를 바라보며 자신도 모르게 중얼거렸다. 그는 잘 계실까? 세상에서 단 한 분뿐인 사랑, 일찍이 그를 흠모하며 그이 외엔 아무것도 생각할 수 없었다. 이제 그와 한몸이 되어 그를 섬기며 세상 끝 날까지 함께하리라, 옹골찼던 꿈은 여지없이 무너져버리고 또다시 자신만이 동그마니 남아야만 했다. 그렇게 님을 향한 그리움만 가슴에 아로새긴 채 이곳으로 향하던 그녀의 아프고 시린 마음을 하늘과 땅은 알아주었을까. 그와 함께했던 날들이 눈만 감으면 오버랩되어 온다. 그래도 산 설고 물 설은 낯선 곳이 아니라 어린 시절 아버지 어머니와 함께 했던 주촌과는 이웃 마을이다.

바야흐로 꽃다운 열아홉 살로 접어드는 논개는 누가 보아도 절세가인이라 해도 손색이 없을 만큼 가녀린 몸매에 희고 갸름한 얼굴과 반짝이는 두 눈은 보는 이로 하여금 발길을 멈추게 한다. 중국의 절세미인 서시(西施)가 심장이 좋지 않아 항상 얼굴을 찡그리고 다녔다는데, 그 찡그린 얼굴조차 아름다워 다른 여인들도 찡그리고 다녔다고 했듯이, 논개가 시골에 오자 동네 아낙들은 논개의 일거수일투족을 따르려고 안간힘을 쓰는 것 같았다. 높은 분의 부실이라지만 논개는 여느 시골 아녀자들처럼 수수한 옷차림에 조금도 으스대지 않고 항상 겸허하고 조용했다.

머잖아 이 마을 아낙네들과도 격의 없이 지내게 되었다. 그와 동시에 무궁화나무를 이집 저집 보급해주었다.

담장을 기대어 심어 놓은 벽오동나무는 아직 어리지만 언젠가는 봉황새가 날아들 만큼 멋있게 자라겠지. 논개는 담장에 심어 놓은 벽오동나무에 물도 주고 거름도 주었다. 벽오동나무가 쑥쑥 자라 봉황이 깃들 때까지 기다리다 보면 꿈결 같이 그이가 자신을 데리러 올 것이다. 언제부터인가 논개는 그가 그리워 견딜 수 없을 때는 전할 수 없는 글이나마 한 자 한 자 정성들여 그에게 편지를 쓴다.

당신, 그곳에 찬 기운은 올라오지 않나요? 산속이라 시도 때도 없이 세찬 바람이 휩쓸고 지나가겠지요. 머잖아 찬 겨울이 올 텐데 어떻게 지내시렵니까? 지금 당장이라도 달려가서 당신의 이불이 되어주고 싶고, 바람막이가 되어 주고 싶으나 마음만 안달이 날뿐 아무것도 해드릴 수 없는 제 자신이 한스럽습니다.

당신과 함께일 땐 바람이 불어도, 눈이 휘날려도 어찌 그리 아름답고 행복하든지요. 이제 말하지만 철도 들기 전에 당신을 제 마음 가장자리에 심어두고 일편단심 물을 주고 거름을 주었지요. 그처럼 감히 쳐다볼 수도 없는 고매하신 분을 제가 모실 수 있다는 생각에 저는 까무러칠 뻔 했어요. 당신과 나, 얼마나 먼 길을 걸어서 한몸이 되었나요. 그런데 이게 뭐예요. 당신의 그 침묵 속의 사랑이 저를 이렇듯 애타게 만들어요. 당신은 제가 보고 싶지 않나요? 이렇게 보고 싶어 견딜 수 없을 땐 어떻게 해야 하나요?

당신, 생각나요? 동헌 뜰에서 있었던 여섯 살 젖비린내 나는 아이와 나눈 수초 동안의 눈 마주침을. 아마 그때부터 우리의 운명은 정해져 있었나 봐요. 그 늠름하신 모습, 그 준엄한 모습을 잊을 수 없었어요.

"여보!"

지면을 통해 '여보'라고 불러봅니다. 세상에 이처럼 달고 황홀한 단어가 또 어디 있겠어요. 다음에 만날 땐 꼭 '여보'라고 부르겠어요.

여보, 마당엔 할아버지를 시켜 벽오동나무를 한 그루 심어놓았어요. 봉황은 성인이 나지 않으면 나타나지 않으며, 벽오동나무가 아니면 깃들지 않는다고 하지요. 벽오동나무에 봉황이 깃들어 청아한 소리로 울면 온 천하가 태평해진다지요. 고대 중국 사람들은 상서로운 새로 여기며 덕망 있는 군자가 천자의 지위에 오르면 봉황새가 날아온다고 하지요. 그래요, 당신이 그 힘든 삼년상을 마치고 제게로 오실 때쯤이면 분명 봉황새도 이 나무에 깃들 거예요. 그리고 이젠 당신과 나 사이에 더 이상 이별도 슬픔도 없는 꿈결 같은 나날을 보낼 거예요.

여보, 그리고 담벼락에는 무궁화나무를 겹겹이 심어놓았어요. 우리 민족의 상징인 무궁화는 어떠한 어려운 환경에도 꿋꿋이 견디며 살아난다지요. 사실 무궁화는 요염하다거나 짙은 향기가 있는 것은 아니지요. 하지만 그 깨끗한 흰 꽃잎과 깊숙이 자리 잡은 붉은 색 무늬는 가슴 속에 열정을 간직한 순결한 영혼을 연상케 하지요. 저 역시 어떠한 어려움도, 당신이 보고 싶어 미칠 것 같아도 오직 당신만을 생각하며 견딜 거예요.

당신, 제 걱정은 하지 말아요. 당신만 몸 건강히 효행을 마치고 제게로 오시면 됩니다. 그리움에 못 이겨 눈물이 볼을 타고 흘러내릴 때는 이렇게 당신께 편지를 써요. 벌써 편지가 채롱에 한 가득 다 되어가네요. 이 채롱을 다 채우기 전에 당신이 오셔야 해요.

벽오동에 봉황새가 날아들 듯 당신도 꿈인 냥 제게로 오실 것을 믿으며.

편지는 고이 접어 채롱에 차곡차곡 채워 다락에 간직했다.

_8_

일본의 움직임

그즈음 우리가 얕보고 천시하던 일본의 움직임이 심상치 않았다. 일본인들은 근본적으로 전쟁 준비를 위한 정책을 최상위에 두는, 즉 군국주의의 나라였다.

조선의 지배 계급은 성리학을 기초로 한 문신 계급이었다면 일본은 칼을 든 사무라이들이었다. 그들은 세 살부터 모두가 무사이며 군인이라 할 만큼 무(武)에 대한 숭배 의식과 잔인한 기질이 있었다. 한마디로 왜(倭)는 전쟁을 좋아하고 주위 나라를 넘보는 야만인들이었다. 반면에 조선은 예부터 동방예의지국이라는 중국 사람들의 말과 같이 풍속이 순후하고 남의 나라를 침범할 의사도 없을뿐더러 이웃 나라와 평화를 구가하는 나라였다.

1467년 일본의 '오닌의 난'은 쇼군 가문의 후계자 계승 싸움이 직접적인 원인이라고 할 수 있다. 1467년에 교토에서 일어난 난으로 교토는 황폐해졌을 뿐만 아니라 지방 영주들이 좀 더 많은 영지를 차지하고 어디든지 소속되기 위해 전쟁을 일본 전역에 확산시켰다. 이 난은 1477년에 일단락되었다고 하지만 이 난을 계기로 일본에서는 100여 년이 넘는 세월을 전쟁으로 황폐해져갔다. 전쟁의 결과 오다 노부나가가 전국 통일을 목전에 두고 죽어버리자 그 휘하에 있던 도요토미 히데요시가 전국에 대한 패권을 장악하게 되었다.

조선에 임진왜란을 일으킨 장본인인 도요토미 히데요시는 1536년 교토 근방에 있는 오와라국에서 아버지가 최하급 무사인 비천한 집안의 아들로 태어났다. 어릴 때 그의 모습은 원숭이와 흡사하다고 해서 그의 아버지가 '고자루'란 이름을 붙여주었다. 그는 일곱 살 때 아버지와 결별하고, 어머니가 재혼을 하자 의붓아버지 밑에서 지내게 되었다. 그러나 의붓아버지와의 관계는 최악이었다. 양아버지의 학대에 못 이겨 고자루는 1년 후에 고메이지(光明寺) 절에 입적하지만 그곳에서도 따분한 나날에 싫증을 느끼자 곧 뛰쳐나오고 말았다.

열다섯 살이 되어 망부의 유산을 가지고 나와 돌아다니다가 요행히 어느 성주 밑에서 조리토리, 즉 주인의 짚신을 들고 따라다니는 일을 했다. 그곳에서 정성을 다해 주인을 섬겼지만 주위의 모략으로 쫓겨나 방황하던 중, 당시 실력자였던 오다 노부나가의 조리토리가 되었다.

섧에 의하면 그가 오다 노부나가의 부하가 되기 전에 생사를 무릅쓰고 오다 노부나가의 행차 앞에 옷을 벗고 드러누워 길을 가로막았다고 한다. 부하들이 당장 처치하려는 것을 오다 노부나가가 제지하고 이유를 물으니 "도저히 제가 가난해서 살 수가 없습니다." 라고 했다. 그래서 오다 노부나가가 버리지 않고 자신의 휘하에 두었다. 그만큼 그는 어릴 때부터 남다른 기질이 있었는지 몰랐다.

그 후로 그는 변소지기를 시켜도, 신발을 만들어도, 눈 가는데 없이 완벽하게 일을 처리했다. 또한 시장에 가서 물건을 사 오게 하면, 항상 비싼 값으로 사 오는가 하면 조금만 값이 예상보다 안 맞아도 구입하지 못했던 다른 종들과는 달리, 그는 매번 싼 값으로 좋은 물건을 사 오는 재치꾼이었다고 한다.

언젠가는 오다 노부나가가 아끼는 금 술잔을 큰 우물 속에 빠트렸는데, 고자루는 큰 물동이 수백 개를 구해서 물을 담아 한꺼번에 우물에 쏟아 부어 우물에 떠오른 잔을 재빨리 건져내어 주인에게 바쳤다고 한다. 그러나 매사에 민첩하고 약삭빠른 것과는 달리 고자루는 키도 작고 눈도 옴팍 들어간 데다 흡사 원숭이를 연상케 하며 게다가 한쪽 손도 육손인, 볼품이라곤 약에 쓰려도 찾아볼 수 없는 위인이었다. 그렇게 그는 형편없는 용모에 불학무식한 사내였으나 주인의 눈에 들기 위해 갖은 노력을 다한 결과 오다 노부나가의 충직한 부하가 될 수 있었다.

이제 고자루는 오다 노부나가의 휘하에서 그의 오른팔이 되어 목숨을 걸고 적을 물리쳤다. 1558년 이후부터 고자루는 오다 노부나가의 휘하에서 점차 두각을 나타냈으며, 노부나가가 북쪽을 치면 그는 창을 잡고 닥치는 대로 모두 쓰러트렸고, 전쟁 도중 어쩌다 진퇴양난에 처할 때는 그때그때마다 기발한 아이디어를 발휘해서 어려운 난관에서 헤어날 수 있게 했다. 이제 고자루는 오다 노부나가에게 없어서는 안 될 충복이었다. 그렇게 닥치는 대로 반대파를 물리치고 이제 전국 통일을 눈앞에 두었는데, 불행하게도 그의 부하 아케치 미스히데의 모반으로 덴쇼 10년(1582년) 음력 6월 2일, 주군인 오다 노부나가가 혼노지에서 자살해 버리고 만다.

그러자 그 후 고자루는 오다 노부나가의 원수를 갚음과 동시에, 노부나가가 지금까지 일구어 놓은 권력을 그가 고스란히 물려받는 희대의 재수 좋은 사내로 둔갑했다.

그는 1584년에 동부 일본의 큰 세력인 도쿠가와 이에야스를 굴복시키고, 1585년에는 간파쿠에 임명되어 그때부터 '도요토미'라는 성을 받게 되었으며, 1587년에는 규수를 정벌하고 1590년에는 오다와라(小田原) 오유수를 평정하였다. 이로써 하찮은 심부름꾼에 지나지 않았던 도요토미 히데요시는 100여 년간 이어지던 전국 시대를 마감하고 천하를 통일하기에 이르렀다.

그는 전국을 통일하는 한편 전국을 지배하기 위한 통일 정권의 확립에 나섰다. 그는 토지 조사를 해서 그에 합한 농지 면적과 수

확량을 철저히 조사하는 한편, 그에 합당한 세금을 내게 하는가 히면, 병·농을 철저히 분리차여 무사는 다이묘의 가신으로, 농민은 농업에만 열중하도록 했다. 그리고 농민들이 무기 소지를 금지함과 더불어 사농공상(士農工商)이 분리되어 시장이 활성화되어 상업과 농업 생산성이 급격한 증가를 보였다. 그 외에도 그는 일본 사회의 발전을 위해 다양한 분야에서 많은 제도를 마련했다. 그는 주군에게 충성하였음은 물론이려니와 오다 노부나가가 이룩하지 못한 상업을 적극 장려하기에 이르렀다.

그러나 아무리 천하를 통일하였다고 하지만 오다 노부가나를 업고 급진전으로 상위에 오른지라 다이묘들 간에 불만이 없을 수 없었다. 한마디로 도요토미 히데요시는 미천한 집안의 출신으로 일본 천하를 지배하고 통치권을 행사할 군주가 아니었다. 워낙 바탕이 없는 천민 출신에 원숭이 상을 하고 있던 그의 주위엔 항상 멸시와 천대뿐이었다. 그러나 이제 대세는 바뀌었다. 전국의 주도권을 쥔 도요토미 히데요시는 과거의 신분에서 완전히 탈바꿈하고 싶었다.

그는 지방에 분산되어 있는 독자적인 세력을 형성하고 있는 다이묘들이 불안했다. 언제 다시 분란을 일으킬지 알 수 없었다. 그 후 관백의 권위를 이용해 천황의 이름으로 전국의 다이묘들에게 다이묘 간의 개인적 전투를 금지하는 총무사령을 내리고, 유력한 다이묘들의 권력을 약화시키기 위해서는 쉬지 않고 전쟁을 할 필요가 있다고 생각했다. 그렇게 그는 일본 내부 갈등을 밖으로 돌리기 위해 시선을 해외로 돌려야만 했다. 그렇게 해서라도 그의 입지를 굳힐 필요가 있었다.

이에 그는 대륙 정벌의 야욕을 불태우면서 조선 침략을 목표로 천명한다. 결국 조선 침략이라는 명분은 지방의 다이묘들이 거느린 위협적인 군사력을 마음껏 이용하는 핑곗거리가 되었고 동시에 자신의 권력 유지를 위한 방편이었다.

1591년 8월 중순, 예순줄에 얻은 천금 같은 아들이 죽은 지 며칠 뒤, 전국의 성주와 도주들을 오사카 성으로 불러들였다. 그리고 그는 그 자리에서 그동안 어떤 통치자도 감히 시도하지 못했던 중국 대륙 진출의 꿈을 실현할 것을 모든 성주들 앞에 공표하기에 이르렀다. 그의 지나친 공명심이었다.

도요토미 히데요시는 그의 정신적 지주인 오다 노부나가에게 지극한 정성을 바쳤음은 물론이려니와 사상마저 본받으려 했던가. 전국 시대가 발발하던 1575년, 오다 노부나가는 포르투갈 선교사에게 자신이 일본 전국 시대를 통일할 것이고, 연이어 조선과 명을 칠 것이니 당신들은 함대와 포를 빌려줌과 동시에 일본을 적극적으로 도와야 한다고 했다나. 급기야 도요토미 히데요시는 자신의 야망을 전국의 다이묘들이 모인 장소에서 천명하기에 이르렀다.

"오늘에 이르기까지 그 지긋지긋하던 전국 시대도 그대들의 도움으로 깨끗이 마감했다. 이제 대일본은 천하를 통일할 기회가 주어졌다. 우리의 대망을 어느 누구도 막을 자가 없다. 우선 천하를 통일하기 위해 제일 먼저 조선과 명을 쳐야 한다."

잔심부름꾼으로 잔뼈가 굵은 망나니라서 눈에 뵈는 것이 없었던지 그의 허황된 꿈은 끝이 없었다. 전쟁도 하기 전에 땅덩어리를 자기네들끼리 분배하기에 바빴다. 그러나 실은 도요토미 히데요시는 부하들에겐 관대했다고 한다.

그는 광기어린 눈빛으로 말했다.

"이 전쟁이 끝나면 큰 덩어리를 뚝뚝 떼서 여러 성주들에게 골고루 나누어 주겠다. 머잖아 조, 명, 일 세 나라가 내 수중에 들어와서 한 나라로 통합되는 거야. 그러면 대일본의 수도를 북경으로 옮기고, 나 또한 거처를 영파로 옮겨서 명나라 관백이 되어볼 참이야. 또한 우리는 넓게 살아보는 거야."

그의 야심은 끝이 없었다. 그 자리에 모인 모든 다이묘들은 100년 동안의 전쟁을 치르고 또다시 피를 흘려야 한다는 것에 모두들 진저리를 칠 지경이었다. 그러나 모든 주권을 손에 쥔 히데요시에게 감히 입을 여는 자는 아무도 없었다.

도요토미의 대륙 진출은 실현 가능성이 없는 망상에 불과했고, 도요토미 히데요시 외 모든 일본인들은 침략 계획을 미친 짓이라고 생각했으며, 그 중에는 외국 땅에 끌려가서 죽을 바에는 차라리 자살하는 게 낫지 않겠느냐고 탄식하는 다이묘들도 있었다. 그러나 절대 권력을 손에 쥔 도요토미에게 반기를 들었다가는 바로 죽음이었으니 도요토미의 가신들조차도 어떻게 할 도리가 없었다.

그의 전쟁 원인은 여러 설이 있다. 도요토미는 전국 시대를 마감한 후 자신의 입지가 위태로워지자 불평 세력의 관심을 해외로 돌리게 하는 동시에 자신의 정복욕을 과시하기 위하여 조선과 명을 칠 계획을 세웠다는 것과, 다른 한편으로는 경제적으로 수세에 몰린 도요토미 히데요시가 명과 조선을 쳐서 많은 경제적 이득을 보려는 것이었다는 설이 있다.

또한 임진왜란을 도자기 전쟁, 무역 전쟁이라고도 한다. 그 시대 무역 상품 중 하나인 도자기 기술은 중국과 조선만 있었으며, 중국과 조선은 일본에게 도자기를 수출했다.

그때까지만 해도 대나무 그릇에 음식물을 담아 먹었던 일본은 도자기를 사용하던 조선이 매우 부러웠다. 이에 임진왜란을 계기로 조선의 도공들을 끌고 가기 시작했다. 후에 급격히 도자기 기술이 발전했다

이처럼 일본 자체에서는 별다른 생산물이 없는 그들은 조선과 중국과의 무역을 통해 많은 이득을 얻었으며, 특히 미개인들처럼 짚으로 돛을 만들어 항해하던 때와는 달리 16세기를 전후해서 조선에서 수입해간 면포를 돛의 재료로 쓰게 되면서 항해술이 눈부신 발전을 하게 되었다. 조선은 면직물 외에도 곡물, 비단, 도자기류 등을 수출했다. 그러나 조선은 국내에서도 부족한 물품을 싹수 없는 일본에 언제까지나 수출할 수 없었다.

그러잖아도 고려 말부터 왜구들은 집요하게 해안가나 섬에 기어 들어와 해적 활동을 벌이는 데는 당해낼 재간이 없었다. 하는 수 없이 1510년 삼포왜란 이후 조선은 무역량을 절반으로 줄였다. 조선뿐만 아니라 중국에도 왜인들끼리 폭동을 일으킨 '영파의 난'으로 인해 일본은 신임을 잃었다.

그와 동시에 조선과 명나라는 항시 수출을 하던 물품을 끊어버리고 중국은 해안을 봉쇄하는 해금 정책까지 펴기에 이르렀다. 이에 조선과 명과의 무역 활동이 끊어지자 일본은 당장 위기를 느꼈다. 당황한 도요토미는 양국에 정규 무역을 요청했으나 두 나라 모두 왜구에 대한 불신으로 이를 외면해버렸다. 이에 일본은 막대한 이익을 얻을 수 있는 조선, 중국과의 무역 활동이 끊어지자 이를 전쟁으로 해결하고자 했다.

그런데 그 당시 조선과 일본은 서로에 대해 아는 것이라고는 전무한 상태였다. 조선에서는 일본이란 나라가 100년 동안 전쟁을 치러온 나라인 줄은 전연 몰랐다. 다만 일본이라는 나라는 이제 간신히 기틀을 잡아가는 미완성의 작은 섬나라 정도로 대수롭잖게 여겼다. 그 당시만 해도 왜구의 잦은 노략질과 틈만 나면 어디든지 비집고 들어오려는 야만적인 행동에 그저 귀찮은 존재로만 생각했다. 한마디로 기회만 있으면 이웃 나라를 성가시게 하며 노략질을 일삼는 미개한 나라가 감히 조선과 명으로 쳐들어오리란 생각은 상상도 하지 못했다.

일본 또한 조선에 대해 아무것도 몰랐다. 대마도에 사는 왜구들은 조선과 명나라를 익히 알고 있었지만 정작 일본 본토에 있는 왜인들은 백지 상태나 마찬가지였다.

도요토미 히데요시는 대마도에 빌붙어 있는 왜인들을, 조선에서 평화 회유책이니 뭐니 하면서 그들의 식량까지 지급했으니 오히려 조선을 대마도에 조공하는 속국쯤으로 여겼던가 보다. 그러니까 그런 망발이 튀어나왔을 것이다.

조선을 그들의 속국쯤으로 여긴 도요토미 히데요시는 전국을 통일한 후, 그 당시 대마도 주인 소오 요시토시에게 조선의 국왕인 선조에게 전국을 통일한 자신에게 인사하러 오라고 전하라는 망언을 거침없이 했다. 그러자 소오 요시토시(종의지)는 난처한 입장에 놓이게 되었다. 조선이라는 나라를 익히 알고 있는 대마도주는 이럴 수도 저럴 수도 없었다. 그러잖아도 망나니 같은 저들을 값지 않고 이모저모로 돌봐주는 조선 조정에 그런 무례한 말을 했다가는 당장 무역이 끊기는 것은 고사하고 쫓겨날 터인데, 그렇다고 도요토미에게 바른대로 말을 하면 다치바나 야스히로와 같이 죽임을 당할 처지였다.

그는 골똘히 고심한 끝에 적당한 방안을 찾아내어 조선 조정에 일본으로 통신사를 파견해달라고 간청했다. 그러나 조선 조정에서는 수로 길이 험하다는 핑계로 거절했고, 그들은 이번에는 자신이 직접 길을 안내하겠다며 또다시 간청했다.

이후 여러 차례 일본이 통신사를 보내줄 것을 간청하자, 이에 조선 조정은 120여 년이란 긴 세월 동안 단절된 상태였지만, 이 기회에 일본의 실정과 도요토미 히데요시의 본심을 파악하기 위해 1589년 9월경에 통신사를 보내기로 결정을 보았다.

그러나 당파 싸움에 혈안이 되어있던 조선은 10월경에 또다시 정여립의 피비린내 나는 기축옥사로 인해 11월 중순쯤에 통신사를 선정하기에 이르렀다. 통신 정사는 서인의 대표인 황윤길, 부사는 동인의 대표인 김성일, 서장관 허성으로 결정되었고, 통신사 일행은 1590년 3월에 부산포를 떠난 지 만 1년 만인 이듬해 3월에 한양으로 돌아왔다.

그런데 그렇게 사신을 보내 주십사 하던 때와는 달리 일부러 길을 돌아 몇 달 만에 국도 오사카에 도착했으나, 도요토미는 산동(山東)으로 출병하였다가 몇 달 만에 돌아와서 궁을 수리한다는 핑계로 국서 수령을 5개월이나 지체하였다. 그뿐 아니라 외국 사신을 맞이하는 연회석도 탁자 위에 떡 한 접시와 탁주가 고작이었다. 이것은 몰상식이 지나쳐 무식 그 자체였다.

더구나 조선 사신이 돌아가려는데 답서도 주지 않고 나중에 준다기에 김성일이 한사코 우겨서 답서라고 가지고 왔지만, 답서가 워낙 거칠고 무례해서 여러 차례 고치게 한 뒤에야 수령했다.

더구나 히데요시가 보낸 서신을 보면 가관이었다. 그래도 선조 임금은 하찮은 일본이라 해도 예를 갖추어 축하의 뜻과 귀중한 선물을 함께 보냈다. 그러나 히데요시의 글은 오만방자하기 이를 데 없었다. 선조 임금이 보내신 글은 감동스럽게 잘 읽어 보았다는 인 사말을 서두로, 장황하게 늘어놓았다.

"일찍이 어머님께서 나를 잉태할 때에 해가 품속으로 들어오는 꿈을 꾸었는데, 복술사가 햇빛이 비치지 않은 데가 없으니 커서 필시 팔방에 어진 명성을 드날리고 사해에 용맹스러운 이름을 떨칠 것이 분명하다고 했습니다. 이토록 기이한 징조로 말미암아 나에게 적대심을 가진 자는 자연 기세가 꺾여 멸망해 갔는데 싸우면 반드시 이기고 빼앗았습니다.… 비록 사람이 살면서 오래 산다 해도 백 년을 넘지 못하는데 어찌 답답하게 이곳에만 머무를 수 있겠습니까? 나는 한 번에 뛰어서 대명국에 들어갈 테니 귀국이 앞장서서 입조한 것은 앞일을 깊이 헤아린 처사이므로 이제는 근심하지 않아도 되는 것이 아니옵니까?"

그리고 내가 대명에 들어가는 날 마중을 나와 달라는 오만 불손한 말을 함부로 지껄이고 있었다.

이처럼 그의 서신이 오만방자한 것은 조선 통신사가 일본에 갔을 때 소오 요시토시가 도요토미 히데요시에게 조선이 항복하러 왔다고 거짓 보고를 했던 탓이었다. 그러니 조선을 함부로 얕잡아 보고 '입조'라는 단어를 함부로 쓴 것이었고, 너희 나라는 일본에 항복했으므로 쳐들어가지 않을 테니 대신 명나라를 정벌하는데 앞장서라는 것이다.

그러고 보면 도요토미 히데요시가 조선의 길을 빌려 명을 정벌하러 간다는 가도정명(假道征明)이든 가도입명(假道入明)이든, 어쨌든 도요토미가 조선에 병력을 이끌고 쳐들어오겠다는 뜻을 분명히 밝힌 셈이다. 더불어 통신사들도 도요토미 히데요시가 조선을 침략하겠다는 의지가 분명하다는 점을 충분히 갈파했다. 조선 조정 역시 도요토미 히데요시의 서신에 의해 일본군이 침략해올 것을 분명히 알고 있었다. 다만 일본이 조선과 명을 쳐들어올 만큼 규모가 큰 나라인 줄은 상상도 못했다.

그런데 정작 일본에 다녀온 통신사들의 주장은 엇갈렸다. 실상 도요토미의 외모는 형편없었다. 왜소하고 못생겼으며 얼굴은 주름지고 원숭이 형상이었다. 눈은 옴팍하게 들어갔으나 상대를 쏘아보는 눈빛은 광채가 나는 듯했다.

그곳의 실정을 보고 느낀 서인의 대표 황윤길은 일본은 전쟁 준비를 빈틈없이 해놓고 반드시 조선을 침략할 것이라고 강경하게 말했으나, 동인 대표인 김성일은 정반대였다. 오히려 황윤길의 장황함으로 인해 민심이 동요될까 두렵다고 하며, 히데요시의 인상을 보니 원숭이 상에 키도 겨우 난쟁이 신세를 면한 데다 볼품이라곤 어디 한 군데도 찾아볼 수 없는 추물이어서 감히 조선을 침략할 만한 위인은 못 된다고 했다.

도요토미의 인상을 묻는 선조의 질문에 황윤길은 눈에서 광채가 나고 담력과 지략이 남달라 보였다고 했지만, 김성일은 그의 눈은 쥐와 같고 형편없는 외모에 아무리 보아도 큰 인물은 아닌 것 같으니 두려워할 위인은 아닌 것 같다고 끝까지 상반되게 고했다. 이에 서장관 허성도 황윤길과 같이 일본이 침략해올 것을 말했지만 듣지 않았다.

조선 중기의 문신이자 평생을 직언으로 일관했던 조헌은 나라를 위한 충성심으로 바른 뜻을 담아 자주 상소를 올렸으나 그때마다 채택되지 않자, 관직을 버리고 학문에만 전념하던 학자였다. 그는 오래전부터 왜군의 침략을 예견한 나머지 귀찮을 정도로 임금에게 자주 상소를 올렸다. 이번에도 황윤길과 같은 뜻으로 일본이 침략해올 것임을 보고했지만 받아들여지지 않았다. 도저히 마음을 놓을 수 없는 유성룡이 김성일에게 물었다.

"그러다가 만약 전쟁이 일어난다면 그 책임을 어떻게 지겠소?"

"나도 왜적이 침략하지 않을 것이라고 어떻게 장담을 하겠습니까만, 다만 온 나라가 동요될까 두려워 그랬습니다."

그렇듯 왜구의 침략을 두고 의견이 분분했다. 이에 서장관 허성은 동인이었으나 황윤길의 편에 서고, 김성일을 수행하던 황진 역시 황윤길과 같은 생각이었다. 서인과 동인은 이 문제를 둘러싸고 옥신각신하였으며, 조정에서는 반신반의하면서도 좋은 게 좋다는 식으로 괜히 평화로운 시절에 민심을 혼란스럽게 할 필요가 없다며, 김성일의 판단에 뜻을 모아 전쟁 준비를 소홀히 하게 되었다. 사실 그 당시 대마도주 종의지나 승려 현소 등이 도요토미가 조선을 침략하려 한다는 뜻을 수차 조정에 알렸지만 조정에서는 귀를 기울이지 않았다.

이렇듯 조선은 오랫동안 지속된 평화로 인해 전쟁에 대한 대비를 건성건성 했지만, 일본은 오랜 전쟁을 통해 연마한 병법, 무술, 해운술 등을 정비하고 16세기경 포르투갈에서 건너온 신무기인 조총을 대량 생산하면서 전쟁 준비를 철저하게 했다.

그 당시 일본은 서양 문물을 빠르게 흡수하면서 칼이나 활 등의 재래식 무기를 청산하고 신형 조총을 도입하여 빠르게 군사들을 무장시켰다. 각 지방의 다이묘들에게 조선 침략을 위한 군량과 병선 군역을 할당하고, 조선과 가장 가까운 규수(九州)의 한 어촌인 명호옥(名護屋)에 지휘 본부를 정하여 10월부터 대규모의 성을 쌓았다. 그리고 군비 마련은 물론이고 조선을 침략할 군대는 치밀한 계획하에 편성되었다.

일본군의 총수는 1번대부터 9번대까지의 본대와 예비대, 기타 부대를 합하여 28만 1,840명이다. 여기에 대마도주 소오 요시모토의 5천 명을 합하면 28만 6,840명이다. 침략군의 선봉장으로 제1번대를 고니시 유키나가(소서행장), 2번대를 가토 가요마사(가등청정), 3번대를 구로다 나가마사(흑전장정)가 맡은 육군이 있었고, 수군으로는 구미요시다카(구귀가륭), 와카자카 야스하루(협판안치) 등으로 이루어졌으며, 병력 규모는 육군 15만 8천7백 명이고 수군 4천5백 명 도합 16만 3천2백 명이다. 나머지 11만 8천여 명은 일본에 남겨 두었다. 이렇게 전쟁 준비를 마친 일본 침략군은 대마도에 집결하여 도요토미 히데요시의 출격 명령만을 기다리고 있는 상태였다.

일본은 전쟁 준비로 한창이던 때에, 조선은 황윤길과 김성일, 즉 서인과 동인의 의견을 두고 왈가왈부하면서 조선에 다가오는 전운을 감지하지 못하고 당파 싸움에만 열을 올리고 있었다. 물론 선조 대에 와서 국력이 쇠약해진 것은 아니지만, 일본의 침입에 대해 서로의 의견 차이로 나라 안팎이 어수선한 지경에 이르렀다.

연산군 이후 명종 대에 이르는 4대 사화와 훈구파와 사림파의 갈등, 그리고 선조 대에 와서 당쟁, 정여립의 사건 등으로 정치에만 몰두할 수 없는 지경에 이르렀고, 그러자니 군사적으로도 조선 초기에 설치된 국방 체제가 붕괴되어 중종 때에 삼포왜란을 계기로 비변사를 설치했으나 그 역할을 충분히 하지 못했다.

이러한 형편에 이르자 이이(李珥)는 남왜북호(南倭北胡), 즉 남으로는 왜구, 북으로는 오랑캐의 침입에 대비하기 위한 십만양병설을 주장했으나 그것마저 묵인됐다. 건국 초부터 선조 대에 이르기까지 200여 년이란 긴 세월 동안 태평성세를 누려 온 조선은 불시에 예상되는 전쟁에 대한 구체적인 준비를 하지 못했다. 감사에 나선 신립과 이일 역시 무기나 군사를 점검하는 일을 건성건성 하는 데 그쳤다.

전국에 성을 쌓는 일도 백성들의 불평으로 중단하기에 이르렀다. 이처럼 백성들은 안이한 생활에 길들여져 부역을 꺼렸으며, 급기야는 국왕에게 상소를 올리는 지경에까지 이르게 되자, 성곽 수축과 병기 마련 등 군사 훈련이 제대로 이루어지기 어려운 상태였다. 오히려 조정에서는 의주 목사인 김여물이 전쟁을 대비해 성을 쌓고 군사를 훈련시킨다는 죄목으로 옥에 가두는 일까지 벌어졌다. 물론 나중엔 김여물을 옥에서 내어 신립 장군의 종사관이 되어 큰 역할을 했지만.

이러한 상황에서 전쟁에 대비하기 위한 조선군의 병력 수는 중앙군과 지방군, 수군까지 합쳐도 겨우 15만 8백 명 정도였다. 그것도 병력이 분산되어 있었고 더구나 전쟁에 나가 싸운 경험이 전연 없는, 평생을 농사짓던 농부들이 대부분이었다. 그것도 문서상으로만 존재하는 숫자였다.

일본군은 평생을 전쟁터에서 싸움을 하며 잔뼈가 굵어온 직업 무사인 반면, 조선군은 평생을 호미와 괭이가 손에 익은, 활과 검이라곤 한 번도 만져보지도 못한 농부들로 이루어져 있었다. 기껏해보았자 함경도에 나타나는 여진족과 왜구들을 맞아 싸운 경험이 전부이며, 그것도 많아 보았자 2천여 명 정도의 병력을 동원한 정도였고 또 이러한 병력을 이끌 수 있는 장수 또한 신립과 이일뿐이었다. 그 외에 전쟁을 대비하여 준비한 장수는 김시민, 유숭인, 이순신 등이었다.

또한 화기 면에서도 오랫동안 전쟁을 하지 않아서 준비해둔 것도 없거니와 창검도 군사 모두에게 줄 것도 없었으며 활이 있긴 했지만 일본군의 신무기인 조총과 비교하면 뒤진 셈이었다.

그에 비해 일본군은 3만 명 정도가 조총을 보유하고 있었을 뿐만 아니라 병력은 창검으로 무장되었으며 공병 기술도 갖추고 있었다.

그중 유일하게 화포는 일본군에 비해 성능이 월등하게 좋았다.

최무선은 우리나라 무기의 역사를 바꾼 과학자요 무인이었다. 거슬러 올라가서 고려 시대인 1370년대는 세계에서 화약을 만든 나라는 중국뿐이었다. 하지만 최무선은 중국의 국가 기밀인 화약 제조법을 중국 상인을 통해 손에 넣을 수 있었다. 그 후 최무선이 직접 중국으로 건너가 화포 제작 기술을 배워 와서 《화약수련법》이란 책을 쓰기까지 했다. 책을 바탕으로 꾸준히 연구 발전시킨 결과 조선 초기 화약 기술은 동아시아에서 최고 수준을 자랑했다.

고려 우왕 때는 화통도감을 설치해 화약을 대량으로 제작했지만, 지금은 안이한 생활에 길들여져 화포를 준비해두지 못한 상태라 모든 부대가 화포를 보유한 것은 아니었다.

1380년(우왕 6) 8월, 진포대첩 때는 5백 척이나 되는 왜적 선단이 진포 어구에 침입하여 살육과 약탈을 자행했다. 이때 최무선이 만든 화포를 사용해 왜구의 선박 5백 척을 불태우고 왜적을 무찔러 크게 승리했다. 이때 살아남은 왜적은 먼저 상륙해 있던 주력 부대와 합류해 각지에서 노략질하며 황산에 이르렀을 때 이성계 등의 고려군에게 침패를 당했다.

최무선이 세상을 떠나자 그의 아들 최해산이 물려받아 화약 무기 개발을 계속했다. 그러나 일본은 화포는 거의 가지고 있지 않았으며 그나마 있다 해도 조선에 비하면 아무것도 아니었다. 이처럼 왜들은 예부터 노략질과 살육으로 조선을 괴롭히더니 이제는 명분도 뚜렷하지 않은 전쟁으로 이어가려는 조짐이었다.

- 9 -

슬픈 새의 그림자

"마님, 마님!"

잠결에 어깨를 흔들며 깨우는 애순이의 다급한 소리에 논개는 눈을 번쩍 떴다. 갑자기 봉창으로 흘러 들어오는 강렬한 햇살 한 가닥이 눈을 찌르는 듯했다. 옆에 바짝 붙어 앉아 있는 애순이가 말똥말똥한 눈망울로 근심스러운 듯 내려다보고 있다.

"마님, 무슨 꿈을 꾸었어요? 얼굴에 땀방울이 흘러내려요."

남편이 화순으로 시묘살이를 하러 가실 때 애순이를 딸려 보낸 그의 깊은 심중을 헤아릴 것 같았다. 아마 또다시 자신만이 남겨졌다면 얼마나 허허로웠을까. 이제 겨우 여덟 살인 아이지만 지금의 논개에겐 큰 힘이 되어 주었다.

"그래, 애순아 괜찮아, 내가 깜빡 잠이 들었나 보구나."

"마님, 손도 휘저으며 꿈을 꾸시기에 제가 몇 번 흔들어 깨웠어요.”

“그랬어? 전연 몰랐는데.”

논개는 장수에 와서 박 씨 할아버지가 소일거리로 떼어주신 밭에 감자를 심어 놓았다. 벌써 감자가 뿌리에 주렁주렁 매달려 커가고 있었다. 논개는 애순이와 함께 아침부터 감자 밭에 가서 김도 메고 흙을 북돋아 주며 하루 종일 매달려 있다가 피곤했던지 방에 들어오자 깜빡 잠이 들었는가 보다.

요즘 따라 논개는 자꾸만 꿈자리가 뒤숭숭했다. 혹이나 시묘살이를 하는 그가 몸이 불편하시진 않는지, 혹 견디기 어렵지는 않은지 당장이라도 달려가고 싶지만 논개는 기를 쓰고 참고 있었다.

박 씨 할아버지는 평소에도 논개를 보면 무척 안쓰러워하는 눈치다. 언젠가는 논개의 의중을 알아챘는지 “마님, 사또님 걱정은 너무 하시지 말아요. 이제 조금만 있으면 사또님이 웃으며 마님을 뵈러 오실 거예요.” 하며 논개를 위로해주었다. 할아버지는 “제가 한 번 다녀올까요?” 했지만 논개는 여인네가 경박스럽다는 꾸중을 들을까 차마 다녀오라고 하진 못했다. 그러나 논개는 그 누구도 원망하지 않았다. 조선의 유교 정신을 탓할 생각은 아예 없었다. 오직 훌륭하신 분을 남편으로 모실 수 있다는 것만 해도 논개에겐 한없는 축복이요, 행복이었다.

논개는 그때야 희미하게 꾼 꿈이 생각났다. 마당에 심어 놓은 벽오동나무에 무언가 올라앉아 있는 것 같은데 도무지 무언지 분간이 가지 않았다. 아무리 자세히 보려 해도 다만 그 어떤 물체가 나무 가지에 앉아서 슬픈 듯 자신을 내려다보고 있는 것 같았다. 꿈에서 깨어나니 왠지 기분이 찜찜했다. 아마 그분의 생각에 골몰해 있으니까 그렇겠지 하며 대수롭잖게 여기려 했다.

장수는 논개의 고향이다. 그러나 주촌의 이웃 마을인 이곳에는 그 누구도 어릴 때의 논개도, 어머니인 박 씨도 기억하는 사람들은 없는 것 같았다. 그저 주촌에 그의 가족이 살았다는 것만 희미하게 기억하고 있을 뿐이다. 그간 강산이 바뀌는 세월이 흘렀는데 어떻게 논개를 기억할 수 있을까. 논개는 이곳에 와선 고생하는 그를 생각하며 가능한 한 외출도 삼가고 자신에게 주어진 일에만 묵묵히 따라가고 있었다.

오늘은 애순이와 함께 5일장에 가기로 했다. 오랜만에 나들이를 나온 애순이는 마냥 좋아했다. 애순이와 함께 이곳저곳을 기웃거려 보며 어린 시절 어머니의 손을 잡고 시장에 다녔던 곳을 상기해 보았다. 10년이 넘는 세월 동안 주위의 모든 게 변해 있었다. 우선 애순이 옷을 한 벌 사고 자신을 그처럼 아껴주는 할아버지 바지저고리도 함께 샀다. 그런데 시장 분위기가 왠지 조금은 수런거리는 듯했다. 여기저기 삼삼오오 모여 서서 심상찮은 얘기들을 나누고 있었다.

나라가 시끄럽다느니, 머잖아 전쟁이 터질 것이라느니, 뜬소문에 불과하다지만 전연 근거 없는 수런거림은 아닌 것 같았다. 불안했다. 그러자 멀리서 여묘살이를 하고 있는 그의 얼굴이 떠올랐다. 이럴 때 그이기 계셨다면 함께 대처를 할 수 있을 텐데 하는 생각이 들었다.

그들의 말을 종합해보면 대략 이러했다.

이즈음 조정에서는 당파 싸움에 혈안이 되어 있는데, 민간에서 먼저 이런 술렁거림이 나타나기 시작했다. 1591년 통신사들이 일본에 다녀온 후부터 여기저기서 괴이한 일들이 일어났다. 거리에는 입에 담기도 민망한 유행가가 한성 도성 골목골목마다, 즐비하게 늘어선 술집마다 난무하더니 얼마 지나지 않아 한성의 집집마다 양반이나 상놈이나, 아이 어른 할 것 없이 마치 신들린 사람처럼 다투어 가며 입에 담고 있었다.

일이 이 지경에 이르렀는데 조정에서 모를 리가 없었다. 그러나 안일한 생활에 젖어있던 그들은 못 들은 척했다.

복사꽃이 만발하던 5월 끝자락에 강원도의 어느 촌락에는 일명 앵도 마을이라고 할 정도로 집집마다 담벼락에 앵도나무를 심어 놓았다. 봄철의 따사로운 햇살과 적당한 비바람을 맞으며 한창 빨갛게 익어가던 앵도가, 하룻밤 사이에 고스란히 내려앉았다. 마을 전체가 모여서 괴이한 일이라고들 하며 나라가 시끄러우니 별 희한한 징조가 나타난다며 모두들 불안에 떨고 있다고 했다.

논개는 이런 저런 소문을 들을 때마다 가슴이 내려앉았다. 아침에 널어놓은 빨래가 오후가 되자 기분 좋을 정도로 아삭아삭하게 말라 있는 것을 걷다 말고 하늘 끝자락에 걸려있는 석양을 바라보며 멀거니 서 있는데, 박 씨 할아버지가 "마님, 마님" 하며 헐레벌떡 쫓아오고 있었다.

"마님, 지금 마실에는 야단들입니다. 듣자하니 지금 한성에는 난생 처음 보는 이상하게 생긴 새가 궁궐 주위를 맴돌며 슬피 울며 다닌답니다. 하루는 종묘에서, 하루는 창경궁으로 슬프고 다급하게 울며 이리저리 날아다닌답니다. 그게 뭔가 심상찮은 조짐이라고들 하며 피난 갈 준비를 하고 있다고 해요."

"그래요? 아직 모르지만 만약의 대비를 위해서 조정에서는 어떤 방책을 세우고 있지 않을까요?"

"그야 높은 분들이 어련히 알아서 하지 않겠어요. 그나저나 사또님은 지금 어떻게 하고 계실까요?"

산중에서 여묘살이를 하느라 몸과 마음이 지쳐있을 그에게도 이런 괴변의 소식이 전해졌을까? 건강에 무리가 가진 않으셨는지? 당장 그에게 달려가고 싶어도 갈 수 없는 자신이 한스러웠다.

한편 최경회는 북풍한설이 사정없이 몰아치는 산중에서 그래도 햇수로는 두 해 겨울을 지낸 셈이다. 이제 산중에도 봄기운이 완연했다. 저쪽 산골짜기에 얼어붙었던 눈덩이도 따사로운 햇살 아래 서서히 녹아내리고 나뭇가지에는 앞다투어 싹을 틔우고 있었다.

봄이 손에 잡힐 듯 팔을 한 번 펼쳐보았다. 불현듯 까마득한 옛날 예닐곱 살 때였던가, 어머니의 손을 잡고 외할머니 댁에 가던 일

이 주마등처럼 지나간다. 산 위에는 참꽃이 한창이었고 어느 집 담
상에는 노란 개나리꽃이 담장을 뒤덮던 이느 화창한 봄날, 어머니
와의 나들이는 어린 그에겐 잊을 수 없이 행복한 날이었다. 위에
형님들이 계시고 자신은 늦둥이 중에 늦둥이라고 무척 애처로워하
시던 어머니. 그리 높지 않은 산길을 벗어나 냇물이 조잘거리는 냇
가를 지나가노라니 새하얀 찔레꽃 향내가 코를 어지럽혔다.

'행복했던 어린 시절, 아버님 어머님은 가시고 불효한 자식 이제
나마 살아생전 어머님의 깊은 사랑을 음미해 봅니다. 늦게나마 못
다 한 효도를 드리고 싶습니다만 이미 때는 늦었습니다. 어머님, 다
시 한 번 그때의 그 인자한 음성으로 저를 불러주실 순 없나요? 어
머님, 불효한 자식 진정 그립습니다. 어머님, 어머님이 계시지 않는
봄은 제겐 가슴만 아려올 뿐입니다. 관직에 종사한답시고 젊은 시
절엔 어머니도 뵈러 오지 못했던 저를 용서해 주세요. 이제야 생각
하니 후회 막급합니다.'

최경회는 울적해지는 마음을 간신히 곧추세우며 어머니의 저녁
상식을 물린 후 여막으로 들어갔다. 살을 헤집던 겨울과는 달리 조
금은 따스한 훈기가 도는 듯도 하다.

얼마나 지났을까? 여막으로 새어 들어오는 휘영청 밝은 달빛으
로 인해 잠에서 깨어났는가 보다. 환한 달빛은 하늘 높이 두둥실
떠서 자신을 굽어보는 듯하다. 그제야 오늘이 며칠이던가 손을 꼽
아본다. 어느새 스무 하루다. 그러고 보니 보름달이 조금은 기울어
져 있다. 한동안 달빛이 여막에 머무르는가 하더니 서서히 동쪽 하

늘로 흘러가고 있었다.

유교 사상이 뿌리 깊었던 조선 시대라지만 말이 시묘살이지 웬만해서는 할 수 없는 일이었다. 자신의 모든 욕망을 버리고 부모님의 묘 옆에 여막을 지어놓고, 3년간 비가 오나 눈이 오나 밤낮으로 상식을 올리고 슬픔에 잠겨 시간을 보내야 한다는 건 아무나 할 수 있는 일이 아니다. 더구나 상중에는 술이나 고기 등을 금하고 거친 음식만을 먹어야 하며, 오직 부모를 그리워하는 슬픈 마음으로 자신을 돌보지 않고 묘를 지켜야 한다. 위에 형님 되시는 두 분은 연세가 많은지라 시묘살이를 버거워했다. 더구나 한두 끼도 아닌 많은 날들을 변변한 식사도 못하니 금방이라도 쓰러질 것 같아서 한사코 형님들을 집으로 내려가게 하고, 막내인 최경회 혼자서 여막을 지키고 있었다. 최경회 역시 육순의 나이에 잘 먹지도 못하고 잠자리도 불편한지라 무척 쇠약해져 있었다. 그러나 최경회는 자신의 몸은 돌보지 않고 오직 어머님의 공양에만 전심을 다하고 있었다.

논개는 이런저런 생각에 걱정이 태산 같았다. 며칠 전에는 애순이가 마실에 갔다 오더니 무슨 얘기를 들었던지 빨리 피란을 가야 한다고 발을 동동 굴렀다. 무언가 잘못되어 간다는 것을 피부로 느끼지만 지금의 상황으론 무얼 어떻게 할 수도 없었다.

여전히 아침에 눈을 뜨면 들에 나갔다가 해가 질 때쯤이면 집으로 돌아오는, 말 그대로 다람쥐 쳇바퀴 돌듯 한 치의 어긋남도 없이 반복되는 일상 속에서 논개는 염증(厭症)을 느꼈다. 아니, 만약의 경우를 대비해서 무언가 할 일이 없을까 곰곰이 생각해보았다. 시국이 이렇듯 어수선한데 자신이 해야 할 일이 무얼까 생각해 보아도 여인의 몸으로선 무엇 하나 떠오르는 게 없었다. 논개는 가슴이 답답하여 따라오려는 애순이를 집에 남겨 두고 마을 옆으로 맑게 흘러내리는 개울가를 지나 남덕유산이 장승처럼 버티고 있는 마을 뒤로 천천히 발걸음을 옮겨 놓았다. 연신 상큼한 바람에 실려 풀 내음이 코끝에 매달린다.

남덕유산은 장수군과 경남 함양군에 걸쳐 있으며, 북덕유에서 무룡산과 삿갓봉을 거쳐 남덕유에 이르는 주능선의 길이만 해도 20km가 넘는 거대한 산으로 마을 뒤를 감싸고 있다. 논개가 남덕유산 아래 고즈넉이 앉아있는 계북면 문성 마을에 온지도 어언 1년이란 세월이 훨씬 지났다. 신혼의 단꿈도 느끼기 전에 남편과 헤어져 낯선 곳에 몸을 부려 놓을 땐 천 길 낭떠러지로 떨어지는 것 같았다. 또다시 외로움을 안고 살 바엔 차라리 그가 떠날 때 투정이라도 부렸더라면 했지만 차마 길 떠나는 분에게 그럴 수도 없었다. 이제 생각하면 얼마나 다행한 일인지 모른다.

세월이 지루한 반면 한 치의 착오도 없이 어김없이 지나간다. 어느새 그리운 이와 만날 날도 하루하루 가까이 다가온다. 논개는 만약의 경우를 대비해서 그를 위해 나아가서 나라를 위해 자신이 할 수 있는 일이 무얼까 곰곰이 생각하며 발걸음을 떼어놓는다.

오시(午時: 11–13시)의 부드러운 햇살이 연신 논개의 머리 위에 서성인다. 저쪽 놀이터에서 아이들의 재잘거림이 정겹게 들려온다. 30~40여 호 됨직한 이 마을에도 명절이면 마을 사람들이 함께 모여 즐길 수 있는 꽤 넓은 공간이 있다.

지나간 단오절에는 애순이가 그네 뛰는 구경을 가자고 조르는 바람에 마지못해 함께 나왔다. 이날은 아이 어른 할 것 없이 여자들은 창포로 머리를 감아 고이 빗고, 무명옷이나마 예쁘게 차려입고 너도 나도 하늘 높이 뛰어오르는 그네 타기를 즐긴다. 대신 남자들은 씨름을 하며 그날만큼은 마음 놓고 즐긴다.

그런가 하면 이 마을에서 조금 떨어진 장계면에서는 특히 8월 한가위 날 다양한 민속놀이로 그날을 즐긴다. 밤낮으로 도둑이 들끓어 장정 육십 명이 모여야 이 고개를 넘는다는 육십령 아래에 자리 잡은 장계면은, 육십령 고개로 인해 동서남북으로 길이 잘 트여 있어서 예로부터 진안이나 장수읍보다 사람들의 왕래가 빈번할 뿐 아니라 장날이 되면 장꾼들이 장안을 메운다. 그러자니 장계면은 이웃 마을보다 아무래도 한 발 앞서 간다고 할까.

무엇보다 한가위 날의 활쏘기 대회는 가장 흥미 있는 대회다. 예로부터 고대 중국인들은 우리 민족을 일컬어 동이족(東夷)이라 했다. 이는 大와 弓이 합해져 만들어진 글자로 큰 활을 사용했던 민족임을 상징한다. 우리 한민족에게 활은 심신을 단련케 하는 운동이자 외적 방어의 중요한 수단이었으며, 우리 선조들은 대대로 활쏘기를 좋아했고 활쏘기에 능했다고 한다.

심지어 중국의 《위지 동이전》에는 '활 쏘는 재주가 뛰어나며, 주위 사람들이 이들을 두려워하여 쉽게 굴복시기지 못했다'라고 기록되어 있다. 또한 조선 시대에는 궁중에서 추석마다 활쏘기 대회를 열었을 뿐만 아니라 예부터 활쏘기가 전국적으로 성행하여 활기를 띄었다.

활쏘기 대회는 참가한 궁사들이 한 줄로 서서 과녁을 명중하는 횟수가 많은 궁사에 따라 등수가 매겨진다. 그땐 구경꾼들이 인산인해를 이루고 기녀들도 와서 화살이 과녁에 명중하면 노래와 춤으로 흥을 돋우어 주는, 그야말로 조선 시대의 큰 행사였다. 이러한 우리의 옛 전통 놀이인 활쏘기 대회는 장수군 내에 장계면에서 해마다 이루어진다고 했다.

그 중 양반 가문에서 부모님께 버림을 받아가며 무술을 배우는 청년이 해마다 승리를 거둔다는 말을 언뜻 들은 적이 있었다. 논개는 생각이 거기까지 미치자 검고 빛나는 두 눈에 불이 튀는 듯한 광채가 일었다.

'그래, 바로 그거야.'

역시 산책을 잘 나왔다고 생각하며 논개는 서둘러 집으로 돌아와 애순이를 불렀다.

"애순아, 할아버지 집에 계시는지 좀 갔다 오너라."

두 집 건너 사시는 박 씨 할아버지는 애순이와 함께 오시면서 무슨 일이 있느냐고 근심스런 얼굴로 논개를 바라본다.

"의논드릴 일이 좀 있어서요."

전에 없이 논개의 결의에 찬 얼굴을 본 할아버지는 되레 겁부터 낸다.

"할아버지, 제 얘기를 진지하게 들어주세요."

시골 할아버지라지만 사리분별이 분명하신 분이다.

"예, 마님 무슨 말씀인데요?"

"지금 나라가 어수선한데 제가 이렇게 앉아서 세월만 보내려니 왠지 불안해서요. 그래서 제가 할 일이 없을까 고민하던 중 장계면에 활을 잘 쏘는 청년이 있다고 들었는데 그 청년과 연결이 닿으면 제가 한 번 배워볼까 하고요."

그러잖아도 할아버지가 펄쩍 뛸 것이라 예상은 했지만, 할아버지는 듣기도 전에 얼굴이 파래지면서 손사래를 치며 어쩔 줄 몰라 했다.

"마님, 무슨 그런 얼토당토않은 말씀을요. 만약 사또님이 오시면 저를 얼마나 꾸중하시겠어요. 절대 그건 안 됩니다."

"아닙니다. 여자라고 못하라는 법은 없잖아요. 저는 이미 결심했어요. 그러니까 할아버지가 그 청년과 다리를 좀 놓아주세요."

할아버지가 자못 못마땅하다는 표정을 하고 나간 후 여러 날이 지난 후에야 극비로 그 청년과 만날 수 있게 되었다.

조선 시대에는 남녀가 유별했다. 박 씨 할아버지가 걱정하는 것과 같이 외간 남자와 만난다는 것이 무척 힘이 들었지만 그이가 오시면 잘 말하면 이해해 줄 것이라고 믿었다. 그 청년 역시 마님께서 연약한 몸으로 어떻게 하겠느냐고 했지만 논개의 단호함에 모든 것을 접어두고 그 청년은 쾌히 허락했다.

마침 산속 깊은 곳에 활을 배우기에는 안성맞춤인 쯰 넓은 상소가 있었다. 그날로부터 논개는 남장을 하여 지정한 장소에서 만났다. 논개의 고운 자태와 아름다움은 아무리 남장을 해도 한 떨기 백합과도 같았다. 그 청년은 논개보다 네댓 살 더 많았다. 그 청년역시 준수한 용모와 늠름한 모습은 어디 나무랄 데 없었다.

활쏘기란 고대에는 육예(六藝)의 하나로 군자나 선비가 학습해야 할 중요한 덕목 중의 하나였다. 육예란 예(藝), 악(樂), 사(射), 어(御), 서(書), 수(數)를 말하며, 조선 시대에는 무관(武官)을 선발하는 무과(武科)의 중요한 시험 과목 중 하나였다. 사예(射藝), 즉 활을 쏘는 기술과 재주를 가르치려면 여섯 가지 단계를 거쳐야 비로소 무과에 응시하기 위한 준비 과정에 들어간다고 했다.

활을 쏘는 데도 먼저 예절을 배워야 하며 활쏘기 역사도 익혀야한다. 위의 단계가 완성되면 활과 화살의 구조와 각 부분의 명칭을다 배운 후 활 쏘는 법을 가르쳐주는데 활 쏘는 법을 배우는 데도그만큼 배우고 익혀야 할 내용들이 많다고 한다. 그리고 그 모든단계를 가르치는 것을 교사육장(敎射六場), 후에 남에게 활을 가르치는 사람을 교장(敎場)이라고 하며 적어도 무관이 되려면 그 모든 과정을 거쳐야 한다고 했다.

활을 쏘는 데는 명나라 이정분이 지은 《사경(射經)》에 심고만분(審固滿分)이란 네 글자에 모든 뜻이 담겨 있다고 했다. 즉 궁수의 손가락에 화살촉이 이르는 것을 마음으로 느끼는 것이 만(滿)이며, 이때 심(審)은 한층 정밀해지는 것이다. 팔에 힘이 있어야 고(固)가 되는 것이고, 이렇게 해야만 분(分)이 균등하게 균형이 잡혀 화살은 궁사의 손을 떠나 청아한 목성(木聲)을 내며 관혁에 명중된다는 것이다. 말하자면 활을 쏘기 위한 준비 자세로서 먼저 과녁에 마음과 눈을 둔 후, 활을 당길 때는 잔뜩 당겨서 궁수의 손가락에 화살촉이 이르는 것을 충분히 느끼면서 과녁을 자세히 살핀 후 팔에 힘을 주어야만, 두 손이 균등하게 균형을 이루어 드디어 화살이 궁사의 손에서 떠날 때, 그 특유의 기묘한 소리를 내며 과녁을 명중시키는 것이다.

논개는 조금은 예상했지만 무엇 하나 쉬운 일이 없다고 생각했다. 그러나 부차적인 건 차차 배우기로 하고 우선 활 쏘는 법을 먼저 배우기로 했다. 할아버지의 염려처럼 남녀가 유별한지라 처음엔 무척 어색했지만 차츰차츰 익숙해졌다.

활을 쥘 때 주의할 점은 처음부터 손가락에 힘이 들어가면 안 되며, 긴장이 되어 호흡이 불안해지면 바른 조준과 발사가 어려워지니까 마음을 가다듬고 편안한 마음을 가져야 한다.

논개는 굳이 비밀로 해야 할 것도 없지만 할아버지 외엔 아무도 모르게 약속한 장소에 나가 열심히 배웠다. 한 술 밥에 배부를 수는 없지만 정교한 기술을 요했다. 정확하게 조준한 것 같은데 때론 위로, 아래로 빗나가기만 한다. 그럴수록 논개는 더 열심히 매달렸다. 만약의 경우를 대비해서 활을 사용하는 법을 익혀 두어야 내 나라 내 민족을 지킬 수 있지 않을까 생각했다. 할아버지는 아직 일어나지도 않은 일을 왜 미리 사서 고생을 하느냐고 했지만, 차츰차츰 배워갈수록 재미도 있었고 새로운 기술을 연마한다는 것에 흥미도 일었다.

원래 논개는 어릴 때부터 하나를 가르치면 열 가지를 터득하는 지혜와 총명함을 가졌다고 하더니 활을 다루는 솜씨 역시 놀랄 정도로 민첩하다는 것을 청년은 진즉에 알아챘다. 활 쏘는 것을 가르치다 보면 때론 가벼운 접촉이 있었지만 그녀의 흐트러짐 없는 자세에 정신이 번쩍 들기도 했다. 실버들 같이 가는 허리에 빛나는 눈동자와 꼭 다문 입술은 곁을 주지 않을 자기 방어인 것 같기도 했다. 과연 듣던 바대로 최경회 사또의 부인답다고 그는 생각했다. 교장(教場)도 최경회 사또를 익히 알고 있는 터였다. 그분의 덕망과 인품은 장수 군민들이 모르는 사람이 없었다.

하나의 계절이 소리 없이 지나갔다.

"마님, 마님의 활솜씨는 대단하십니다. 이젠 싸가지 없는 왜놈들이 쳐들어와도 걱정 없을 겁니다."

세월이 젊은이들의 틈새를 메꾸어 주었다. 그분을 향한 불변의 사랑이 없었더라면 청춘 남녀가 흔들렸을지도 모른다. 아마 할아버지는 그 점을 우려했을지도 모르지만 논개는 티끌만 한 허점도 보이지 않았다.

"그래요? 다 교장(敎場)님의 덕분이지요."

"그러나 저러나 놈들이 쳐들어올까요? 고려 말부터 지금까지 왜구들이 얼마나 깐족거렸나요. 그러면 조선이 한 방에 쳐 없애버렸으면 됐을 텐데 괜히 교린정책이니 유화정책이니 하며 오히려 왜(倭)들의 간땡이를 키운 거나 마찬가지잖아요."

"그래요, 유교 사상의 예의도 모르는 야만인들은 아예 인간 대접을 할 필요가 없었는데요."

그러나 그들은 함부로 얕잡아볼 위인들이 아니었다. 살아남기 위해서는 수단 방법을 가리지 않는 자들이었다. 조선이 일본인들을 얕잡아 전쟁 준비도 듬성듬성할 때 그들은 전쟁 준비를 빈틈없이 해놓고 출정할 날만 기다리고 있었다. 더구나 조선은 당파 싸움이 조금은 수그러드는가 싶더니 뒤이어 정여립의 사건으로 조선 땅이 온통 피바다로 물들 때, 도요토미 히데요시가 보낸 승려 겐쇼는 조선의 처참한 사실을 하나도 남김없이 일본에 보고했다.

화순 산중에서도 이 사실을 아실까? 논개는 활 쏘는 일에 정신이 빼앗겨 있으면서도 틈틈이 들에 나가 밀린 일을 한다. 박 씨 할아버지에게 미안해서 논개는 요즘 쉴 틈이 없다. 그저께는 산속의 앙상한 나뭇가지에 제법 파란 싹을 틔우고 있었다. 논개는 활 쏘는 일에 정신을 빼앗기고 있다가도 물오른 나뭇가지를 보니 한결 마음이 놓였다.

'그가 계시는 곳에도 봄소식을 알리는 새싹들이 돋아나겠지?'

난생 처음 활을 잡을 때가 엊그제 같은데 벌써 일 년여가 가까워 온다. 이제 조금은 손에 익은 듯도 하다. 교장은 논개의 날렵힘에 혀를 내두를 지경이었다. 그저께는 쏜살같이 달아나는 산토끼를 명중했다.

"마님, 마님의 활솜씨는 정말 훌륭합니다."

"이 모두가 교장님의 덕분이지요. 그런데 한 가지 걱정이 있습니다. 듣자하니 요즘은 신무기가 나온다고 하던데 활로서 적을 무찌를 수 있을까요?"

"부사님께서 설마 마님을 전쟁터로 보내시겠어요? 그냥 이 기회에 배워두는 거지요 뭐."

어찌 보면 무척 다정다감한 한 쌍의 원앙 같다. 깊은 산중에 청춘 남녀가 하루 이틀도 아닌, 하나의 계절을 맞이하고 또 하나의 계절을 보내는 세월을 함께 느끼고 함께 맞이했다. 이제 논개는 활이 조금은 익숙해진 터라 혼자 연습장에 와서 연습하는 날들이 많아졌다. 연습장은 마치 예부터 그들을 위해 미리 예비해 놓은 양 산림이 빽빽한 어느 지점에 넓은 공간이 있었다. 항상 느끼는 일이지만 깊은 산속에 들어오니 속세의 모든 걸 초월한 듯 마음이 한결 가벼워진다.

이날도 논개는 혼자서 맹연습을 하고 있는데 "마님, 마님" 하며 다급하게 부르는 낯익은 소리에 뒤를 돌아보니 저 멀리서 교장이 헐레벌떡 뛰어오고 있었다.

"마님, 마님 드디어 올 것이 오고야 만 것 같아요."

"무슨 말씀인지요?"

"산골짜기에 파묻혀 있다 보니 정보가 늦은 탓에 아무것도 모르고 있었는데, 왜관에 그렇게 들끓던 왜인들이 지금은 하나도 없이 텅텅 비어 있답니다. 사태를 봐서는 금방이라도 쳐들어올 것 같은 태세랍니다."

그제야 조정에서는 정신이 번쩍 나서 뒤늦게 명나라 황제에게 알리는 한편 뒤늦게 전투태세를 정비하였다. 선조 임금은 영남과 호남의 큰 읍성을 증축하고 군사 훈련 등 전투 준비를 하라고 명령하였다.

1592년 2월, 즉 전쟁 발발 두 달 전에 신립과 이일을 파견하여 각 도의 병기 시설을 순시하도록 하였다. 신립은 경기와 해서를, 이일은 호서와 호남으로 가서 점검하였고, 또한 김수를 경상감사, 이광을 전라감사로 하고 윤선각을 충청감사로 삼아 병기와 성지를 수축케 하며, 경상도 지역은 특별히 세심한 주의를 기울였다.

그런가 하면 이순신 역시 틀림없이 전쟁이 일어날 것이라는 예견 하에 군사를 훈련하고, 거북선을 비롯한 전함과 성곽을 보수하였다. 진주성에는 김시민의 지휘 하에 군사 훈련을 실시하고, 대포와 화약을 준비하였으며 성곽을 수축했다. 그리고 함안 군수 유숭인은 기마병을 양성하였다. 그러나 조정에서는 설마 일본이 감히 쳐들어오겠느냐는 막연한 생각으로 전쟁이 일어나지 않기만을 바라는 분위기였다.

"조선은 건국 초기부터 선조 임금에 이르기까지 200여 년 동안 이렇다 할 선란을 겪으시 않고 평화로운 세월을 보냈잖이요. 그러니 전쟁 준비를 한다 해도 마지못해 건성건성 했겠지요."

"제가 알기로는 괜히 전쟁 준비를 하느니 마느니 하면 민심이 혼란스러워진다고 쌓던 성마저 중단시켰다나요. 그뿐만 아니라 선위사 오억령이 내년에 일본이 침략할 것이라는 현소의 말을 그대로 보고했지만, 민심을 소란케 한다고 오히려 파직을 당했답니다. 더구나 1588년 이래 대마도주 종의지와 현소가 '일본에서는 조선을 침범할 준비를 하고 있다'고 수차 귀띔해 주었지만 조정에서는 귓등으로 들었다나요."

"설마 뚜렷한 명분도 없이 이웃 나라에 함부로 쳐들어오겠느냐는 생각이었겠지요."

"그들이 염치를 아는 자들이있다면 한두 해도 아닌 수십 년이나 우리나라 연안 각지에 침입하여 노략질을 일삼았겠어요?"

"대마도만 해도 그렇잖아요. 저들의 나라에서 쫓거나 오갈 데 없는 자들에게 먹을 것 입을 것을 주면서 거두어 주었는데도, 은혜는 고사하고 노략질과 약탈만 일삼았잖아요."

대마도란 원래 섬의 지형이 커다란 말의 머리 형상을 하고 있어 대마도라 불리게 되었으며, 약 1600년 경 허 씨 성을 가진 사람이 처음으로 들어와 살았다고 한다.

그곳 지질은 대부분 산성 화산암류로 이루어져 있으며 해안은 돌출한 갑(岬)과 깊숙한 만이 교대로 이어지고 있어 해안선의 드나듦이 심한 편이다. 그처럼 그 땅이 심히 척박하며 바다 가운데 있어 백성이 살지 않아서 그 땅을 소홀히 했더니, 그 틈을 타 그 나라에서 쫓겨나 오갈 데 없는 왜인들이 그곳으로 몰려와 살아도 그냥 두었다. 그렇게 들어온 왜인들은 대마도가 그들의 본거지가 되면서부터 경제적으로 궁핍해지자 조선이나 명나라 해변에서 약탈과 노략질을 멈추지 않았다.

이에 하는 수 없이 대마도 정벌에 나섰다. 1차 정벌은 1389년(고려 창왕 2년) 박위가 이끌었으며, 2차 정벌은 1396년(조선 태조 5년)에 있었다. 가장 유명한 3차 정벌은 1418년(태종 18)에 당시 대마도 주인 종정무(소 사다시게)가 죽고 아들 종정성(소 사다모리)이 뒤를 잇게 되었을 때 하필 큰 흉년이 들어 식량 문제가 심각해지자, 그들은 명나라 해안 지역으로 가던 도중 조선의 해주 해안 지역을 약탈하며 갖은 행패를 부렸다.

당시 태종은 왕위를 세종에게 물려준 상태였지만 아직 군사에 관한 결정은 직접 하고 있었다.

태종의 주도 아래 이종무를 삼군 도제찰사로, 영의정 유정현을 삼도 도통사로 삼아 경상도, 전라도, 충청도의 3도에 있는 병선 227척과 병사 1만 칠천 명을 거느리고 1419년(세종 1년) 6월 19일(음력)에 거제도에서 출발하여 20일에 쓰시마 섬에 도착하였다. 이종무는 도주 종정선에게 항복할 것을 권했으나 아무런 반응이 없자, 대마도에서 13일 동안 왜구와 전투를 벌인 뒤 기어이 항복을 받아내고 귀환하였나.

그 뒤 태종은 병조판서 조말생으로 하여금 대마도 도주에게 항복 권고문을 보내도록 했다.

"선지(宣旨)하노라. 대마도라는 섬은 경상도의 계림에 예속했으니, 본디 우리나라 땅이란 것이 문적에 분명히 상고할 수가 있다. 다만 그 땅이 심히 작고, 또 바다 가운데 있어서 왕래함이 막혀 백성이 살지 않는지라.

이러므로 왜인으로서 그 나라에 쫓겨나서 갈 곳이 없는 자들이 다 와서 함께 모여 살아 굴혈을 삼은 것이며, 사람이 사는 집을 불사르니 흉악무도함이 여러 해가 되었으나 우리 태조 대왕께서는 지극히 어질고 신무(神武)하시므로 하늘 뜻에 응하여….

대마도의 작고 추한 놈들을 섬멸하게 하니 마치 태산이 까마귀 알을 누르는 것과 같고, 맹분(孟賁), 하육(夏育) 같은 용사가 어린 아이를 움키는 것과도 같으나 우리 태조께서는 도리어 문덕을 펴고 무위(武威)를 거두시고, 은혜와 신의와 사랑과 평안케 하는 도리를 보이시니, 내가 대통을 이어 나라에 임한 이래도 능히 전왕의 뜻을 이어서 더욱 백성을 측은한 마음으로 사랑하고, 비록 조그마하더라도 공손하지 못한 일이 간혹 있어도, 오히려 종정성의 아비 종전무의 의를 사모하고 정성을 다한 것을 생각해서, 범하여도 교계(較計)하지 않았으며, 통신하는 사신을 정할 때마다 사관(使館)을 정하여 머물게 하고, 예조에 명하여 후하게 위로하고 또 그 생활의 어려움을 생각하여 이(利)를 꾀하는 상선(商船)의 교통도 허락하였으며, 경상도의 미곡을 대마도로 운수한 것이 해마다 대개 수만 석이 넘었으니, 그것으로 거의 그 몸을 길러 주림을 면하고 그 양심을 확충하여 도적질하는 것을 부끄럽게 여기고 천지 사이에 삶을 같이 할까 하노라.

나의 용심(用心)함도 부지런히 하였더니, 뜻밖에도 요사이 와서 배은 망덕하고 스스로 화근을 지으며 망함을 스스로 취하고 있으나, 그 평일에 귀화한 자와 이(利)를 얻으려고 무역하거나 통신 관계로 온 자와, 또 이제 우리의 위풍(威風)에 따라 항복한 자는 아울러 다 죽이지 아니하고, 여러 고을에 나누어 먹을 것, 입을 것 주어서 그 생활을 하게 할 것이며, 또 변방 장수에게 명하여 병선을 영솔하고 나아가서 그 섬을 포위하고 모두 휩쓸어와 항복하기를 기다렸더니, 지금까지도 그 섬사람들은 오히려 이럴까 저럴까 하며 깨닫지 못하고 있으니, 내 심히 민망히 여긴다.

섬 가운데 사람들은 수천에 불과하나 그 생활을 생각하면 참으로 측은하다. 섬 가운데 땅이 거의 다 돌산이고 비옥한 토지는 없다. 그리하여 장차 틈만 있으면 남몰래 도적질하거나 남의 재물과 곡식을 훔치는 것이 대개 그 평시에 저지른 죄악이며, 그 죄악이 벌써부터 가득 차 있는지라.

어두운 곳에서는 천지와 산천의 신이 묵묵히 양화를 내리고, 밝은 곳에서는 날랜 말과 큰 배며, 날카로운 병기와 날쌘 군사로써 수륙의 방비가 심히 엄하니, 어디 가서 주륙(誅戮)의 환을 만나지 아니할 것인가.

다만 고기 집고 미역 따고 하여 매매하는 일은 이에 생활의 지료기 되는 바인데, 이제 와서는 이미 배은하고 의를 버려 스스로 끊는 것이며, 내가 먼저 끊을 마음이 있었던 것은 아니다.

이 세 가지를 잃은 자는 기아를 면치 못할 것이며 앉아서 죽기를 기다릴 뿐이니, 이에 대하며 계책하기도 또한 어려운 일이다.

만약 능히 번연히 깨닫고 다 휩쓸어 와서 항복하면 종정성은 좋은 벼슬을 줄 것이며, 두터운 녹도 나누어 줄 것이요, … 이 계책에서 나가지 아니한다면 차라리 무기를 다 휩쓸어서 이끌고 본국에 돌아가는 것도 그 또한 옳은 일이어늘, 만일 본국에 돌아가지도 아니하고 우리에게 항복도 아니하고 아직도 도적질할 마음만 품고 섬에 머물러 있으면, 마땅히 병선을 크게 갖추어 칠 것이니….

이제 선지(宣旨)로서 일의 마땅함을 자세히 알게 하노니 잘 생각하라.

세종대왕 실록 4권 1년 7월 17일(경신)

귀화한 왜인 동현이 항복 권고문을 가지고 대마도로 떠났다. 즉 대마도는 예부터 조선의 땅이었으니 본국으로 돌아가든지 아니면 항복하라는 것이다. 이에 위기를 느낀 대마도주가 도이단도로에게 신서(信書)를 보내어 항복하기를 빌고 인신(印信)을 내려줄 것을 청원했다. 대마도를 다녀온 도이단도로가 수강궁에 무릎을 꿇고 대마도 도주의 항복을 전했다. 태종은 항복을 간압하고 교유했다.

> "사자가 서신을 전해 너의 항복의 뜻을 알았노라. 본도인(本島人)을
> 돌려보내는 것과 인신(印信)을 내려달라는 것이 가상하다.
> 이제 너희들의 소원에 따라 비옥한 땅에 배치해 주고… 굶주림을 면
> 하게 하여주리라. 마음을 돌려 순종하고 농상을 영위하기를 원한다
> 면 먼저 섬의 행정을 관리할 자를 나에게 보내와 내 지휘를 받도록
> 할지니라.

세종대왕 실록 5권 1년 10월 18일(기축)

도이단도로를 대마도로 돌려보낸 태종은 정벌군의 전면 철수를
명했다. 이후 대마도는 조선의 정치 질서 속에 편입되어 조선 국왕
이 관직을 내려주는 통치권 속에 예속되었다. 그 결과 대마도주는
신하의 예로서 섬길 것을 맹세하고 경상도의 일부로서 부속하기
를 청하였고, 왜구를 스스로 다스릴 것과 조공을 바칠 것을 약속
했다.

세종이 이를 허락하고 이후 삼포를 개항할 때에 대마도 도주에
게 통상의 권한을 줌으로써 평화로운 관계로 전환되었다. 이 정벌
이후 상당 기간 왜구의 침입을 방지하는 효과를 가져 왔으며, 통상
을 허락하여 일본인들로 하여금 평화적으로 무역과 내왕을 하도록

하는 정책을 펼 수 있었다.

"그런데 무엇보다 대마도가 분명 조선 땅이라 명시해 놓았는데 왜인들은 자기 땅이라고 왜 그렇게 우겨요? 은혜도 모르는 배은망덕한 자들일뿐더러 양심이 없는 자들이군요."

"그래요, 그들은 인간이기를 포기한 자들이 아니겠어요? 우리로서는 상상도 할 수 없는 짓을 함부로 자행하잖아요."

"그래도 대마도를 완전히 정벌했으니 안심이 됩니다."

1419년(세종 1년) 대마도 정벌 이후 한동안 조선과 일본 사이의 왕래가 중단되었다. 그러자 조선으로부터 물자의 보급을 받아야했던 왜인들은 대마도주 사다모리(宗貞茂)가 백배 사죄하고 조선을 향해 끊임없이 통교를 허락해 주십사 간청하는 바람에, 세종은 또다시 은정(恩情)을 베풀어 그들에게 살 길을 열어주었다.

1426년 세종(8년)은 삼포(부산포, 내이포, 염포)를 개항하고 이곳에 왜인의 입국과 교역을 담당하는 왜관을 설치해 왜인을 60명에 한해 거주할 수 있도록 했다.

또한 1438년에는 대마도주의 세견선에 대해 25척씩 나누어 삼포에 도착하게 하는 균박법(均泊法)과 윤차적으로 머무르게 하는 삼포윤박법을 실시하였다. 그리고 입국 왜인의 수를 제한하여 그 크기에 따라 대선 40인, 중선 30인, 소선 20인으로 규정했으며, 증명서 없이 왕래를 엄금했다. 그렇게 조선은 회유적인 교류와 통제 정책을 거듭하며 왜인들을 안정적으로 관리하는 전략을 썼다.

그러나 60인에 한한 왜인들은 얼마 지나지 않아 삼포에는 수많은 왜인들이 거주하게 되고, 그들을 통한 미곡, 면포 등의 수출량이 엄청나게 늘어나는 등 폐해(弊害)가 심각했다.

이에 1443년(세종 25년)에 계해조약을 체결하여 1년 동안에 입항할 수 있는 세견선을 50척으로 제한하고 체류 인원은 50명으로, 체류 기간은 20일로 한정했다. 그리고 이들에게 식량도 지급했다. 그리고 바다에서 어획을 할 수 있으나 어세(漁稅)를 내어야 하며, 조선에서 왜인에게 주는 세사미를 2백 석으로 제한하는 한편 반드시 수도서인(受圖書人)에 한하여 왕래하도록 하여 무역과 출입을 통제했다.

그러나 이번에도 교역 조건을 위반하며 난동을 부리는 일이 잦았다. 그들은 점점 법규를 어겨가며 그 수가 늘어나 1474년(성종 5년)에는 4백여 호에 2천 명이 넘는 왜인들이 득실거렸다. 그러자 60호 외에는 일본으로 돌려보내는 쇄환 정책을 실시하려 했으나, 이번에도 단호하게 끊지 못하고 그것마저 흐지부지하게 내버려 두었더니 왜(倭)인들은 좋아라 하며 여전히 거주 지역을 이탈하는 등 불법적으로 경작 토지를 확대시켜 나갔다. 원래 1429년(세종 11년)부터 그들의 토지 경작에 대해 세금을 부과해야 한다는 논의가 있었으나 그때도 시행하지 못하고, 이번 역시 시행하지 않음과 동시에 불법 행위를 해도 묵인하는 자세로 일관했다.

그 후 1494년(성종 25년)에 또 논란이 있었으나 이번에도 회유책의 일환으로 그냥 두었다.

이처럼 조선 정부는 입국 왜인에 대한 법규를 엄연히 제정해 놓았으나 한 번도 법규대로 처벌하지 않았고, 씨도 먹히지 않는 대의명분이라느니, 상국으로서의 자세라느니, 또한 교린정책이라느니, 유화정책이라느니 하면서 무법천지로 날뛰는 왜(倭)들을 관용이라는 이름하에 묵인하기에 이르렀다.

삼포개항 이후 조선에서는 왜인들의 체재비를 부담하고 삼포에 토지 경작까지 부여하며 잘못을 해도 용인하자, 무서울 게 없는 왜들은 차츰 왜관을 벗어나 장사도 하고 조선인에게 폭행을 하는 등 왜구 시절의 근성을 드러냈다. 연산군 대를 거치는 동안 왜인들은 개해약조의 각종 규정을 무시하고, 엄연히 제정해 놓은 세견선 제한에 대한 완화 조치를 끈질기게 요구해 왔다.

이처럼 교역을 핑계 삼아 조선의 물자를 마음만 먹으면 얼마든지 가져갈 수 있고, 마음대로 다룰 수 있다는 왜구들의 음흉한 생각에 끌려 다니다간 조선이 위태로워질 우려가 있다고 판단하자 처음과는 달리 조금 엄하게 했다. 또한 조선의 상생(相生)의 교역이 약탈에 가까운 교역으로 이루어지고 침략적인 상황으로 이용되는 것 같아, 왜구들의 세견선 제한의 완화 조치 요구에도 단호히 거절하며 들어주지 않았다.

그 후 1506년 중종 임금은 삼포 백성들의 민원을 받아들여 왜인들을 규정대로 통제하기 시작했다. 왜인들을 보다 엄하게 다루자 오히려 그들은 불만을 드러냈다. 삼포에서 거둬들인 세금으로 부를 누리다가 갑자기 그 수입이 줄어드니, 60년 동안 용인하던 일을 왜 새삼스럽게 단속하느냐고 불만을 터트렸다. 수차에 걸친 항의를 받아들이지 않자, 결국 1510년(중종 5년) 4월에 삼포의 왜인들이 대마도주와 합세해서 부산포와 제포에서 갖은 만행을 자행하여 이들의 횡포에 막대한 피해를 입었다. 이에 조선 정부는 군대를 이끌고 제포에서 왜인들을 포위한 뒤 8시간의 전투 끝에 씨도 없이 싹 쓸어버리고 삼포에 거주하는 왜인들을 하나도 남김없이 내보냈다. 이것이 삼포왜란이다.

삼포왜란을 계기로 삼포를 폐쇄하고 아예 일본과의 국교를 끊어버리고 약 30년 간 교역이 두절되었다. 언제까지나 무지한 왜인들의 만행을 보고만 있을 수 없는 조선은 삼포를 폐쇄해 버리고 쥐새끼 하나 들어오지 못하게 방비를 엄중히 했다.

그러자 궁지에 몰린 일본의 아시카가 막부는 조선 조정에 또다시 무역 재개를 간청했다. 자체에서 생산을 할 수 없는 그들은 식량과 생활필수품이 궁핍해질 수밖에 없었다. 대마도주는 삼포왜란 주동자의 목을 가지고 와서 살려달라고 애원했다.

이에 중종은 1512년 임신약조를 맺고 또다시 왜인과의 교역을 다시 허락했다.

일찍이 중국인들은 조선을 군자의 품격을 갖춘 나라라고 했듯이 조선에서는 차마 매몰차게 등을 돌리지 못했다. 하지만 임신약소 이후에도 왜인의 침입은 계속되었다. 1544년에도 왜선 20여 척이 사량진을 공격해 약탈과 노략질을 일삼으니 사량진 왜변이 일어났다.

이에 조정에서는 임신약조를 파기하고 왜인의 내왕을 아예 금지시켰다. 대마도주가 또다시 사죄하며 통교를 재개해 줄 것을 간청하자 1547년 또다시 이를 받아들이고 정미약조를 체결했다.

그러나 왜인들의 약탈 행위는 그로서 끝나지 않았다. 일본 전역이 전국 시대를 맞아 나라 자체가 혼란을 겪고 있으니, 비렁뱅이마냥 이들은 조선이나 명나라의 해안 지역을 공략해 저들의 생명을 유지하고 있는 상태였다.

그해 명종 10년인 1555년 5월, 왜인들은 선박 70여 척을 이끌고 전남 연안에 있는 달량포와 영암을 점령한 뒤 강진, 진도 등을 돌아다니며 인명을 살상하고 재물을 빼앗는 등 엄청난 피해를 입혔다. 그러자 조정에서는 이준경을 보내어 왜인은 영암에서 대패하고 물러났다.

이로부터 5개월 뒤, 대마도주가 이번에도 주동자의 목을 가지고 와 사죄하고 세견선 증가를 호소했다. 이를 받아들였지만 조선과 일본 간 중앙 정부의 통상적인 외교 관계는 을묘왜변 이후 단절됐다.

이처럼 예부터 왜인들은 이웃 나라인 조선을 끊임없이 괴롭혔고,

항상 분란을 일으켰지만 그럼에도 선을 베푸는 쪽은 조선이었다. 이후에도 왜인들의 침탈은 끊임없이 이어졌고 일본 전국 시대를 통일한 도요토미 히데요시는 본격적인 전쟁 준비까지 하게 되었다.

"대마도 정벌 이후 그처럼 많은 약조를 맺을 때마다 왜인들이 항복을 하고 살려달라고 할 때, 그때 좀 더 강경하게 나와 왜인들의 싹을 싹둑 잘라 놓았으면 지금까지 이렇게 구질구질하게 덤벼들지는 않았을 텐데요."

"그래요, 그렇듯 여러 번 저들을 불쌍히 여겨 살 길을 마련해 주었는데도 그들은 은혜를 원수로 갚는 배은망덕한 자들이지요."

"기어이 왜인들의 침탈이 아닌 전쟁까지 도발해 오잖아요."

덕을 베풀면 칼로 갚았던 왜구와 칼 맞고도 가만히 있던 조선이란 말이 너무나 타당한 말이었다.

한편 도요토미 히데요시는 전국 시대를 마감하고, 1591년 조선을 침략하기 위해 일본 본토에서 이끼섬과 쓰시마를 거쳐서 부산으로 연결하는 가장 가까운 거리의 나고야에 일본 전역의 다이묘들을 총동원하여 5개월 만에 나고야 성을 완성하였다.

드디어 1592년 3월, 일본 수도 교토는 도요토미의 명령에 따라 일본 전국에서 모여든 다이묘의 군대들로 야단법석이었다. 병졸들과 물자가 넘쳐나고 활기와 살기가 번뜩였다.

3월 17일 다테 도쿠가와 등 제장이 이끄는 군대가 거대한 군세를 뽐내며 나고야 성으로 향했다. 그 후 9일이 지난 3월 26일, 교토를 지날 때 교토의 시민들이 쏟아져 나와 이 어마어마한 행렬을 구경하는 가운데, 도요토미 히데요시는 보병과 기병을 합쳐 3만 명의 호위병을 거느리고 유유히 나고야 성으로 사라져 갔다. 나고야 성에는 30만여 명의 무사들이 집결해 있었다.

이렇듯 일본군의 전투력은 규모 면에서 인류 역사에 유례없는 대군이었고, 실질적으로 당대 세계 최강으로 28만여 명의 부대를 보유하고 있을 뿐 아니라 평생을 전쟁터에서 보낸 무사 집단이었다. 이들은 100여 년의 내전을 통해 실전 경험을 쌓은 자들이었다. 일본군은 병력 수에서 월등했을 뿐만 아니라 많은 장수를 중심으로 확실한 조직력을 갖추고 있었다. 이들은 성의 둘레가 15리나 되는 명호옥에서 도요토미의 명령만을 기다리고 있었다.

30만 대군이란 실로 엄청난 무리들이다. 그곳에는 칼 찬 무사들이 성을 메우고 있는가 하면 쇠붙이로 조총을 생산하고 칼을 만들며, 군사들을 보조하는 일꾼들까지 명호옥은 글자 그대로 인산인해를 이루었다. 치밀한 전쟁 준비를 마친 도요토미 히데요시는 조선과 명을 거뜬히 제압할 것으로 여겼다.

- 10 -

봉수대

바야흐로 겨울잠에서 깨어난 개구리가 기지개를 켜고 냇가의 버들강아지가 활짝 웃음 터트릴 때쯤이면, 마을 처녀들이 바구니를 옆에 끼고 쑥과 나생이를 캐러 들판을 누비는 계절이 무던히도 좋았다. 해발 233m 되는 아미산 꼭대기에도 봄은 찾아왔는가. 온 산천에는 참꽃이 붉게 타오르고 저쪽 산기슭에는 마치 눈꽃 요정의 나라인 듯 새하얀 살구꽃이 군락을 이루고 있다. 높은 산 위에는 이름 모를 새들이 기묘한 소리로 재재거리며 알싸한 꽃향내는 바람에 실려 코끝에 매달린다. 자연은 한 치의 어긋남도 없이 하나의 계절이 가면 또 하나의 계절이 찾아오기 마련이다. 얼마 전까지만 해도 산기슭에는 군데군데 눈덩이가 녹을 줄 모르고 산꼭대기의 눈바람은 매섭기만 하더니, 어느새 만물이 생동하는 봄의 계절이 높은 산성에도 한창 무르익어 가고 있었다.

며칠 전 휴가를 다녀온 용팔은 계속 고개를 갸웃갸웃한다. 원래 말수가 적은 진구는 십에 나녀온 후로 뭔가 근심이 쌓인 얼굴이다. 산 아래 대항 마을에서 함께 유년기를 보낸 이 친구와 가덕도 응봉 봉수대에 근무한 지도 꽤 오래되었다.

이곳 봉수대는 나라에 위급한 상황이 발생하거나 왜적의 침입 등 반란이 일어났을 때 그 사실을 낮에는 연기로, 밤에는 횃불로 신호하여 중앙으로 알리는 옛 통신 시설의 하나이다.

응봉 봉수대는 다대포진 관할로 감독관이 한 명, 별장 6명과 그리고 1백 명의 군사가 배치되어 있는 곳이다. 1530년(중종 25)에 설치되었다는 가덕도 응봉 봉수대는 아미산중 해발 233m의 응봉에 자리잡고 있으면서 조선의 동남 해안을 망보는 곳이다.

조선 시대 전국 다섯 군데의 봉수 중 이곳이 최전선의 봉수대다. 이중 세 곳은 여진족을 지키는 곳이고 응봉 봉수대와 돌산포 봉수대는 왜구를 지키는 곳이다.

고려 말부터 약 40년간은 왜구가 창궐해 피해가 극심했다. 세종은 이곳에 내륙으로 침입하는 왜구를 막고자 수군 부대인 만호영을 설치하였으며, 성종 때는 높이가 4m, 둘레가 560m나 되는 다대포진을 축성하였다. 이곳은 군사적 전략 요충지로서 다대포와 서평포진을 내려다보고 있다. 낙동강 하구 일대와 몰운대 앞바다를 한눈에 감시할 수 있으며 대마도와 가까운 거리에 있다.

이곳 응봉 봉수대는 서남쪽에서 오는 횃불을 받아 동쪽 석성 봉수와 서쪽 성화예산 봉수로 전달하는 요충지이다. 전에 없이 친구의 행동이 자못 궁금해서 용팔에게 다가갔다.

"용팔아, 왜 그래? 집에 무슨 일이 있어?"

그러자 입을 굳게 다물고 있던 친구는 천천히 입을 열었다.

"아무리 생각해도 뭔가 찜찜한 기분을 떨칠 수가 없어. 이번 휴가 때 집에 내려갔더니 꼬마들도 어른들도 요상한 노래를 부르며 돌아다니는 게 뭔가 음신한 분위기가 온 동네에 떠도는 것 같았어."

"무슨 노랜데?"

"뭐 등등곡이라나? 아니, 노래도 노래지만 머잖아 왜놈들이 쳐들어올 거라고 온 마을이 뒤숭숭해. 그러잖아도 언젠가 대마도주 평조익이 부산첨사 정발 장군에게 찾아가서 긴한 얘기를 나누었다고 하던데."

"야, 답답하다. 빨리 좀 말해봐. 그래 그래서 뭐가 어쨌다는 거야?"

친구의 닦달에 용팔은 평조익이 부산첨사 정발 장군을 찾아간 얘기로 시작해서 아무래도 시국이 어수선하다는 말을 늘어놓았다.

흑의 장군이란 별칭을 가진 부산첨사 정발은 일찍이 학문에 뜻을 두어 사서오경을 통독하고 손오병법에도 통달했으며 성품이 곧고 과묵하기 이를 데 없어 모든 이들에게 존경을 받았다. 그의 나이 25세 때인 1579년(선조 12)에 어머니께 효도하기 위해, 그리고 장차 무과 출신을 필요로 한 때가 올 것을 예상하고 문과를 버리고 무과에 응시하여 급제했다. 그 뒤 그는 비변사의 낭료(郎僚)로서 대신들이 모여 국사를 의논할 때 기록을 맡아보았는데, 무인으로서 막힘없이 잘 기록해서 모두를 놀라게 했나고 한다. 그 후 왜인들의 침입을 예상할 때쯤 아무도 원하지 않는 부산진 첨사로 발령을 받았다.

그가 임지로 떠날 때 늙고 병든 어머님께 인사하기를 "충과 효를 함께 다할 수 없사오니 어머님께서는 불효자식을 걱정하지 마옵소서."라고 했다. 이에 어머니는 "충(忠) 안에 효(孝)가 있느니라. 걱정 말고 가서 충신이 된다면 나 또한 여한이 있겠느냐"라고 하였다. 그는 아들 흔(昕)을 데리고 임지로 떠났다. 부산첨사로 부임한 그는 그때부터 왜적의 침입이 있을 것을 예상하고 혼신의 힘을 다해 성을 지킬 준비를 했다.

바람이 몹시 불던 날, 밤길을 타고 대마도주 평조익은 그래도 지내온 정이 있는데 이대로 당하게 할 수 없다는 생각이 들자 마지막으로 한 번 더 정발 첨사를 찾아갔다. 이번뿐만 아니라 1588년 이래 대마도주 종의지와 현소가 여러 차례에 걸쳐 일본군들이 쳐들어올 것이라고 밝혔다. 마침 정발 첨사는 집에 있었다. 정발 첨사는 밤이 늦었지만 찾아온 손님을 반갑게 맞았다. 평조익은 금방 보아도 전에 없이 심각한 얼굴이었다.

"그래, 내게 긴히 할 말이 있소?"

"첨사 어른, 너무 고집만 부리지 마시고 제 말을 귀담아 들으셔야 합니다. 전번에도 수차 말씀드렸지만, 지금 나고야성에는 날씨만 따뜻하면 조선에 쳐들어올 병사들이 발 디딜 틈도 없이 모여 있답니다. 그런데 조선은 왜 이렇게 태평스럽게 앉아 있습니까?"

평조익은 그 말을 서두로 도요토미 히데요시가 조선과 명을 침범할 계획을 하고 있다고 말하자, 정발은 도저히 그냥 있을 수 없어서 그 길로 평조익과 함께 동래 부사 송상현에게 한달음에 달려갔다. 송상현 부사에게 달려갔을 때는 벌써 밤이 꽤 깊어 있었다.

"아니, 대마도에서 이 밤중에 웬일이오?"

그러자 정발 장군이 나섰다.

"부사 어른, 밤중에 죄송합니다. 그러나 너무 화급한 일이라 그냥 있을 수 없어서 이 사람과 함께 달려왔습니다."

"그래, 무슨 일이오?"

"지금 명호옥에는 야단들이랍니다. 조선만 이렇게 태평하게 앉아있지 일본은 30만 대군이 명호옥에서 칼을 갈고 있답니다. 머잖아 날이 풀리면 가차 없이 조선에 쳐들어온답니다. 지금 선발대는 대마도에 도착했답니다."

그제야 평조익이 깊은 생각에서 깨어난 듯 고개를 들고 송상현에게 진지하게 얘기했다.

"부사 어른, 그간 저희들을 물심양면으로 돌봐주시는 은혜에 보답하기 위해서라도 마지막으로 한 번 더 말씀드리고자 왔습니다. 첨사의 말과 같이 날이 풀리면 30만 대군이 부산 앞바다에 쫙 깔릴 것입니다. 그땐 어떻게 하시렵니까? 이렇게 넋 놓고 앉아 계시다가 그냥 당하시겠습니까? 제발 제 말을 좀 믿어 주십시오."

송상현은 그저 덤덤하게 들을 수밖에 없었다. 일본이라는 나라는 이웃 나라에 들어와 약탈만 일삼는 작은 섬나라에 불과한데 무슨 30만 대군을 기르랴 싶었다.

평조익은 다시 한 번 말했다.

"조선에서는 우리 일본군이 명나라로 들어갈 수 있도록 길만 허락해 주십시오. 그러면 서로 싸우지 않고 우리 일본군이 압록강을 건너 명에 들어갈 수 있지 않겠습니까."

송상현은 평조익의 간곡한 말에 딱 잡아뗄 수 없어서, 후에 조정에 알린 후 다시 연락하겠노라 하고 평조익의 진심어린 권유에도 그대로 넘어가 버렸다. 그 일이 있은 후 부산첨사 정발도 송상현도 도무지 마음이 개운치 않았지만 다른 방도도 없었다. 곰곰이 생각한 끝에 부산첨사 정발과 송상현은 연명으로 조정에 장계를 올렸다. 그러나 조정에서는 이번에도 묵묵부답이었다.

긴 얘기를 마치자 용팔은 자못 걱정스러운 얼굴로 말했다.

"그런데 이번이 처음이 아니었대. 수없이 왜군이 쳐들어올 것이라고 귀띔을 해주었는데도 조정에서는 천하태평이라나. 정말 왜놈들이 쳐들어오면 어쩌려고 그럴까?"

"너 말을 듣고 보니 정말 걱정이 된다. 평조익의 말과 같이 만약 왜놈들이 쳐들어온다면 큰일이 아닌가."

여러 날이 지나갔다. 어느새 해가 중천에 떠 있다. 이날도 구름 한 점 없는 하늘에는 햇살이 쏴하게 내려쬐고 높은 산속의 공기는 더할 나위 없이 상큼했다. 벌써 햇살도 두터워지고 산 위라지만 연신 이마에 흐르는 땀방울을 훔쳐야 했다. 여름이 다가오려나, 가만히 따져보니 오늘이 4월 13일, 양력으로는 5월 23일이다. 새삼 세월의 흐름이 유수와 같다는 생각을 하며 무심코 저 멀리 끝없이 펼쳐진 바다에 시선이 머물렀다. 그러자 바다 한 가운데에 작은 물체가 어른거렸다. 뭘까 하다가 부산첨사 정발이 해상 훈련을 하러 절영도(영도)로 나갔으니 그 배겠지 생각했다.

'부산첨사는 참 부지런도 하시지. 그러잖아도 정발 첨사는 요즘 부쩍 부하들과 부산 앞바다에 있는 절영도에 주둔하여 해상 훈련과 사냥에 열을 올리고 있다고들 하던데.'

그는 대수롭잖게 여기며 어제 일지에 뭔가 빠트린 게 있는 것 같아서 일지를 꼼꼼히 챙겨보고 있는데, 용팔이가 사색이 되어 뛰어왔다.

"영식아, 영식아 저것 좀 봐."

"뭘 말이야?" 하며 용팔이가 가리키는 바다를 보다가 깜짝 놀랐다. 조금 전보단 확연히 달랐다.

"저게 뭐야? 우리 배 하고는 다른 것 같은데?"

그때 저 멀리서 파도를 타고 뭔가 출렁출렁 떠오르더니 하나씩 둘씩 고개를 내밀기 시작했다. 처음엔 세견선인가 했는데 쉬지 않고 꾸역꾸역 나타나더니 그 넓은 바다를 메웠다. 그 광경을 보고 있던 두 사람은 숨이 턱에 닿도록 오장과 봉수군들이 쉬고 있는 막사에 뛰어갔다.

"오장 어른, 큰일 났어요! 바다에 수상한 배가 자꾸만 떠오르고 있어요."

"뭐야?" 하며 오장이 소리치며 뛰어 올라와 바다를 내려 보다가 얼굴이 새파래진다. 이건 예삿일이 아니야. 왜구가 아닌, 듣던 대로 왜군일거야. 봉수대 근무를 수년이나 해왔지만 오늘 같은 날은 한 번도 없었다. 이미 오장이고 봉수군들이고 뭘 어떻게 해야 할지 모르고 허둥대기만 한다. 오장이 소리친다.

"뭣들 하고 있어, 왜 그냥 가만히 보고만 있는 거야. 빨리 봉홧불을 올려!"

"오장 어른, 몇 번 올릴까요?"

이제 모두들 혼이 나간 상태다.

"그리고 덕쇠! 너는 경상감사(김수), 경상좌병사(이각), 경상좌수영(박홍), 경상우수영(원균), 아! 모르겠다. 어쨌든 이 인근에 다 알려."

봉수는 평상시에는 한 번을 올리면 되지만 적이 나타나면 2번, 국경에 적이 근접하면 3번, 국경을 침입하면 4번, 적과 접전하면 5번을 올려야 한다. 오장이 찢겨지는 목소리로 명령한다.

"3번 올려, 아니 4번, 아니 5번 올렷!"

봉수군 역시 혼이 나간 사람마냥 정신없이 뛰어가서 봉홧불을 올린다. 한 번, 두 번, 세 번, 네 번, 다섯 번, 부산서 한양까지 제대로 가면 12시간 내로 한양으로 전달된다.

그런데 이런 때 부산첨사 정발은 어디 갔어? 부산첨사 정발은 요즘 매일 해상 훈련을 했다. 그는 1592년 3월 어느 날 소오 요시토시가 '명을 치러 갈 터이니 길을 좀 빌려 달라'는 글을 받음과 동시에 왜관(倭館)에 들끓던 일본인들이 속속 피신하는 것을 보고는 머잖아 일본군이 쳐들어올 것을 예상하고 하루도 쉬지 않고 부하들을 훈련시켰다.

4월 13일, 일본군 선봉대가 쓰시마섬 대포(大浦)를 떠날 무렵, 정발은 절영도 부근에서 해상 훈련을 하고 있었다. 이날은 사냥을 나갔다 왜의 선단이 접근한다는 보고를 듣고도 세견선으로 생각하고 무시해버렸다. 당시 그의 휘하에는 3백 명 정도의 병력과 배 9척이 있었다. 그러나 전투에 쓰일 수 있는 배는 3척뿐이었다.

이튿날도 그는 부하들과 함께 첫 새벽에 나가 훈련에 열중하다 보니 어느새 해가 중천에 떠 있었다. 새벽부터 나와 맹훈련을 하고 나자 모두들 시장기를 느꼈다. 그는 부하들과 함께 점심식사를 하고 난 뒤 부하들을 다 물리고 혼자 조용히 생각을 정리하고 싶었다.

요즘 들어 모든 게 뒤숭숭하고 마음을 잡지 못했다. 마을에서 떨어진 한갓진 곳에 있는 영심의 집으로 향했다. 정발을 맞이하는 영심은 요즘 왜 그렇게 뜸했느냐고 눈물을 글썽인다. 술상을 차려 오려는 것을 물리치고 저 멀리 바다가 내다보이는 방 안에 누워 혼자 생각에 잠겨있었다.

여름이 한 발 다가선 한낮의 날씨는 후끈거렸지만 연신 산 위에서 시원한 바람이 불어와 기분이 한결 나아졌다. 그러나 아무리 생각해도 마지막으로 찾아온 평조익의 말이 도무지 삭여지지 않고 가슴 한켠에서 되새김질 되고 있다. 더구나 조선 조정의 소식을 기다리다 할 수 없이 임무으로 떠날 때 "제가 가더라도 조정에서 좋은 소식이 오면 기별해 주세요. 많은 사랑을 받고 갑니다. 그렇게 행패를 부리는 저희들을 값지 않으시고 먹을 것과 입을 것을 제공해주시는 조선 조정에 깊이 감사를 드립니다." 하며, 무척이나 서운한 듯 "우리 다시 만날 때는 어떠한 형태로 만날지 모르겠습니다. 부디 몸조심하십시오." 하던 말이 지금도 귀에 쟁쟁하다.

적어도 평조익의 말은 진심이 담긴 말이었다. 그 뿐이랴, 수없이 대마도주와 승려 현소가 그렇게 귀띔을 해주었다. 그런데도 조정에서는 왜 그리도 귀담아 듣지 않을까? 명호옥에서 30만 대군을 이끌고 온다는 말을 왜 그리도 안 믿을까?

정발은 생각할수록 가슴이 답답해 왔다. 그러자 그는 그곳에서도 이렇다 할 실마리를 찾지 못한 채 영심의 만류도 뿌리치고 귀가하는 도중, 무심코 저 멀리 바다에 눈길을 주는 순간 깜짝 놀랐다. 이제 막 대마도 쪽에서 새까맣게 밀려오는 배들이 귀가를 서두르는 정발 첨사의 눈앞에 적나라하게 전개되었다. 배 위에 붉은 깃발을 펄럭이며 부산 앞바다를 향해 거침없이 들어오고 있었다.

기어이 올 것은 오고야 말았다. 고니시 유키나가가 이끄는 일본군 선봉 부대였다. 이들은 진시(辰時: 오전 7~9시)에 대마도를 떠나 신시(申時: 오후 3~5시)에 부산 앞바다에 도착했다. 배에 붉은 깃발을 단 7백여 척의 병선(兵船)은 무려 1만 8천7백 명의 병력을 태우고 부산 앞바다를 향해 거침없이 들어오고 있었다.

정발은 그 길로 즉시 성으로 돌아가 전투 준비를 서두르는 한편, 경상좌수사 박홍에게 보고하고 박홍은 송상현에게 보고했다. 현재 그의 휘하 병력은 350여 명 정도이지만, 당시 박홍이 지휘하던 경상좌수영과 원균의 경상우수영에는 각각 판옥선 44척과 협선 29척 등 73척의 전함이 있었고, 경상좌·우수영을 합한 경상도 수군은 판옥선 88척, 협선 58척, 군사 또한 약 2만4천 명이 있었다.

그리고 보면 경상도 수군은 수적으로도 고니시 유키나가의 일본군 1번대를 충분히 대적할 전투력을 지니고 있었다. 또한 병선의 질적 수준을 보더라도 조선 수군의 주력 병선인 판옥선은 선체가 크고 단단하며 갑판에 6문씩 화포가 장착되어 있었던 반면, 일본 수군은 화포가 없었다. 박홍과 원균의 경상도 병선이 출동하면 얼마든지 적을 물리칠 수 있을 것이다.

왜구의 침략이 잦던 1380년 진포 대첩에서 최무선은 화포를 사용해 적의 선박 5백 척을 모조리 불태우고 왜구를 전멸시켰다. 왜군은 육지에서는 신무기인 조총이 있다지만 해전에서는 조선이 화포의 위력으로 일본을 거뜬히 제압할 수 있을 것이다. 조선은 수군 함선을 비롯한 화포나, 오래전부터 왜구의 침입에 대비했던 무기들은 일본보다 우위에 있었다.

판옥선은 임진왜란이 발발하기 37년 전인 1555년 명종(10년) 때에 만들어진 전투함이다. 전투 인원 80명, 60명, 30명이 승선할 수 있는 대맹선, 중맹선, 소맹선이었고, 이것은 모두 왜선에 비해 선체가 컸으나 반면 속력은 느린 단점이 있었다.

당시 조선의 연안을 노략질하던 왜구선은 조선 군선에 비해 선체가 작고 날렵해 우리 군선이 왜구선을 추격할 수 없었다. 그 후 중종 39년에 판중추부사 송흠이 중국선과 왜선의 미비점에 착안해서 명종 대에 이르러 중국, 일본과는 전혀 색다른 훌륭한 함선을 만들어낸 것이 판옥선이다.

판옥선의 가장 큰 특징은, 갑판 위에 상장갑판을 설치하여 전선에 승선할 전투원과 비전투원을 구분하여 전투원은 상장갑판 위에, 비전투원은 상하갑판 사이에 위치하도록 하여 적의 공격에 노출되지 않는 것이 장점이다. 또한 판옥선의 상장 위 갑판은 대포도 설치하여 일시에 6문의 포를 발사할 수 있으며 사정거리도 늘릴 수 있었다.

반면 왜의 수군은 아다케와 세키부네이다. 판옥선에 비할 바가 못 될 뿐만 아니라 판옥선의 화살 공격에도 잘 피할 수 없었다. 가장 중요한 것은 화력의 차이였다. 조선의 화력에 비하면 일본의 화력은 아무것도 아니었다. 왜군은 조총으로 무장했지만 유효거리는 50m 내외인데 반해, 조선군이 보유한 대형 화포들의 사거리를 감안한다면 처음부터 상대가 안 되었다.

정발 장군은 한 가닥 희망을 안고 우선 부산진성 내 모든 백성들을 불러들이고 성문을 닫아걸었다. 아이 어른 할 것 없이 성 안에 들어온 백성들이 천여 명이 넘었다. 그러나 그 중 적과 대적할 수 있는 자들은 8백여 명에 불과했다.

정발 장군은 재빨리 주위에 파발을 띄웠다. 파발마는 동래의 경상좌수사 박홍, 거제의 경상우수사 원균, 울산의 경상좌병사 이각, 진주의 경상우병사 조대곤, 경상도 지역의 수군과 육군을 총괄하는 감사 김수 등에게 구원을 청하러 쏜살같이 달려갔다. 또한 정탐군을 시켜 부산포진에서 조금 떨어진 왜관(倭館)에 4명뿐인 왜인들을 잡아 가두게 하고, 전선, 방패선, 중선 3척을 물에 가라앉히게 하고 진지 앞에는 끝이 뾰족한 쇠들을 뿌려 놓았다. 그런가 하면 성 밖에는 이중 삼중으로 해자를 파놓아 왜군들이 침범 못하게 하고, 병사들은 모두 견고한 가죽으로 만든 것을 몸에 두르고 철모를 씌웠다.

한편 1592년 4월 13일, 고니시 유키나가가 수만 군대를 이끌고 부산 앞바다가 저들의 땅인 양 버젓이 진을 쳐도 조선은 아무런 반응도 없이 조용하기만 하다. 고니시 유키나가는 그 어떤 계책에 말려드는 건 아닐까 은근히 걱정했지만, 끝까지 아무런 반응이 없자 고니시도 오랜 시간 항해하느라 지쳐 있을 부대원들을 쉬게 할 겸, 배를 부산 앞바다에 하룻밤을 정박해 놓고 그 밤을 절영도에서 쉬었다.

일본인들이 조선으로 건너오려면 제일 먼저 부산을 통과해야 조선 땅을 밟을 수 있기 때문에, 부산진성은 경상도 해안 지방에 설치된 중앙수군점철제사의 진영인 부산포진, 다대포진, 가덕진, 미조항진 등 4개 진 가운데 경상도 제1의 해상 관문으로서 일본군이 조선에 상륙할 때는 반드시 거쳐야 할 관문이다. 그렇게 일본군의 대함대가 버젓이 부산 앞바다에서 하룻밤을 정박해 있는 동안에도 조선군은 전혀 요동도 하지 않았다.

사실 일본은 그동안 여러 차례 일본의 대규모 병력이 지금 나고야성에 집결 중이며, 여차하면 쳐들어갈 기세라고 수차 귀띔해 주었다. 그러면 조선 수군은 마땅히 이에 대한 대응으로써 내 나라에 쳐들어오는 배를 저지해야 했지만, 어쩐 일인지 조선 수군도, 육군도 꿈쩍도 하지 않았다.

경상우수영의 우수사 원균 장군은 일찍이 이일과 함께 북방의 여진족을 토벌하던 용맹한 장수였지만, 그 기개는 어디 갔는지 부산 앞바다에 왜군 함대가 새까맣게 정박해 있는 광경을 보자, 엄청난 기세에 놀라 전선 67척을 침몰시키고 화포도 모두 바다에 던져버린 채 줄행랑을 쳐버렸다. 경상좌수사 역시 그 모양이었다.

그러잖아도 부산진 첨사 정발 장군은 동래에 있는 경상좌수영으로 달려가 일본 수군이 갖지 못한 판옥선과 화포의 장점을 새삼 상기시키며, 부산진 앞바다에 정박 중인 일본군 함대에 야습을 하면 얼마든지 우리가 승산이 있을 것이라고 해보았으나, 박홍은 들은 체도 하지 않고 되레 달아날 궁리만 하고 있었다. 이렇듯 일본군 함선이 조선 땅에 쳐들어와서 공공연히 정박해 있는데도 조선에서는 끝내 코빼기도 보이지 않으니, 아마 왜군들은 처음부터 조선을 얕잡아 보았는지도 모른다.

　정발 장군은 안타까운 마음으로 발길을 돌려 백성들이 기다리고 있는 부산진성으로 되돌아올 수밖에 없었다. 원래 조선은 왜구의 침입을 막기 위해 성을 많이 쌓았듯이 부산진성 역시 평지와 산악을 이용한 평산성(平山城)으로 남문을 둔 앞쪽은 지대가 낮고, 망루에서는 바다로 침입하는 왜적을 감시할 수 있도록 지형적인 이점을 잘 활용한 성곽이었다. 정발 장군은 성 안의 백성들을 동요하지 않게 안심시켜 놓고, 혼자 성루에 올라와 언제 쳐들어올지 모를 왜군을 살피느라 그 밤을 꼬박 뜬눈으로 새웠다.

　이윽고 날이 희끄무레하게 샐 무렵이었다. 자욱한 안개 속에서 뭔가 꿈틀거리는 것 같은 느낌에 신경을 곤두세우고 다시 보니 과연 몇 보 앞에서 검은 물체가 어른거렸다. 정발장군은 반사적으로 그들을 향해 활을 겨냥했다. 그러자 성문을 지키고 있던 부하가 의외의 방문객을 데리고 나타났다.

　"첨사 어른, 저 또 이렇게 왔습니다."

　그제야 정발은 성루에서 내려다보니 그 전에 찾아왔던 평조익이 올라오고 있었다.

　"첨사 어른 전번에 말씀드리던 건 어떻게 되었습니까?"

　"또 그 얘기?"

　평조익은 조금은 딱하다는 듯이 말했다.

"첨사 어른, 딱도 하십니다. 한 번 보세요. 30만 대군을 이끌고 온다넌 섯이 눈앞에 현실로 나사왔는네도 첨사 어른은 그렇게 대평한 말씀만 하십니까? 저 바다를 한 번 보십시오. 저 많은 배에 우리 군사를 얼마나 싣고 왔는지 아세요? 이뿐만 아니라 곧 이어 2군, 3군… 계속 쳐들어오려고 지금 나고야성에서 출병할 날만 기다리고 있습니다."

"당신들이 짐승이 아니라면 차마 조선을 칠 수 있겠는가? 오갈 데 없는 당신들을 먹이고 입히고 해준 대가가 기껏 이것이란 말이오? 그런데 대마도주도 여기 왔는가?"

"예, 고니시 유키나가 대장과 함께 왔습니다."

"종의지는 어디 있는가?"

종의지 역시 조선에 녹을 먹고 있는 터라 그간 수차 조선 조정을 드나들면서 가능한 한 양국 간에 전쟁만큼은 피하고자 무척이나 노력했던 사람이었다. 또한 대마도 부하들까지 시켜서 그렇듯 귀띔을 해주었는데 조선은 귓등으로도 듣지 않았다.

"첨사 어른, 죄송합니다. 피차 이런 입장에서 만나 유감입니다."

종의지가 나타나자 정발 첨사는 대뜸 소리부터 지른다.

"종의지, 당신은 어디에 속해 있소? 조선의 대마도주라면 당연히 당신은 조선에 협력해야 되지 않겠소? 당신이 앞장서서 왜군들을 끌고 온다면 당신은 은혜도 모르는 금수나 마찬가지 아니오?"

"그래서 수차 말씀드리지 않았습니까. 그때 정신 차리고 이 난리를 피할 수 있게 조치를 취하셨으면 저도 얼마나 좋았겠어요. 전에도 수차 말씀드렸듯이 우리는 명을 치러 가는 것이 목적이니, 길만 비켜주신다면 조선에는 어떤 일도 가하지 않겠습니다."

그러자 정발은 주저함도 없이 말했다.

"신하된 도리로서 주상전하의 통과 명령이 없으면 죽음이 있을지 언정 길을 함부로 빌려줄 수 없소."

그들은 어떻게 하든 전쟁만큼은 피해보려는 심산이었으나 그마저도 이루어지지 않자 씁쓰레한 얼굴로 나가버렸다.

고니시는 철저한 천주교 신자로서 피차 피비린내 나는 전쟁이란 것을 싫어했다. 일본에서도 전쟁을 싫어하는 다이묘들이 많았다. 일본은 개인적인 일본인과 집단화된 일본인은 근본적으로 다르다. 개인적인 일본인은 남에게 폐를 끼치는 일을 아주 싫어하며, 평화를 누리며 자유롭게 살기를 원한다. 그러나 집단적인 일본인은 폭력적이고 전쟁을 좋아하는 무리들이다. 임진왜란을 앞두고 도요토미의 전쟁 출병을 반대하는 다이묘들이 상당수였다.

도쿠가와 이에야스, 소오 요시토시, 고니시 유키나가 등 상당수의 다이묘들이 반대했으나 도요토미 히데요시는 여러 다이묘들의 반대를 무릅쓰고 출전을 강행했다. 그러나 도쿠가와 이에야스는 이런저런 핑계로 기어이 조선 침략에 불참했다. 도요토미가 직접 출병하지 못하고 자기 수하만 보낸 까닭도, 도쿠가와 이에야스는 자신과 견줄 만한 실력자이기 때문에 혹이나 자신이 출병한 사이에 본국에서 반란을 일으킬까 걱정이 되어서이다. 그리하여 도요토미는 명호옥에 남아서 전투를 지휘하기로 했다.

도요토미는 무척 간교했다. 조선으로 진격할 부대 편성을 놓고 교묘한 수작을 부렸다. 일찍부터 고니시 유키나가와 가토 가요마사는 종교 문제 등 여러 가지 문제로 인하여 사이가 원만하지 않다는 것을 이용하여 두 사람을 선봉장으로 삼았다. 말하자면 두 사람의 앙금으로 하여금 서로 경쟁하게 하여 가능한 한 빠른 시일 내에 조선을 점령하게 하기 위해 그런 전법을 썼다.

고니시는 가능하면 피차 피를 흘려야 하는 전쟁을 피해보려 해도, 일본에서 제2번대와 3번대가 출병할 날만 기다리고 있었기 때문에 더 이상 늦출 수 없는 상황이었다. 그들도 나름대로 할 말이 있었다. 전쟁을 하러 왔어도 정발 장군에게 화의를 청하지 않았던가.

이튿날인 4월 14일, 여명이 밝아오는 새벽 6시경, 하룻밤을 절영도에서 보낸 일본군은 드디어 우암동 일대로 물밀듯이 올라오기 시작하더니 아침 8시경에는 기어이 부산진성을 수 겹으로 포위한 후, 조총 사격을 시작으로 그 끔찍한 임진왜란의 첫 전투가 시작되었다.

조용하던 부산진성이 갑자기 수많은 왜적들로 북새통을 이루었고, 두 겹 세 겹으로 성을 둘러싼 일본군은 사방에서 빗발치듯 공격해 들어오고 조총을 쏜 연기는 순식간에 온 산골짝을 메웠다. 그러자 조선군은 난생 처음 보는 신식 무기인 조총 소리와 그 위력에 놀라 싸우기도 전에 겁에 질려버렸다. 이처럼 조선군이 난생 처음 보는 조총 소리에 우왕좌왕하는 것을 본 정발 장군은 성루에서 내려와 서문을 지키는 군사들을 독려하며 6백여 명의 병력으로 방어하고 있었다.

왜군들은 조총으로 성을 공격하는가 하면 가까스로 만들어 놓은 성 주위의 해자를 흙과 돌로 메워가며 성벽으로 접근해 사방으로 성을 포위했다. 적들은 이미 그곳의 지형을 샅샅이 파악하고 한 부대는 뒷산에 올라가 높은 곳에서 성을 향해 조총을 쏘아댔다. 또 한 부대는 낮은 곳을 찾아 사다리를 놓고 성벽을 기어오르기 시작했다. 적들은 쉼 없이 천지를 뒤흔드는 듯한 굉음을 내며 조총 사격을 퍼부었지만 조선군은 창과 칼, 화살 등으로 일본군과 맞서야만 했다.

정발 장군은 기껏 해보았자 군민을 합쳐도 1천여 명의 군사였으나, 일본군은 갈고 닦은 잘 훈련된 1만 8천7백 명의 무사들이었다. 처음부터 맞서 싸우는 상대는 수적으로나 무기로나 조선군은 어림도 없었다.

처절한 싸움이 시작되었다. 비록 수적으로 어림없는 싸움이었지만 우리 군도 적을 향해 쉬지 않고 화살을 쏘았다. 죽고 죽이는 싸움이 시작되자 얼마 가지 않아 적과 우리 군의 시체가 곳곳에 산더미같이 쌓여갔다. 정발 장군의 다급하고 새된 목소리가 성 안에 가득했다.

"절대 물러서지 말고 자신의 자리를 지켜라. 하나도 남김없이 시살해야 한다."

조총이 빗발치듯 날아오는 중에도 정발 장군과 군사들, 그리고 주민들은 결사적으로 대항했다. 그러나 상대는 100여 년 동안 전쟁 속에서 잔뼈가 굵어 온 무사들이다. 정발의 다급한 목소리가 허공에서 흩어졌다. 왜군들은 싸우면서도 "지금이라도 항복하면 목숨만은 살려 주마."라고 소리쳤지만 조선군 어느 누구도 대응하지 않고 힘이 다할 때까지 싸웠다. 그렇게 정발 장군이 서문을 지키면서 한참 동안 대항하여 싸울 때 정발의 화살에 맞아 죽은 자들의 시체가 산처럼 쌓인 곳이 몇 군데나 되었다.

사다리를 기어오르는 적들을 칼과 창으로 쓰러뜨리며 성 안의 백성들은 너나 할 것 없이 돌멩이로, 하다못해 곡괭이로 달려들었다. 힘을 합해 싸우다 보면 틀림없이 경상우수사 원균과 박홍이 군사들을 이끌고 달려올 것이다.

정발 장군은 또다시 외쳤다.

"조금만 더 참으면 원군이 올 것이다. 조금만, 조금만 더 버티자."

정발 장군은 기껏 1천여 명의 군사를 거느리고 벌떼처럼 달려드는 왜군과 싸우느라 제정신이 아니었다.

그렇듯 정발 장군과 수비군의 결사 항전으로 수 시간 동안은 일본군의 공격을 막아낼 수 있었지만, 해가 질 무렵에 왜군들이 수비가 허술한 서북쪽을 집중 공격하여 기어이 방어선을 무너뜨렸다. 갑자기 찢어지는 듯한 목소리가 온 성내로 울려 퍼졌다.

"적군이다! 적군이 이쪽으로 몰려오고 있다."

이윽고 왜군이 무너진 곳으로 미친 듯이 기어들어 오고 있었다.

그러자 풍비박산이 나려는 조선군을 향해 정발 장군은 또다시 소리쳤다.

"아직 포기하기는 이르다. 곧 지원군이 올 것이다. 조금만 더 힘을 내자."

정발 장군이 군사들을 독려하며 조총이 빗발치는 적진 속에 뛰어 들어가 칼을 한 번 휘두를 때마다 적들은 수병이 쓰러졌다. 그제야 군사들도 용기를 내어 정발 장군의 뒤를 따랐다. 정발 장군은 그래도 원균과 박홍이 다시 오리라 믿어 보았다. '그들에게는 군사들도 많으니 곧 달려오겠지. 지금이라도 그들만 합세한다면,' 하고 부산진성의 군민들과 함께 안타깝게 기다렸으나 끝내 그들은 나타나지 않았다.

더구나 부산진성을 지키는 사람들은 활이라곤 한 번도 쥐어 본 적이 없는, 농사와 고기잡이를 업으로 삼던 백성들이었다. 성 안 군사들과 백성들은 밤새 지원군이 나타나 적선을 공격해 주리라 그렇게 믿었건만 그 누구도 나타나지 않았다.

성 안의 모든 군민들은 결사적으로 달려들었다. 무기가 없는 자들은 미련하게도 몽둥이를 들고 달려들다가 가차 없이 놈들의 총에 쓰러졌다. 여자와 아이들까지 나섰다. 돌멩이를 던지거나 펄펄 끓는 물을 부었지만 부질없는 몸부림이었다. 이제 화살마저 떨어졌다. 시간이 흐를수록 우리 군사는 눈에 띄게 줄어들었다. 준비해 두었던 화살, 돌, 나무 등도 바닥이 나버렸다.

왜군은 좋아라 하며 성의 높은 곳에 올라가 일제히 조총을 쏘는

가 하면, 한편으로는 경비가 허술한 북쪽으로 쳐들어와 기어이 성을 함락시켜 버렸다. 그러자 왜군들은 성 안으로 봇물 터지듯 밀려와 아군을 향해 무자비하게 총을 난사했다.

이때 총알이 날아오는 틈을 비집고 한 군사가 "장군님, 놈들은 저렇듯 많고 우리 군사는 몇 명 안 되는데 이러다간 떼죽음을 당합니다. 일단 이 위기를 피했다가 원군이 오면 힘을 합해 다시 싸웁시다." 하고 말했다. 정발 장군은 한 마디로 거절하며 "남아가 세상에 나서 마땅히 전쟁터에서 죽을 뿐이지 구차하게 도망하여 목숨을 건지겠느냐, 나는 마지막까지 이 성을 지킬 것이다."라고 호령하면서 닥치는 대로 적을 베었다.

"이놈들, 오늘 잘 만났다. 이 배은망덕한 놈들, 오늘 내가 너희들을 상대해 주마. 너희들이 인간이냐?"

총알이 날아오는 속에서도 그의 쩌렁쩌렁한 목소리가 성 안을 울렸다. 수백 명의 조선 병사들은 정발 장군의 늠름한 지휘 하에 민간인들과 힘을 합해 죽기를 각오하고 싸웠건만 감당할 수 없는 고니시의 병사들을 막기엔 역부족이었다. 이미 그는 죽기를 각오했다.

지나간 4월 초사흘, 그는 아들 흔(昕)과 이생에서의 고별을 한 셈이다.

1592년 아무도 원하지 않는 부산진성에 올 때 달랑 아들 흔을 데리고 왔다. 4월이 되자 그는 망해루에서 잔치를 베풀며 아들에게 "오늘의 이 잔치는 너와 내가 이생에서의 이별의 잔치다. 너는 오늘 내 품을 떠나서 너의 어머니께 가기라. 네가 만약 여기에서 이 물쩍거리며 천천히 간다면 기필코 화를 면치 못할 것이니 오늘 빨리 가도록하라."라고 하자, 아들이 매달리며 "제가 어찌 아버님을 홀로 두고 떠날 수 있겠습니까. 아버님이 계시는 곳에 아들 흔도 있겠습니다." 하고 눈물을 흘리며 남아 있기를 간청했다. 그러자 정발 장군은 가슴을 쓸어내리며 단호하게 말했다.

"부자가 함께 죽음은 무익한 일이니 너는 가서 너의 어머니를 봉양토록 하라."라고 말하면서 간신히 말에 태워 보냈다. 그렇듯 정발 장군은 이미 부산성에서 목숨을 바칠 것을 각오한 바였다. 그가 마지막까지 되뇌는 말은 "싸워야 한다, 끝까지 싸워야 한다." 였다.

그는 흑색 갑옷을 입고 죽기까지 의연하게 호령하면서 지휘하는 모습은 너무도 훌륭했다. 정발 장군은 죽기를 각오하고 이리저리 닥치는 대로 화살을 퍼부었지만 그 상황에서 기적이 일어나지 않는 한 수많은 적들을 당해낼 재간이 없었다.

총칼이 날아오는 속에서도 조금도 두려움 없이 늠름한 모습으로 사력을 다해 적들을 처치해 나갔다. 그러나 철인이 아닌 이상 그에게도 한계가 있었다. 그처럼 혼신의 힘을 다해 적들을 물리쳤지만 결국 놈들의 빗발치는 총탄에 장렬한 최후를 맞았다.

짐승 같은 왜군들도 정발 장군의 늠름한 모습에 존경의 뜻을 표하며 아까운 장군을 잃었다며 애석해 마지않았다. 정발 장군이 쓰

러지자 그의 막료인 부사령 이정헌도 그의 곁을 떠나지 않고 있다
기 죽었고, 정발 장군이 죽었다는 소리를 듣고 그의 충복인 용월이
미친 듯이 달려와 놈들의 잔악함에 치를 떨며 맨몸으로 달려들다
놈들의 탄환에 죽었다. 애첩인 영심은 득달같이 달려와 목을 놓아
울다가 그의 시신을 끌어안고 품 안에서 칼을 꺼내어 목을 찔러 죽
었다. 성 안에 살아남은 자는 한 사람도 없었다. 부산진성을 지키
던 6백여 명의 군사들도, 아이나 어른 할 것 없이 최후의 한 사람
까지 사수하다가 죽어갔다. 성민이 모두 죽음으로 항전하자 오히려
볼썽사납다며 왜군들은 생명체가 있는 그 무엇도, 심지어 짐승까지
도 다 죽였다.

왜군들은 조선인들을 이상하게 생각했다. 장군이 죽으면 부하들
이 자연 항복하고 새 주인을 따르면 될 텐데 구태여 아까운 목숨까
지 버리는 것이 이해 못할 일이었다. 도리어 조선인들과 왜군들은
근본적으로 다르다고 생각하며 마음속으론 조선인들을 우러러 보
았다.

이 처참한 상황이 임진왜란의 첫 전투였다. 그 누구의 구원병도
없이 정발 장군은 고스란히 당했다. 왜군에 대해 아는 바도 없고
군사 수도 터무니없이 적었기에 정발 장군은 탁월한 군사적 재능
을 발휘하지도 못한 채, 아깝게도 목숨을 잃고 말았다. 그의 나이
39세였다.

임진왜란의 첫 전투인 부산진성은 반나절도 안 되는 짧은 시간
에 어이없이 왜군의 손에 함락되었다. 부산진성을 몇 시간 만에 함

락시킨 일본군은 이튿날 두 패로 나뉘어 일부는 다대포진으로 가고 주력 부대는 동래성으로 향했다.

다음 날, 다대포진으로 향한 적군들은 한꺼번에 구름떼처럼 몰려와 윤흥신과 군사 8백여 명이 지키는 다대포진으로 들이닥쳤다. 조용하던 다대포진이 갑자기 불길과 연기로 휩싸여 순식간에 아수라장이 되어버렸다. 여기저기서 외마디 소리와 조총 소리가 고막을 찢는 듯했다. 이곳 군민과 첨사 윤흥신은 갑자기 닥친 상황에 어쩔 줄 모르다가 가까스로 정신을 차리고 도둑떼처럼 몰려드는 왜군에 결사적으로 대항했다.

윤흥신은 조선 중종 당시 최고 권력자인 윤임(尹任)의 아들로서 여섯 형제 중 다섯 번째 아들로 태어났다. 하지만 윤흥신이 6살 때(명종 1년 1545) 을사사화로 집안이 풍비박산이 되고 아버지를 비롯한 가족이 유명을 달리하기에 이르렀다. 그 와중에 겨우 목숨을 부지한 윤흥신은 관노로 전락하여 수많은 날들을 파란만장한 격동의 세월을 보낸다. 이후 선조가 즉위하고 1577년(선조 10)에 가까스로 32년이란 긴 관노의 멍에에서 벗어날 수 있었다.

그 다음해에는 조정에서 여러 모로 참작하여 무과 별시에 응시하여 합격했다. 1582년에는 진천 현감으로 임명을 받아 1년 간 재직 중 문자를 터득할 기회를 놓치고 글을 읽을 수 없다는 이유로 직을 그만두어야만 했다.

그 후 선조 23년(1590)에 나라가 어지러워질 것을 우려한 선조는 당시 우의정이던 유성룡의 천거에 의해 남해의 요새인 다대포진 침사로 윤흥신을 임명하기에 이르렀다.

윤흥신은 다대포진으로 부임할 때 동생 윤흥제와 함께 임지로 왔다. 그가 다대포첨사로 부임한지 얼마 안 되어 임진왜란이 일어났고, 왜적들이 부산진성을 눈 깜짝할 사이에 함락하고 다대포진으로 물밀 듯이 밀려왔다. 순식간에 다대포에서는 왜군과 조선군 간에 치열한 전투가 벌어졌다. 왜군이 일사천리로 몰려와 조총을 쏘아대니 조총의 화약 연기가 작은 골짝을 메웠다. 그러나 우리 군도 지지 않았다. 왜군은 다대포진도 쉽게 점령하리라 예상했지만 어림없었다.

윤흥신의 칼날 같은 지휘와 이곳 다대포 군민들의 죽음을 각오한 대항에 왜군들도 쩔쩔맸다. 그렇게 의기양양하게 쳐들어온 선발대의 기세를 꺾어버리자 일단 왜군들은 첫날은 물러났다. 일차 방어에 우리 군이 성공을 거둔 셈이다. 그렇다고 순순히 물러날 왜군들이 아니었다.

윤흥신 역시 이튿날 다시 공격해올 것을 예상하고 방비를 더 철저히 해두었다. 그러나 방비를 하는데도 한계가 있었다. 이미 전쟁은 일어났고 당장 병력 문제라든가 무기 등이 왜군에 비해 턱없이 부족했지만 나름대로 철저히 해두었다. 조선도 처음부터 준비를 좀더 철저히 해두었더라면 애국애족에 불타는 조선 백성들이 왜군쯤이야 거뜬히 이길 수 있을 텐데 안타까운 일이 아닐 수 없다.

이튿날이 되자 또다시 병력을 끌어 모아 한꺼번에 몰려오자 수의 열세에 몰린 윤흥신과 다대성 주민은 죽음을 두려워 않고 맞서 싸웠다. 윤흥신은 동생 윤흥제와 다대포진의 적은 병력을 이끌고 혼신의 힘을 다해 적들과 싸웠다. 그때 군리(軍吏)가 와서 말하기를 "적들이 모두 몰려올 테니 피하는 것이 좋겠습니다."라고 말하자 윤흥신이 꾸짖기를 "나에게는 죽음이 있을 뿐이다. 어찌 도망가겠는가?"라며 총알이 빗발치는 적진에 들어가 종횡무진으로 활을 당기자 적들도 두려워했다.

쏘아도, 쏘아도 적들은 끝이 없었다. 헤아릴 수 없이 많은 적군들이 밀려와 조선군을 향해 조총을 난사하니 그처럼 생사를 무릅쓰고 대항하던 군민들은 끝내 하나둘 흩어져 버리고, 결국 윤흥신만이 남아 종일 적을 향해 활을 쏘다가 성이 함락되자 결국 적의 총탄에 맞아 쓰러질 수밖에 없었다. 윤 첨사를 비롯해 장졸 7백여 명 등 총 1천2백여 명이 목숨을 잃고 말았다.

다대포진성에 관해서는 잘 알려지지 않았지만 후에 팔곡 구사맹이 쓴 《조망록》을 보면 "성이 함락되고 왜적이 윤 공에게 달려들어 칼날로 내리칠 때, 동생 홍제가 형인 윤 공을 부둥켜안고 함께 칼에 맞아 죽었다. 그런데 그가 형을 얼마나 꽉 끌어안았는지 죽어서도 팔이 떨어지지 않아 관에 함께 넣었다."고 했다. 그리고 그 책의 〈사절조(死節條)〉에는 그의 행적과 시가 기록되어 있다.

〈외적이 성을 둘러쌌는데 힘껏 싸워 물리쳤다고 되어있고, 그 아래에 또 쓰여 있기를 내일 만일 많은 적병이 와서 공격하면 견디기 어려울 터이니 성을 버리고 나가 피하는 것만 같지 못하다고 누군가 말하니, 윤홍신이 "죽음이 있을 뿐이다. 어찌 도망가겠는가?"라고 하였다. 과연 적이 몰려오자 군졸들은 모두 도망가고 윤 공만 홀로 종일 적을 향하여 활을 쏘다가 성이 함락되자 죽었다고 하였다.〉

그리고 시를 지어 애도하였는데,

辛亡列邑己全空 (여러 고을들은 모두 도망가서 텅텅 비었는데)
分死危言獨敎忠 (죽는 것이 분수라는 말로 혼자 충절을 다했네)
麾下若敎終末散 (휘하의 군졸들로 흩어지지만 못하도록 했다면)
孤城猶足策奇攻 (외로운 성이라도 큰 공을 이룰 수 있었을 것을)

이처럼 나라를 위해 혁혁(赫赫)한 전공(戰功)을 세우고도 한때 관노였다는 이유로 역사 기록에서 배제되었다가 뒤늦게 진실을 알게 되었다.

부산진성과 다대포진성을 식은 죽 먹기로 함락시킨 왜군은 이제 동래성 차례였다. 1592년 4월 14일 다대포진을 함락시킨 고니시 유키나가는 선발대를 보내 동래성 주위를 샅샅이 살피게 했다. 다음 날인 15일 새벽, 이날따라 다대포에 짙게 드리운 운무를 헤치고 고니시 유키나가는 동래성을 향해 성난 파도처럼 진격해 갔다. 오전

10시 경에 동래성에 도착한 왜군들은 세 부대로 나뉘어 한 부대는 횡령산 기슭에, 한 부대는 동래성 서편으로, 남은 한 부대는 남문으로 향해 진군하여 순식간에 성을 포위했다.

동래성에는 군사 1천여 명과 백성들까지 약 2천5백여 명이 모여서 전투를 준비하고 있었고. 경상좌병사 이각은 울산에서 동래성으로 급히 군사를 이동시켰으며, 양산과 울산 군수도 각기 동래성으로 진군하여 수성군에 합류한 상태였다. 동래성 지휘부는 부사 송상현 이하 조방장, 홍윤관, 양산 군수 조영규, 울산 군수 이언성 등이었다.

1591년, 동래 부사로 부임한 송상현은 일본의 침입을 예상하고 부임지로 오자마자 성곽을 수리하면서 성 안을 노출시키지 않으려고 성 외곽에는 커다란 나무들을 빽빽하게 심어 놓았다. 또한 군사 훈련을 강화하는 동시에 수성군에게 군사 교육을 철저히 시켜나갔다. 그리고 성 주위로 도랑을 파서 쇠못과 쇠창을 깔아두는 등 그에 따라 군사를 훈련시켜 방어력을 강화하였다. 신무기인 조총의 위력을 들은 바 있어 두꺼운 통나무로 방어책을 만들어 놓았다.

한편 고니시 유키나가는 부산진성 때와 같이 동래성을 빈틈없이 포위하고서도 전투를 하기에 앞서, 소오 요시토시에게 또 한 번 동래 부사 송상현과 협상을 하도록 했다. 소오 요시토시는 부하 백여 명을 시켜 "戰則戰矣 不戰則假道 (싸우겠다면 싸우고 싸우지 않겠다면 길을 비켜라)"라고 적어 남문 성 앞에 세워 놓게 했다. 이에 동래성 수비를 지휘하던 송상현은 성을 돌아보다가 그 패목을 보고 당장 그 자리에서 답을 적었다. "戰死易 假道難 (싸워 죽기는 쉬우나, 길을 비키기는 어렵다)"라고 써서 성문 밖으로 내던졌다.

송상현의 글을 본 왜군은 더 이상 지체하지 않고 전면 공격을 하기 시작했다. 왜군의 불을 뿜는 듯한 조총 소리는 귀청이 날아갈 지경이었다. 왜군은 3중으로 성을 포위한 뒤 한 대가 뒷산으로 성을 우회하여 경사진 산 중턱의 성벽을 넘어 괴성을 지르며 돌입해 오자, 성 안 군사들은 한동안 정신을 수습하지 못하고 있다가 결국 양측 군사들의 불꽃 튀는 전투가 벌어졌다.

조총 소리에 익숙하지 못한 우리 병사와 군민들은 정신이 얼얼해 있는 듯했다. 귀청이 떨어져 나갈 듯한 조총 소리에 우리 군사들은 도망치기에 바빴다. 나는 새도 떨어뜨린다는 왜군의 신무기인 조총은 총신이 1m가량, 유효사거리 100~200m, 명중 거리 50m, 분당 사격이 4발이었다. 이러한 조총을 더구나 3열교대로 쏘아대니 조선군의 활로서는 당해내기엔 너무 벅찼다. 이때 조총 소리를 가르며 동래 부사 송상현의 우렁찬 목소리가 성 안에 울려 퍼졌다.
"겁내지 마라. 하늘은 우리를 도울 것이다."
한동안 조총 소리 사이로 조선군의 피맺힌 활 소리가 뒤섞이며 전투는 치열하게 퍼져 나갔다. 조선군도 결사적이었다. 네놈들에게 성을 빼앗기느니 차라리 죽음으로써 항전하겠다는 의지로 굳어져 갔다. 누구 하나 이제 조총을 두려워하는 자는 없었다. 우리 군의 활시위가 놈들의 가슴에 꽂혔다.

"우리 좀 더 힘을 내자!"

또 한 번 송상현의 독려가 성 안 조선인들의 가슴을 울렸다. 부서워 떨던 여인들도, 할머니, 할아버지, 아이들도 모두 나섰다. 발에 채이던 돌멩이를 주워서 무조건 밖으로 던졌다. 여인들은 가마솥에 불을 지펴 펄펄 끓는 물을 놈들에게 퍼부었다. 성 안이라 돌멩이가 떨어지자 기왓장을 부수어 집어던졌다. 짐승들도 합세했다. 주인 따라 성 안에 들어온 개들도 어디에 가서 주웠는지 돌멩이를 물고 왔다. 개들은 합창이나 하듯이 밖을 내다보고 으르렁거리며 사정없이 짖어댔다.

수적 열세에도 불구하고 성 안 군사들과 백성들이 일심 단결하여 싸웠으나, 우리 병사들은 점점 수세에 몰리고 있었다. 적들은 싸워도, 싸워도 끝이 없었다. 조선군이 준비한 통나무 방어책으로 조총을 막기에는 역부족이라 조선군 희생자가 속출하였다. 그러나 끝까지 실망하지 않고 조선군과 백성들이 하나가 되어 일본군의 공격을 정면에서 막아내고 있었다.

조선군이 통나무를 방어물로 이용했듯이 일본군 역시 조선의 활 공격을 유도하기 위해 허수아비를 장수처럼 변장시켜 장대 끝에 꽂아 수비군을 유인했다. 한동안 허수아비를 향해 쏘아대던 우리 군은 활을 정면으로 맞고도 넘어지지 않는 것을 보고 늦게야 속았다는 것을 눈치 챘다.

적들은 갖은 방법을 동원해서 접근하고 있었다. 무엇보다 성 안 군사들은 백성들을 합해도 기껏 2천5백여 명인 반면, 왜군은 1만 명이 넘는 잘 훈련된 병사들을 이끌고 왔으니 처음부터 상대가 안 되는 싸움이었다.

이처럼 조선 조정은 임진왜란을 무방비 상태로 맞았고, 건성으로 준비한 상태에서 군사들마저 훈련도 제대로 받지 못한데다 무기 역시 언제 썼는지 녹이 쓴 것을 들고 왜군의 조총을 제압한다는 건 무리였다.

실은 임진왜란이 일어나기 1년 전인 1591년 대마도주가 선물로 조총 2개를 조선 조정에 전달했지만 조총의 위력을 모른 채 창고에 던져둔 상태였다. 신립 역시 조총을 그리 달갑게 여기지 않았다. 조총 쏘는 시간이 화살보다 더디고 또한 명중률도 낮으니 우리 고유의 활이 더 우월하다고 했다. 또한 예부터 활에 익숙한 장수들도 조총을 반갑게 여기지 않았다. 그때 좀 더 신중을 기해서 전쟁 준비를 해두었더라면.

조선은 처음부터 일본을 너무 얕잡아 보았다. 더구나 일본의 항해 기술은 형편없었으며, 그런 미개한 작은 섬나라에서 대규모 군사를 동원해 바다 건너 조선 침략에 나설 군사적 힘을 갖춘다는 건 어림없는 일이라 여겼다.

1589년 임진왜란 직전에 조선 조정에서 일본의 침략 가능성에 대해 논의할 때, 그 자리에 참석한 대신들은 하나같이 "왜구의 배는 한 척에 백 명을 태울 수 없고, 배가 있다 한들 모두 백 척을 넘지 못하니 아무리 많아도 1만 명 이상은 침입해 올 수 없다"고 호언장담했다.

일찍이 신숙주의《해동제국기》는 신숙주가 일본에 다녀온 지 28년이 지난 1471년(성종 2년)에 완성된 책으로서 "…그들의 습성은 강하고 사나우며 무술에 정련하고 배타기에 익숙하며, 무엇보다 가늠할 수 없는 나라이니 일본이란 나라를 항상 경계해야 한다."고 했다. 그들을 잘 다독이는 방책으로 교린 외교의 중요성을 강조하는 한편, 미구에 발생할지도 모를 전란을 막기 위해서는 조정의 기강을 바로잡아야 한다는 것을 극구 강조했다. 그는 임종 직전에도 성종 임금에게 일본과의 우호적 관계를 유지할 것을 당부했지만 조정에서는 그 누구도 관심을 갖지 않았고, 자그만 섬나라에 지나지 않는 나라라고 무시해 버렸다.

여전히 고막을 날리는 듯한 조총 소리 사이로 우리 군사들이 활시위를 당기는 소리가 이어지고 있었다. 성 안 군사들과 백성들은 왜군의 조총에 맞서 결사 항전을 했지만 시간이 흐를수록 수세에 몰리기 시작했다. 아무리 몸부림쳐도 불가항전이었다. 성 안 이곳저곳에서 우리 군사들의 시체가 눈뜨고 볼 수 없을 정도로 쌓여갔다.

송상현을 도우러 왔던 경상좌병사 이각과 부산 해안 방어를 맡고 있던 경상자수사 박홍이 지원을 왔으나 고니시 유키나가가 끌고 온 엄청난 수(數)를 보고 깜짝 놀라 전투를 치르기도 전에, '같이 힘을 합해 싸우자'는 송상현의 간청을 뒤로한 채 달아나 버린 지 오래였다. 박홍은 부산진성의 정발 장군이 부산 앞바다에 정박해 있는 일본군 선단을 향해 야습을 하자고 했으나 거절한 자였다. 이각은 무예도 뛰어나고 휘하에 정예한 병력이 잘 훈련되어 있으니 다시 돌아올 것이라 생각하고 기다렸으나 끝내 나타나지 않았다.

병력 수에도, 무기에도 우리 군은 적들에게 따라 갈 수 없었다. 시간이 갈수록 우리 군이 불리했다. 전세가 이처럼 불리해지자 무턱대고 싸우는 것만이 능사가 아닌 것 같아 송상현 휘하 부하들이 "일단 물러나자"고 하였다. 그러자 송상현은 길길이 뛰며 "성주가 자기 성을 지키지 않고 어디를 간단 말인가? 모두들 성 주변 경계를 강화하고 개미 새끼 한 마리도 들어오지 못하도록 하라."고 명령했다.

때마침 양산 군수 조영규는 동래성에 왜적이 쳐들어왔다는 소식을 듣자 한달음에 달려와 송상현의 손을 꼭 잡고 생사를 같이 하기로 눈물로 약속했다.

"잘 오셨소, 이곳에서 막아야 왜군이 북으로 올라가지 못할 겁니다. 만약 동래가 적의 손아귀에 들어간다면 양산, 김해, 밀양 등이 순식간에 무너질 겁니다."

그들은 적의 탄환이 빗발치듯하는 적진 속에서도 오직 나라의 안위(安危)뿐이었다.

적들은 쉼 없이 공격해 왔다. 그래도 처음엔 동래성 안의 백성들과 힘을 합해 한동안은 적의 공격을 막아내는 듯하였으나, 동래성을 에워싼 왜군의 총공세가 이어지자 열세에 몰리기 시작했다. 죽느냐 사느냐의 갈림길에서 양 군 모두 불을 뿜는 듯한 치열한 전투로 이어졌다.

그처럼 우리 군의 철저한 수비에도 불구하고 일본군은 성곽이 낮고 수비가 허술한 동문에 몰려와 집중 공격을 한 결과 기어이 방어선이 무너지고 말았다. 왜군이 성으로 미친 듯이 쳐들어오자 순식간에 성 안은 대혼란 속에서 양 군의 치열한 대접전이 벌어졌다.

그 당시의 상황에 대하여 "총성은 울려 퍼지고 그 검광은 백일(白日)을 무색하게 했으며, 적군이 성 중에 들어와 사람으로 메우다시피 했다."고 했으며 《임진동래유사》에는 "성은 협소하고 사람은 많은데다 수만의 적병이 일시에 성으로 들어오니 성 중은 메워져 움직일 수 없었다."라고 기록하고 있다. 이러한 대혼란 속에서 한동안 백병전이 벌어졌다. 아군과 적군이 뒤엉켜 싸우느라 그야말로 난장판이 되었다.

백성들과 병사들은 생명을 아끼지 않고 용감히 싸웠다. 성내에 있던 백성들이 낫이며 괭이며 호미며 손에 잡히는 대로 죽음을 무릅쓰고 싸웠다. 어떤 이는 지붕에 올라가 기왓장을 빼들고 집어 던지기도 하며 삽시간에 좁은 성내는 아수라장으로 변했다. 차마 인간으로서는 눈뜨고 볼 수 없는 처참한 광경이 눈앞에 벌어졌다.

이처럼 양 군이 뒤죽박죽이 되어 싸우는 틈바구니 속에서 송상현을 급히 찾는 자가 있었다. 그는 정신없이 찾아 헤매다가 아직도 건재한 송상현을 발견하자 빨리 이 자리를 피하라고 다급하게 눈짓을 보냈다.

금수만도 못한 무리 속에서도 그래도 인간미가 흐르는 자가 있었던가. 고려 때부터 대마도에 있는 왜인들은 노략질과 행패를 일삼으며 조선인들을 그렇게 못살게 굴었어도, 조정에서는 교린 정책이니 뭐니 하면서 그들이 생활할 수 있도록 거두어 주지 않았던가. 짐승도 주인의 은혜를 알거든 하물며 인간이 어찌 그 은혜를 저버리고 이런 일을 벌일 수 있을까. 적들은 잠시도 쉬지 않고 조총을 쏘아댔지만 조선군은 그런 그들을 향해 낫과 괭이로 덤벼들었다.

아비규환의 틈바구니 속에서 송상현 부사를 찾는 자는, 통신사 시절 송상현의 후대를 받은 평조익이었다. 그는 전쟁 전에도, 전쟁을 하러 왔어도 수차 송상현 부사에게 찾아와 도요토미의 조선 침범 계획을 말해 준 사람이었다.

송상현이 평조익의 뜻을 알면서도 꿈쩍도 하지 않자 평조익은 생사의 갈림길에 서 있는 무리들을 헤치고 송상현의 옷을 잡아당겨 성벽의 빈터를 가리키며 빨리 피하라고 했다.

죽음 앞에 두렵지 않을 자 누가 있으랴! 하지만 송상현 부사는 피하기는커녕 이제 때가 되었다고 생각했다. 총성이 빗발치듯하는 전장터에서 죽기를 각오하고 호상에 걸터앉아 흔들림 없이 눈을 부릅뜨고, 소실 김섬이 가져다 준 조복을 갑옷 위에 입고 임금이 있는 북쪽을 향해 4번 절하며 담담하게 죽을 준비를 했다. 조영규 역시 송상현과 함께 북쪽을 바라보며 눈물을 흘리며 임금께 하직 인사를 올렸다.

"신은 살아서는 적을 물리치지 못했으나 죽은 뒤에라도 이 성을 지키는 귀신이 되어서 적들을 참살하겠나이다." 하며 조용히 죽을 준비를 했다.

송상현은 죽음 앞에서도 태연하게 가지고 있던 부채에 고향에 계시는 아버지에게 보내는 유시(遺詩) 한 수를 썼다.

孤城月暈 (외로운 성에는 달무리가 지고)
列鎭高枕 (다른 군진에는 기척도 없군요)
君臣義重 (군신의 의리는 중하고)
父子恩輕 (부자의 은혜 어찌 갚으오리까)

라는 한시를 써서 부모님께 하직 인사를 올렸다.

그리고 달려드는 왜군에게 "이웃 나라의 도리라는 것이 이런 것이냐? 우리가 너희들에게 그렇게 잘해준 대가가 기껏 이런 것이냐?" 하며 왜군의 침략 행위를 질책하고는 적의 칼날 아래 장렬하게 죽어갔다. 또 하나의 생명이, 아니 왜군들도 흠모하는 훌륭한 장군이 나라를 위해 초개같이 목숨을 던졌다.

양산 군수 조영규도 송상현 부사와 함께 죽었고, 송 부사의 십사 신여로, 비장 송봉수, 김희수, 향리 송백 등 송 부사의 핵심 측근들도 모두 살아남지 못했다.

동래부민 김상은 옥상에 올라가 부인과 딸이 깨어준 기와를 왜적에게 던져 쳐죽였다. 그러나 조선군이 아무리 기를 쓰고 대항한다 해도 대세는 시간이 흐를수록 조선군에 불리해지고, 성 안은 일본군이 휘두르는 칼날 아래 피바다가 되었으며 성민들의 시체는 산처럼 쌓여갔다. 송 부사의 소실 김섬 역시 왜적에게 끌려가 며칠간 금수만도 못한 인간들이라고 욕을 퍼붓다가 결국엔 놈들의 칼날 아래 죽어갔다.

이처럼 백성들은 조국을 위해 칼과 낫, 심지어는 맨손으로 왜군들에게 대항했으며 여인들과 어린아이까지 달려들다 적들의 칼날 아래 모두 목숨을 잃었다.

그러나 저들도 인간인지라 죽음 앞에서도 의연한 송상현 부사의 충절에 감복하며 송 부사의 죽음을 무척이나 안타깝게 여겼다. 이 모든 광경을 지켜본 평의지 등 적장들이 하나같이 한탄하면서 대장 고니시 유키나가에게 전말을 보고했다.

갑자기 왜장의 추상같은 호령이 떨어졌다.

"송상현 부사에게 조총을 쏜 놈을 빨리 데려왓!"

왜군들이 무슨 영문인지 몰라 어리둥절해 있는데, 또 한 번 왜장의 서슬 퍼런 목소리가 왜군들의 가슴에 꽂혔다. 그러자 그 중 한 병사가 사색이 되어 쭈빗쭈빗 걸어 나오자 당장 그 자리에서 목을 쳐 죽였다. 그리고 송상현을 실은 상여가 지나갈 때 그렇듯 피비린내 나는 싸움도 잊은 양 소서행장과 모든 왜장들이 말 위에서 내려 그의 마지막 가는 길에 명복을 빌며 예를 표했다. 이러한 일은 전사상 유례없는 일이었다. 그리고 묘 앞에 '조선충신송공상현지묘(朝鮮忠臣宋公象賢之墓)'라는 묘표를 세워주었다. 또한 일본에서는 상상도 못할 절개를 지킨 송상현 부사의 두 소실도 그의 곁에 장사지내 주었다.

이처럼 왜군들도 적이기에 앞서 한 인간이었다. 아무리 적일지언정 그렇듯 훌륭한 장군을 잃었다는 사실에 그들도 애석해 마지않았다.

전쟁 초기부터 가는 곳마다 조선의 훌륭한 장군들, 병사들, 백성들이 왜군들의 총탄에 속절없이 죽어갔다. 왜장 이하 그들은 생각했다. 대장이 항복하면 그만일 텐데 왜 그렇게 악착같이 덤벼든단 말인가. 선비의 나라, 양반의 나라, 충의의 나라란 원래 이런 것인가? 하긴 평생을 학문보다 칼자루를 휘두르던 섬나라 족속들이 무엇을 알까.

조선에는 군사가 아닌 일반 백성들까지도 목숨 걸고 끝까지 대항하다가 죽어갔다. 더구나 장수들 중 어느 누구도 구차하게 목숨을 구걸하는 자는 없었다. 내 강토를 위해 죽기 아니면 살기로 덤벼드는 조선인들이 위대한 반면 벌써부터 무서워지기까지 했다. 아니, 과연 이 전쟁을 도요토미 히데요시가 생각하듯 쉽게 종결지을 수 있을까? 전쟁 초부디 심히 걱정되었다.

평화 협상을 하기 위해 왜군이 발이 닳도록 찾아갔건만 기어이 마다하고 하나뿐인 목숨까지 바친 조선 장군들.

이제 성은 함락되고 송 부사와 수많은 성민들이 살해되었다. 동래성의 항전에서 구사일생으로 살아남은 자들은 왜군의 잔인성에 치를 떨었고, 내 동족이 처참하게 당한 울분을 억누를 길이 없었다. 이러한 사실을 전해들은 각지의 조선인들이 분개했고, 이는 의병의 활약에 기폭제(起爆劑)가 되었다. 동래부 항전은 조선인들의 가슴에 불을 붙였으며 잔악한 왜군들의 처사에 분노해서 각 지방에서 의병이 일어나기 시작했다.

부산진과 다대포와 동래성이 여지없이 무너진 뒤에는 왜군들의 사기는 하늘을 찔렀다. 본군의 제1번대 소서행장이 승승장구하는 사이, 4월 18일에는 가등청정이 이끄는 제2군 2만 2천여 병력이 부산에 상륙하고, 이어 제3군 흑전장정이 이끄는 1만 1천여 명이 김해에 도착했다. 그 후로도 제4군, 제5군, … 제8군, 제9군, 그리고 수군 9천 명이 도요토미의 지휘 아래 조선 땅에 상륙하는, 대전란이 펼쳐지는 찰나였다. 그러나 조선은 뚜렷한 대책도 없이 오롯이 당하는 꼴이 되었다.

왜군들의 작전은 치밀했다. 이들은 왜군 첩자가 작성해온 지도에 따라 각각의 진격 로를 빈틈없이 정해 두었다.

고니시 유키나가가 이끄는 제1군의 진격로는 첫 관문인 부산성과 동래성을 함락시키고 이어 양산-청도-대구-안동-선산-상주-조령-충주-여주-양근-용진나-동대문을 거쳐 서울을 점령하려고 했다.

가토 가요마사가 이끄는 제2군은 좌편으로 동래성을 거쳐 언양-경주-영천-신령-군위-용궁-조령-충주-죽산-용인-한강을 지나 남대문을 거쳐 서울을 치기로 했다.

구로다 나가마사가 이끄는 제3군은 우편으로 김해-성주-무계-지례-등산-추풍령-영동-청주를 점령한 뒤, 청주에서부터는 경기도를 지나 북상하려는 계획이었다. 이 모두가 경상도 땅이고 그들의 계획에서 전라도와 충청도 서쪽은 비껴난 셈이다. 이처럼 왜군들은 철저한 계획 아래 조선 땅을 하나하나 침범해 들어오고 있었다. 예삿일이 아니었다.

_ 11 _

뒤늦은 봉홧불

200년 간 태평성대를 누리던 조선 땅에 때아닌 먹구름이 몰려오던 1592년 4월 13일, 응봉 봉수대에서 내려다 본 부산 앞바다에는 걷잡을 수 없는 상황이 눈앞에 전개되었다.

"저게 뭐야? 용팔아, 저게 뭐야?"

아랫마을에서 유년 시절을 함께 보낸 친구들은 봉수군으로 일을 한 지 수년이 지났건만 아직 한 번도 오늘과 같은 사태는 볼 수 없었다.

"용팔아… 덕쇠야!"

그들은 정신이 나간 상태였다. 함께 있던 봉수군들은 어찌할 바를 모르다가 가까스로 별장에게 달려갔다.

"뭐야? 정발 장군의 배가 아닌 낯선 배가 밀려온다고?"

별장은 후닥닥 뛰어나가 바다를 내다보다가 입을 다물지 못했다. 그의 눈앞에는 붉은 깃발을 펄럭이며 갈까마귀 떼처럼 밀려들어오는 배를 보다가 그 자리에 털썩 주저 앉아버렸다.

"역시 어수선하던 정세가 맞아 떨어졌구나."

그러나 별장은 한가하게 주절대고 있을 때가 아니었다.

"용팔아! 덕쇠야! 뭐하니? 빨리 가서 봉홧불을 올렷!"

"몇 번 올릴까요?"

"야, 안 보여? 왜놈들이 쳐들어왔단 말이야. 다섯 번 올려!"

별장은 넋을 잃은 듯 허둥대고 있었다. 그들은 봉수대로 허겁지겁 달려갔다. 봉홧불을 올리는 그들의 손은 덜덜 떨렸다. 어떻게 했는지 다 올리고 나서도 정신이 얼얼했다.

한편 1592년 4월 17일, 부산진성이 함락된 지 사흘째다. 일본군들이 노도(怒濤)처럼 밀려들어와 부산진성을 난장판을 만들어 놓았으나 조정에서는 아는지 모르는지 한가하기만 하다.

바야흐로 하루해가 저물어 가는 신시(申時)쯤 되었을까. 퇴청 시간이 되었으니 이제 슬슬 집으로 가야겠다고 서류 뭉치를 챙기고 있던 대신이 우선 봉수대를 확인해야겠다는 생각에 밖으로 나왔다. 조선 건국 이후 200년 간 무사태평했으니 오늘도 별일 없겠지 하며 무심코 남산 봉수대를 쳐다보다가 깜짝 놀랐다.

"응? 저건 뭐야? 봉홧불이 두 개, 세 개, 네 개, 다섯 개가 온 산을 장악하듯 검붉은 불덩어리로 활활 타오르고 있잖아."

연이어 도성 내의 모든 대신들이 우르르 몰려나와 쳐다보다가 도무지 눈앞의 현실을 믿으려 하지 않는다. 자그마치 200년간 전쟁이란 것을 모르고 인일하게 지내던 그들에게는 도무지 지금의 상황을 받아들일 수가 없었다.

고려 시대부터 주위의 여진족이나 왜구들의 노닥거림은 있었으나 그때마다 신립과 이일이 거뜬히 물리치지 않았던가. 조선은 무(武)보다 문(文)을 중시하며 대의명분을 중시하는 까닭에 이웃 나라를 넘보지도 않을 뿐더러 전쟁을 원하지도 않은 나라였다. 더구나 200여 년이란 긴 세월 동안 안일한 생활에 익숙해져 있던 조선 조정은, 왜군의 침범이란 글자 그대로 청천벽력이었다.

그렇게 왜군들이 부산진성과 동래성을 짓밟아 놓고 수많은 백성들이 목숨을 잃었으나 임금께 알려진 것은 부산성이 함락된 지 3일이 지나서였다. 그것도 경상좌수사 박홍이 이웃 봉수로 말을 타고가 알렸기 때문이다.

원래 봉홧불은 부산서 한양까지 제대로만 가면 12시간 내로 갈수 있었다. 그런데 응봉 봉수대에서 봉수군들이 당황한 나머지 잘못 전달한 봉홧불이, 그것마저 중간에서 사라져 버렸다. 응봉 봉수대에서는 노선상 북쪽 성화 예산 봉수로 가야하는데 당황한 나머지 반대 방향인 남쪽 가덕도 천성보 봉수로 잘못 전해졌다. 즉 봉수군이 북쪽으로 가야하는데 반대 방향으로 신호를 보냈던 것이다.

결국 한양으로 가야 될 횃불은 반대 방향으로 가서 어디서인가 사라져버렸다. 한 국가의 흥망성쇠가 달려 있는 요직에 앉아서 엄청난 실수를 한 것이었다. 봉홧불만 바로 전달되었더라도 조정에서 또 어떤 조치가 내려졌을지도 모를 텐데, 안타깝게도 어처구니없는 실수로 적들도 흠모하는 장군들과 백성들이 얼마나 많이 목숨을 잃고 강산이 짓밟혔는가. 이러한 실수는 임진왜란 이전부터 봉홧불의 시간이 지체되거나 두절되는 일이 많았다고 한다.

한편 고니시 유키나가는 부산진성을 함락시키고 다대포성과 동래성을 거저먹기로 함락시킨 뒤 다음 날인 4월 16일, 도요토미에게 전황 보고서를 보내고, 17일에는 무방비 상태인 양산으로 무혈 입성했다. 그리고 다음날은 동래에 남아 있던 주력군까지 양산에 집합시킨 후 선발 부대를 밀양성으로 보냈다.

밀양 부사 박진은 무신 집안 출신으로 비변사에 무신으로 있다가 선조 22년(1589년)에 심수경의 천거로 등용되어 선전관을 거쳐 밀양 부사로 임명되었다. 그는 전쟁이 발발하자 군내 병사 3백 명을 이끌고 송상현을 도우러 동래성으로 가서 경상좌병사 이각과 함께 동래성 북쪽 소산역에 방어전을 구축하였다. 그리고 이각과 약속했다.

"우리가 소산을 지키지 못하면 영남은 우리 것이 아니오. 내가 앞에서 적을 견제할 터이니 공은 뒤에서 검거하였다가 내가 패하면 공이 나를 구원히고 내가 이기면 공은 협공해 주시오. 부디 약속을 저버리지 마시오." 하며 굳은 약속을 했다. 그러나 소산역으로 접근한 이각은 왜군들의 어마어마한 병력에 놀라 조금 전의 박진파의 굳은 약속도 잊은 채 줄행랑을 쳐버렸다. 일이 이렇게 되자 박진은 혼자서는 감당할 길이 없어 하는 수 없이 그도 후퇴하여 밀양성으로 돌아가 버렸다.

그 당시 진주성을 지휘하고 있는 경상감사 김수는 인근 군현의 수령들에게 밀양을 지원하라는 명령을 내렸으나, 실제로 밀양을 지원할 수 있는 병력은 거의 없었으며 만약 병력이 동원된다 해도 중간에 이탈하는 일이 빈번했다.

홀로 밀양으로 돌아온 박진은 적은 병력을 이끌고 양산과 밀양 사이의 요충지인 작원관 부근에서 적과 대치했으나, 수의 열세에 몰린 우리 군은 변변히 싸워보지도 못하고 아깝게도 군관 이대수와 김효우 등이 전사했다. 박진은 또다시 밀양성으로 돌아가 성 안의 각종 시설과 군량 창고를 불태우고 도주해 버렸다. 그렇게 되자 또다시 밀양성을 거저 내어준 셈이 되었다.

일본군은 거침없이 차례대로 침범해왔다. 이처럼 부산성과 동래성을 점령한 후에는 전투랄 것도 없이 땅 짚고 헤엄치기 식으로 마음대로 휘저으며 쳐들어왔다. 제1번대 고니시 유키나가가 병력을 이끌고 밀양성을 점령했고, 4월 19일 언양 전투에는 소수의 군민과 2번대 가토 가요마사의 2만 2천8백 명 간의 전투, 4월 20일 김해 전투에는 김해부사 1천 명의 관군과 구로다 가요마사(흑전장정)의

1만 1천 명 간의 전투, 4월 21일 경주 전투에는 경주목사 박의장 휘하의 소수 관군과 가토 가요마사의 2번대 2만 2천8백 명 간의 전투가 있었으나, 무기나 병력 면에서도 조선군은 일본군에 비해 어림도 없는 숫자였으며 무엇보다 100년이 넘는 세월 동안 전쟁을 일삼아 왔던 일본군에 비해, 조선군은 200년 동안 전쟁 한 번 치르지 않았던 나라였으니 일본군의 공세에 당할 수밖에 없었다.

당시 조선은 평화가 오래 지속됨에 따라 백성들은 강력한 군대의 유지를 원하지 않았으며, 기껏 해보았자 거란이나 여진족 등을 칠 소규모의 병력만 있으면 충분했다.

1389년(고려 창왕 2년) 왜구들이 대마도에서 문제를 일으켰지만, 1419년(세종 1년)에 이종무로 하여금 전함 227척, 군사 1만 7천 명을 이끌고 대마도를 평정한 이후 북방 여진족과 왜구들이 조용해졌기 때문에 구태여 강력한 군대를 양성할 필요성을 느끼지 못했다.

무엇보다 조선과 일본은 상대방에 대한 인식이 전무한 상태였다. 조선에서 본 일본이란 나라는 대마도보다 조금 큰 섬나라로 인식했으며, 일본 역시 대마도에 살고 있는 왜인들은 조선과 명나라를 익히 알고 있었지만, 일본 본토에 있는 장수들과 도요토미 히데요시는 오히려 대마도에 사는 일본 해적들이 조선을 언제든지 약탈할 수 있는 자그만 나라로 생각했다. 꿈에도 조선이 수나라와 당나라의 침략을 물리친 고구려의 후손이며 세계 최강의 몽골과 40

년 전쟁을 치른 고려의 후예임을 몰랐을 것이다.

이렇듯 피차 상대방 나라에 대해선 무지한 상태였지만 조선은 일본이 침략해올 것이라는 사실을 분명히 알고 있었다. 다만 일본의 군사력과 전쟁 규모가 어느 정도인지는 전연 모르는 상태였지만 나름대로 전쟁 준비를 한 것만은 확실하다.

그러나 조선 백성들은 안일함에 익숙해져 있었으므로 성곽 수축 등으로 인한 부역이란 그들에게 무척이나 거북스러웠다. 그러자니 성곽 수축과 군사 훈련이 제대로 될 리 없었다. 이렇듯 조선은 전쟁 준비랍시고 건성건성 하기는 했지만 전쟁에 이력이 난 일본군의 주도면밀한 계획에 비하면 너무나 미비했다.

일본군은 이제 3개 부대로 나뉘어 북상을 시작했다.

4월 21일. 고니시 유키나가, 가토 가요마사, 구로다 나가마사가 지휘하는 일본군 3개 부대는 경상도의 중로(中路), 좌로(左路), 우로(右路)를 따라 서울을 향해 진격해 갔다. 그들 뒤에 후속 부대들이 부산을 통해 상륙하여 뒤따라가고 있었다.

일본군의 부대는 엄청났다. 3개 부대만 해도 병력이 5만이 넘었으며 후속 부대들의 병력은 10만 명에 달했다. 나고야성에서 지휘하고 있는 도요토미는 총병력의 절반은 조선으로 보내고 나머지 절반은 일본 나고야성에서 출동 대기하고 있었다. 4월 22일 고니시의 군대는 인동으로, 가토 가요마사는 의흥으로, 구로다 나가마사는 현풍으로 각각 가고 있었다.

이렇듯 어마어마한 적들의 군대와는 달리 조선군은 처음부터 병사들뿐만 아니라 무기도 갖추지 못한 상태에서 적들을 상대해야 했다. 4월 22일 개운포 수군 소속 병졸이 경상감사 김수 휘하 군관 이덕형에게 "제가 공문서를 가지고 밀양을 지나다가 숲속에서 몰래 숨어서 살펴보니 새벽부터 밀양에서 청도로 가는 길에 일본군이 꽉 메운 채 북상하고 있었습니다."라고 보고했다. 그러나 수만 명이나 되는 적군을 막아낼 병력이나 방어 수단이 조선군에게는 전혀 없었다.

상황이 시급해진 조정에서는 그제야 북진해 오는 적군을 막기 위해 영남 지방으로부터 조선의 내륙으로 접근하는 길목인 삼로 (三路)를 막기 위해 순변사 이일을 중로(中路)에, 성응길을 좌방어사로 임명해 동로(東路)에, 조경을 우방어사로 임명해 서로(西路)에 각각 방어하게 함과 동시에 조령, 추풍령 요충지에는 조방장, 유극량, 변기를 방어 책임자로 임명하였다. 그러나 문제는 현재 소유하고 있는 병력이 전무한 상태였으며, 이일 역시 한양에서 3백여 명의 군사를 모집하려 했으나 그것마저 여의치 않았다.

이일이 2,3일 동안 한양에서 군사를 모으는 동안, 그나마 대구에 집결해 있던 군사들은 유언비어와 두려움으로 그마저 모두 흩어져버렸기 때문에 실상 경상도를 지킬 조선군은 없는 상태였다. 이일이 24일 상주에 도착했을 때는 상주목사 김해는 산속으로 달아나 버렸고 판관 권길 혼자서 상주 일원을 지키고 있었다.

이일은 상주에서 창고를 열어 곡식을 내어주면서 산으로 피난 깄던 백성들을 다시 성으로 불러들어 가까스로 군사 8~9배여 명을 모집하고, 휘하에 있던 60여 명과 함께 군을 편성했다. 저녁이 되자 개령에 있는 한 사람이 이일을 찾아와 일본군이 근방까지 왔다고 알렸으나 오히려 민심을 어지럽힌다는 죄목으로 참형에 처하기까지 했다.

이일은 간신히 모집한 군사들을 모아 훈련시키고 있는데 일본군이 상주성 내로 들어와 상주성 안 몇 군데 불을 지르자 불은 금시에 옮겨 붙어 성 안을 휘돌았다. 적들은 불을 지른 후 일본군 본진이 조선군을 양 옆으로 포위하면서 전투가 시작되었다. 아니 전투랄 것도 없었다. 급한 김에 평생을 호미 자루만 들고 있던 농사꾼을 끌어 모은 조선군과는 달리 왜군은 오랜 세월 전쟁을 치러온 훈련된 무사들이었다. 수없이 깔려있는 왜군들 자체부터가 조선군에게는 두려움의 대상이었다. 그러자니 누구 하나 선뜻 나서는 자가 없었다. 전쟁터에 나와 언제까지나 우물쭈물하고 있을 수 없었다.

이일이 군사들을 독려하면서 "나가서 싸우라."고 외쳐도 성큼 뛰어나가는 병사는 드물었고 도망치는 자들이 더 많았다. 이렇게 되자 이일은 한양에서 데려온 사수 60여 명과 분전하였으나 모든 면으로 그들의 상대가 될 수 없었다.

일이 이쯤 되자 이일이 산을 타고 탈출하자 자연 상주성은 함락되고 종사관인 홍문관, 교리 박지, 윤섬, 이경류, 권길 등 아까운 우리 군은 모두 전사했다. 성 안에는 백성들의 시체가 산처럼 쌓여 있는 처참한 패전이었다. 이일은 그 길로 문경에 이르러 조선 조정에 패전을 알리고 조령에 있던 신립 진영으로 갔다.

4월 25일, 일본군은 전투랄 것도 없이 상주를 점령한 후, 다음날인 26일은 문경으로 갔다. 놈들은 이제 거칠 것이 없었다. 적들의 한 패는 군위와 비안을, 또 한 패는 영일, 안동, 풍기를 함락시켰다. 당시 전쟁에 아무런 대비가 없었던 조선군들은 이처럼 속수무책으로 무너져 갔다. 힘없는 백성들은 왜군에게 처참하게 유린당했으며 조선의 아름다운 금수강산은 차례차례 짓밟혀 갔다. 적들은 영남의 60여 고을을 무너뜨렸고, 경상우도는 간신히 6~7고을만이 화를 면했다. 승승장구하는 적들은 또다시 충주로 쳐들어갔다.

_ 12 _

탄금대 전투

들리는 소문이라곤 황망한 소식뿐이었다. 이렇듯 한 번 일어난 전쟁은 식을 줄 모르고 확산되어 갔다. 전쟁이 일어난 지 10여 일이 조금 넘는 사이 경상우도와 영남의 60여 고을을 점령당했다면 장차 이 나라는 어찌될 것인가!

요즘 논개는 도무지 밤잠을 이룰 수 없었다.

'화순에 계신 그이도 이 얼토당토않은 소식을 듣고 얼마나 고심하실까?'

마음 같아선 당장 그에게 달려가 위급한 상황에 처해있는 나라를 위해 이 한 몸 기꺼이 바치고 싶다고 솔직한 마음을 털어놓고 싶지만, 그럴 수 없는 자신이 못내 아쉽기만 하다.

이제 거칠 것이 없는 왜군들은 의기충천하여 차례대로 쳐들어오기 시작했다.

4월 25일, 상주를 마음대로 휘저어 놓고 문경에 주둔해 있던 고니시 유키나가는 4월 28일 새벽이 되자 군사들을 이끌고 문경을 떠나 오시(午時)경에 충주에 당도했다.

일이 이 지경이 되자 선조는 나라의 위급함을 절감했다. 전쟁 전에 충직한 신하들이 일본을 경계하라고 귀가 따갑도록 아뢰었건만, 안일한 생활에 익숙해 귓등으로 들었던 것을 이제 와서 후회해본들 아무런 소용이 없었다. 선조는 다급했다. 어쨌든 이 위기를 넘겨야 한다. 당장 떠오르는 것은 신립이었다. 당시 조선에서 최고의 명장 대우를 받고 있던 신립을 내세워 하루가 무섭게 쳐들어오는 왜군을 방어하라는 영을 내렸다.

북상하는 일본군을 저지하라는 명을 받은 신립이, 김여물이 재능과 충의(忠義)의 사람임을 아는지라 그를 종사관으로 삼아 함께 충주에 도착한 것은 4월 26일. 신립의 수천 기병은 단월역에 주둔하고 상주에서 패전한 이일을 만나게 된다.

당장 발등에 불이 떨어진 선조는 신립에게 모든 걸 걸고 임금을 호위할 군사도 없이 중앙군의 모든 군사들을 전적으로 지원했다. 신립의 승패에 조선의 운명이 달려 있다고 해도 과언이 아닐 만큼 신립에게 중앙의 군사들을 총동원하여 맡겼다. 조선 중앙군의 기마병 8천어 명, 충청도에서 1민 2천 명 징도의 병력이 시원뇌었지만, 신립은 충청도 일대에서 모집한 병력의 전력은 믿을 수 없었다.

이에 그는 8천 명의 기마병을 위주로 한 전략을 세우기로 했다. 그 당시에는 기병대라 하면 막강한 실력을 자랑하는 병사들이었다. 더구나 여진족 니탕개의 목을 가지고 온 전적이 있었던 신립이었으니 어느 정도 자신감을 가졌다.

신립은 단월역에 병사들을 주둔시킨 후, 충주목사 이종장과 종사관 김여물 및 장수들을 거느리고 조령으로 달려가서 그 형세를 살펴보았다. 한동안 그곳의 형세를 유심히 살펴보던 종사관 김여물은, 조령은 산세가 험하기 때문에 적은 군사로서 위에서 내려다보며 적군을 치면 안성맞춤일 것 같았다.

이에 김여물은 "왜군은 큰 병력이고 우리 군은 적기 때문에 정면 돌파하기엔 우리가 무척 불리할 것 같습니다. 그러므로 조령의 천험(天險)을 이용해 우리 군사를 산중에 매복시켰다가 적이 골짜기에 제 발로 걸어 들어오기를 기다려 양쪽 언덕 높은 곳에서 적들을 내려다보고 쏘면 우리가 이기지 말라는 법도 없습니다. 만약 적들의 수가 너무 많아서 당하지 못할 것 같으면 물러나 서울을 지키는 것도 한 방편이라 생각합니다."

김여물은 그곳의 지형지물을 이용하여 적을 치자는 것이었다. 그러자 이일, 충주목사 이종장 이하 수행한 모두가 그 의견에 찬성했다. 그러나 신립은 북방 민족들과의 전투만 벌였던 장수로 대체적으로 평야 일대에서 전투를 벌였기 때문에, 기병을 활용할 수 있는 평원에서 싸워야 한다면서 탄금대 남쪽 넓은 달천평야 일대를 전장으로 삼을 결심을 굳힌 뒤였다.

"이 지역은 좁은 골짜기라서 기미병을 충분히 활용할 수 없을 것이오. 우리 군은 기병이고 일본군은 보병이니 기병을 이용한 전술을 쓰면 보병만 있는 일본군을 쉽게 제압할 수 있으며, 따라서 충주의 넓은 평야로 적을 끌어들이면 우리가 반드시 승리할 것이오. 더구나 세대로 훈련이 안 된 군사들의 이탈을 막기 위해서라도 탄금대가 알맞은 장소가 아니겠어?"

사실 신립 단독으로 결정한 장소는 평지만은 아니었다. 신립은 평지 전투에서 보병에게 압도적으로 유리하다고 생각했으나, 실은 충주성 주변에는 초가들과 논밭들이 무질서하게 널려있어 말이 평지이지 결코 기병들이 마음대로 활약할 지형은 아니었다. 그렇다고 요즘처럼 길이라도 반듯하게 나 있는 것도 아니었다. 그러나 이런 상황까지 계산에 넣지 못한 신립은 끝까지 자신의 주장만 고집했다. 신립은 기병의 전문가로서 자신의 기량을 백분 활용해야 하며, 더구나 전투 경험이 없는 조선군이 전투 도중 무서워서 도망칠 우려가 있으니 그렇게 되면 전술을 운영하기 곤란하기 때문에 배수진이 유리하다는 주장을 하며, 기어이 천혜의 요새를 버리고 탄금대를 뒤로 하고 배수진을 치기에 이르렀다.

김여물은 한 번 더 신립 장군에게 말했다.

"장군님, 달천평야의 주변에는 논이 많아 습지에 가까운 질척한 땅이며, 갈대밭이 우거져서 기마대가 기동력을 발휘할 수 있는 적합한 곳이 아닙니다. 차라리 새재의 높은 언덕에서 바위를 방패삼아 궁벽으로 공격하면 승산이 있을 것입니다."

이에 이일과 여러 침모들도 또다시 김여물의 이견에 찬성했다. 더구나 이일은 일본군의 막강함과 조총의 위력을 말했으나 신립은 오히려 사기를 꺾는 얘기로 들린다며 화를 버럭 냈다.

옛 속담에 '아는 길도 물어가라' 는 말과 같이 신립이 아무리 기병술의 달인이라 해도 나라의 존망이 달려있는 전쟁의 전략이니만큼, 장수들의 의견도 존중해서 신중에 신중을 기해야 할 텐데 결국 신립은 자신의 주장을 굽히지 않았다.

조총 역시 그랬다. 대마도주가 선조에게 선물한 조총으로 성능을 시험하는 자리에서 조총의 총알이 날아가 화살도 뚫지 못하는 과녁을 뚫는 것을 보고, 선조는 저것이 왜군의 무기냐며 놀란다. 그렇다고 그 당시 조총이 완벽한 무기는 아니었다. 전통 활 역시 잘만 쓰면 유용한 무기였다.

조총은 심지에 붙인 불이 다 타들어가 폭약을 폭발시킴으로 총알이 발사될 때까지 많은 시간을 필요로 했다. 그 시간이면 활은 여러 대를 쏘고도 남는 시간이라며 우리 고유의 활이 더 우월하다고 했다. 신립은 당장 그 자리에서 조총과 활을 겨뤄보았다. 조총 사수와 신립이 같은 시각에 쏘았지만, 신립이 쏜 화살이 세 발이나 날아가 과녁을 맞추기까지, 조총은 화약을 재느라 한 번도 쏘지 못했다.

일본에 조총이 유입된 건 1543년이었다. 일본에 표류한 포르투갈 선원이 남기고 간 조총 2자루를 왜인들이 분해해서 다시 조립하고 이를 모방하는 과정에서 조총을 전투에 투입했다고 하면 별 신통한 무기는 아니었을 게다. 실제로 초기의 조총은 그 위력이 화살보다 그렇게 뛰어나지 않았으며, 더구나 화살의 사거리는 평균 50m에서 150m이지만 조총은 겨우 50m였다.

적이 벌써 재를 넘어 28일에는 충주에 밀어닥쳤다. 김여물은 또다시 우리 군이 먼저 고개를 점령해서 역습을 하자고 했으나 신립은 끝내 자신의 고집대로 했다.

한편 4월 28일 충주에 도착한 고니시 유키나가 군은 단월강 북단에 있는 단월역에 진입했다. 고니시 유키나가는 치밀한 계획하에 3부대로 나뉘어 자신의 본대는 중앙을, 소오 요시토시의 좌군은 달천강변을 따라 서쪽으로, 마츠다 시게노부의 우군은 산자락을 타고 동쪽으로 비밀리에 진격하고 있었다. 또한 아리마 하루노부 등이 이끄는 병력은 별동대를 맡아 뒤를 따르고 있었다.

그러나 신립은 고니시의 작전을 까맣게 모르고 있었다. 이에 조선군 기마대는 고니시의 본대를 포위하려는 형태로 반월진을 갖췄으나, 고니시는 좌군과 우군을 양쪽으로 넓게 벌려놓고 있었다.

우륵이 이곳의 운치에 탐미하여 산 위의 너럭바위에 앉아 가야금을 탄 곳이라 하여 탄금대라 이름 지었다고 하는 반금대를 뒤로하고, 넓은 평야에 갑자기 양 군대의 우레 같은 함성이 터져 나오자 평화롭기만 하던 달천평야가 삽시간에 양 군의 불꽃 튀는 전쟁 터가 되어 버렸다.

고니시가 본대에서 선봉 병력을 전진시키자 신립은 위풍당당한 기마대 천여 명을 돌격시켰다. 우리 군이 늠름한 모습으로 함성을 지르며 일시에 돌격하자 왜군은 진격해 오지 못하고 있다가 기병의 위력을 감당하지 못하고 일본군 선봉은 일단 후퇴해서 단월역 방면으로 물러났다.

그러나 조선군은 적들의 꾐에 빠져들었다. 조선군은 강변과 산자락에 매복한 소오 요시토시의 좌군과 마츠라 시게노부의 우군을 전혀 의식하지 못했다. 다만 고니시 유키나가의 본대 7천 명이 적군의 전부인 줄 알고 조선군 기마대는 고니시의 본대를 포위해서 섬멸시키려는 형태로 또다시 2차 돌격을 하려 했다.

그때 갑자기 소오 요시토시의 좌군과 마츠라 시게노부의 우군이 양쪽에서 조선군 기마대를 향해 간격을 좁혀가며 조총 사격을 하기 시작했다. 활과 창으로 적을 무찌르던 조선군에게 신무기인 조총은 어마어마한 공포와 충격의 대상이었다.

첫 번째는 훈련된 조선군의 병력들이 용감하게 싸워 일본군을 물리칠 수 있었지만, 또다시 2차 돌격을 해서 일본군을 전멸시키려 쳐들어갔을 때는 난데없이 적들이 좌우에서 괴성을 지르며 조선군을 포위하고 조총을 우레와 같이 퍼부으며 쳐들어오자 감당할 길이 없었다.

왜군은 이미 일본에서 조총으로 기병을 상대하는 전술을 개발한 터였다. 새로운 전투 기법이란 오다 노부나가가 일본 최대의 영주인 다케다 가쓰요리의 기마 부대를 나가시노 전투에서 물리친 이후 습득한 것이었다. 더구나 고니시 유키나가는 상주 전투를 치른 후 3일 만에 탄금대 전투를 벌였으니 그는 조선 기병을 물리칠 방안을 알고 있었다. 또한 그는 조선군이 기병 위주의 전투를 벌일 것도 미리 짐작하고 있었다.

왜군의 계략에 완전히 넘어간 조선군은 어찌할 바를 몰랐다. 신립이 평지라고 하는 곳은 가옥들이 제멋대로 늘어서 있는 가운데 길도 제대로 나 있지 않았고 그나마 전답도 여기 저기 흩어져 있었다. 하필이면 전날 비가 내린 관계로 땅은 질퍽거리며 발이 빠져 기동력이 형편없이 떨어진 상태였기 때문에 기마병의 실력을 발휘할 수 없었다. 질퍽한 늪지에서 기마병의 기동성이 제한되어 버리자 피할 길도 없이 조총의 사격을 고스란히 받을 수밖에 없었다. 다시 전열을 재정비해서 돌격하지만, 왜군의 조총 사격이 빗발치듯 하는 가운데 좌우에서 우레 같은 함성을 지르며 조선군을 향해 전진해 오니 그 앞에서는 천하장사도 맞설 수 없었다.

우리 기마병이 제대로 움직이지 못하고 쩔쩔매고 있는데, 적은 우리 군사의 이쪽저쪽에서 공격해 오는 바람에 꼼짝없이 당한 결과 순식간에 시체가 산더미처럼 쌓였다. 사태가 이쯤 되자 모두들 도망하기에 바빴다.

그러잖아도 임진왜란 발발 이전에 유성룡이 선조 임금에게 조선노 소총을 유입시켜 조총병을 육성해야 한다고 했으나 신립은 주총의 명중률을 단점으로 지적하며 조총병 육성을 반대했다. 무기면에서도 조선은 시대적으로 한 수 뒤쳐진 셈이었다.

이렇게 전투가 한창일 때 아리마 하루노부 등이 이끄는 별동대는 방비가 허술한 충주성을 순식간에 점령해 버렸다. 그 사실에 놀란 신립은 충주성으로 가려했지만 이미 충주성은 점령당한 후였다. 어쩔 수 없이 고니시의 본대를 향해 3차 돌격을 시도하지만 번번이 실패했다. 일본군은 그 틈을 놓치지 않고 무서운 기세로 밀고 오면서 육로로 도망칠 길을 주지 않았다.

신립은 그곳에서 간신히 빠져나와 충주천 북쪽의 탄금대로 몰려 김여물과 함께 남은 전력을 이끌고 최후의 결사 항전을 벌이게 되었다. 이렇듯 전세가 수세에 몰리게 되자 신립은 적을 향해 미친듯이 활을 잡아당기다가 김여물을 향해 비장한 어조로 "그대는 이곳을 떠나시오, 이곳은 내가 맡을 테니 빨리 몸을 피하시오."라고 하였지만 김여물은 "어찌 죽음을 아끼겠습니까?" 하며 너털웃음을 웃었다.

이에 신립은 조총이 비 오듯 쏟아지는 전쟁터에서 김여물에게 조정에 장계를 올리라고 하자, 김여물은 적을 향하던 활을 일단 중지하고 붓을 들어 침착하게 이곳의 상황을 한 자도 틀림이 없이 적어 나갔다. 이를 본 군사들이 과연 훌륭한 장군임에 틀림없다고 모두들 놀라워마지 않았다.

김여물은 붓을 놓자마자 적진 속으로 뛰어들었다. 키가 칠 척이나 되고 얼굴에 수염을 좌우로 갈라 기르고 눈이 왕방울 같은 조선 장군이 전신에 피를 흘리며 손에는 날이 번쩍이는 도끼를 들고, 검고 굳센 황토색 말에 백색의 천을 두른 채 적진 속에 나타나 "김여물이 나다." 하고 크게 꾸짖으며 벌떼처럼 달려드는 진으로 쳐들어가 가까이 있는 10여 명의 적들을 눈 깜짝할 사이에 베어버렸다. 그러자 완강한 기세로 달려들던 적들은 무서워 주춤했다. 김여물은 서슴치 않고 번쩍이는 창과 큰 도끼를 휘두르며 소리를 지르며 닥치는 대로 치고 또 쳤다. 생사를 가리지 않는 치열한 싸움이었다. 이미 김여물은 눈에 보이는 것이 없었다. 조선의 모든 백성들의 울분을 걸머진 참을 수 없는 광기어린 싸움이었다.

수십여 차례나 적과 맞붙어서 싸우고 또 싸우다가 김여물은 결국 적의 칼날에 장렬히 생을 마감했다. 그렇게 또 조선의 훌륭한 장군이 나라를 위해 목숨을 던졌다.

아직도 남은 병사들은 사납게 달려드는 왜군들에게 밀리고 밀리다가 모두 달천강으로 몰리자 더 이상 갈 곳이 없는 병사들은 강물에 몸을 던졌다. 이로써 신립을 믿고 기대했던 충주성도 어이없이 함락되어 버렸다. 그 중 이일 등 몇 명만 살아남았다.

악랄한 왜군들은 조선인 3천 구의 목을 베고, 항복자 수백 명을 취했다. 그렇게 탄금대 전투는 허무하게 끝이나 버렸다. 신립 장군을 믿고 피란 가지 않은 그곳 주민들도 왜군들의 손에 어이없이 목숨을 내놓았다.

신립의 잔인하고 포악함, 전략적 무능, 오만함 등으로 이런 결과가 빚어졌다는 생각에 앞서, 조선의 운명을 길머쥐고 싸우던 신립의 그 참담함은 어떠했을까!

그보다 앞서 동래성을 함락한 왜군들은 세 갈래로 나뉘어 서울을 향해 진격하던 3군인 구로다 나가사마(黑田長政) 부대는 경상도의 서남부 지방인 김해, 합천, 거창 등지를 지나 추풍령으로 북상했다.

경상도에서 충청도로 진출하는 길을 막는 이일 부대는 상주 전투(4월 24일)에서 고니시 부대에게 패배했고, 추풍령을 막는 조선군은 경상우도 방어사 조경의 부대였다.

조경은 이리저리 끌어 모은 군사 5백여 명을 데리고 마침 조경 부대를 찾아온 정기룡을 돌격장으로 삼아 추풍령 아래 금산에서 첫 전투를 벌였다가 패배했다. 그러자 김수가 4백 명의 병력을 더 보내 주어서 9백 명의 병력과 4월 28일 추풍령 고개에서 다시 왜군과 전투를 벌였다.

조경과 정기룡이 앞다투어 적군을 향해 활을 쏘며 맹렬히 싸우자 이에 병사들도 몸을 아끼지 않고 싸웠다. 정기룡은 듣던 바와 같이 용맹스러운 장수였다. 우리 군사들이 적을 향해 맹렬히 싸우는 틈을 타 정기룡은 말을 타고 왜군의 적진을 휘저으며 들어가 일본군 50여 명의 목을 처단하니, 적들은 그의 용맹에 주춤거렸다. 이에 우리 군사들은 정기룡과 함께 적들과 결사적으로 싸우고 있는데, 그 틈을 타 왜군이 조금 떨어진 곳에서 적들을 향해 열심히 화살을 날리고 있는 지휘관인 조경을 사로잡았다. 한참 왜군의 목을 치고 있던 정기룡이 그 광경을 목격하자 당장 말을 돌려 적진을 돌파하여 조경을 구하러 달려갔다. 왜군이 조경을 막 묶으려는 찰나 달려가서 왜군을 처치하고 조경을 말에 태워 적진 속에서 쏜살같이 빠져나왔다.

역시 추풍령도 패전으로 끝나고 조경도 부상을 입었지만 정기룡의 용맹무쌍함과 조선군의 결사적인 항전에 지금까지 밀리기만 하던 때와는 달리, 이곳 전투는 전투다운 전투를 한 셈이어서 조금은 마음이 후련했다.

한편 선조 임금은 신립에게 모든 기대를 걸고 조일 전쟁사에 드문 큰 규모의 병력을 지원했다. 수적으로도 밀리지 않은 병력이었지만 신립이 여지없이 패전하고 달천강에서 최후를 맞았다. 신립의 죽음은 조선 조정을 충격과 공포로 몰아넣었고, 파죽지세로 진격하던 일본군에게 더욱 박차를 가하게 하는 계기가 되었다.

왜군은 부산 상륙 20일 만에 서둘러 한양으로 북진했다. 제1번대 고니시 유키나가, 2번대 가토 가요마사, 3번대 구로다 나가마사는 약 5만 3천 명의 병력을 이끌고 기세등등하게 한양으로 향했다. 그러나 조선은 임금을 호위할 병력도, 5만 3천 명을 이끌고 물밀듯 밀어 닥치는 왜군을 막을 병력도 없었다.

평화로울 때 정신을 차리고 국방을 더 든든히 해야 할 텐데 200년간의 태평세월로 인해 나라 전체가 나태해질 대로 나태해졌다.

그제야 선조는 국방의 허술함을 한탄하며 우선 파천을 결심했다. 그러나 대신들 그 누구도 파천을 입에 올리는 자가 없었다. 어느 한 사람이라도 파천을 거론하는 자가 있을 법한데 대의명분을 중시하는 그들에게는 일부러 나서서 자신의 가문에 오점을 남길 필요가 없었다. 결국 선조는 자신의 입으로 먼저 파천을 거론하기에 이르렀다. 그때서야 대신들은 한 음성으로 왕이 나라를 버리고 가시는 건 천부당만부당하다고 들고 일어났다.

영충부사 김귀영은 대신들과 함께 "종묘와 원릉(園陵)이 모두 이곳에 있는데 어디로 가시는 겁니까?" 하며 눈에 쌍심지를 켜고 일어났다. 우승지 신잡은 "제게는 팔순 노모가 있으니 종로의 대문 밖에서 자결할지언정 감히 전하의 뒤를 따르지 못하겠습니다."라고 결사반대를 했으며, 홍문관 수찬 박동현은 "전하, 도성 밖 민심을 보장할 수가 없나이다. 혹여 가마꾼 인부들이 모두 달아날까 두렵습니다." 하며 목 놓아 통곡하자 선조는 얼굴빛이 변하면서 내전으로 들어가 버렸다.

유성룡은 선조 임금께 눈물로 아뢰었다.

"전하, 종묘사직을 버리고 어디로 가시렵니까? 원하옵나니 도성을 비우지 마옵소서."

선조 임금이 이러지도 저러지도 못하고 우물쭈물하고 있는 사이, 일본군이 한양을 향해 쾌속도로 진군해 오고 있다는 급보가 여기저기서 날아왔다. 도성 안은 흉흉했다. 왕은 또다시 대신들을 불러들여 파천을 거론했다. 그러자 영의정 이산해가 파천을 지지하고 나섰다. 우의정마저 찬성하기에 이르렀다.

사태를 지켜보던 사헌부 장령 권협이 어전에 나아가 "상감 못 가십니다. 종묘사직이 있는 한양을 사수하여야 할 일입니다." 하며 머리를 조아려 검붉은 피가 계단을 적셨지만 선조는 아예 모른 척했다.

선조는 이조 판서 이원익, 좌참찬 최흥원을 조용히 불러 관서(평안도), 해서(황해도)로 보내 파천 시 영접 준비와 백성들의 민심을 잘 다독여 주어야 한다고 일렀다. 이미 한양성에는 충주 탄금대 전투 이후 한양성을 지킬 군사도 남아 있지 않을 뿐 더러 임금을 호위할 군사도 없는데 가만히 앉아서 왜군의 포로라도 되는 날이면 더 난처할 일이 아니겠는가. 한 나라의 임금으로서 후일을 위해 피란을 가지 않을 수 없었다. 그렇게 선조 임금은 별다른 대책도 없이 도원수 김명원에게 한성을 맡겨 놓은 채 북쪽으로 피란길에 올랐다.

드디어 4월 그믐 새벽, 하필이면 비가 억수같이 쏟아졌다. 지척을 분간할 수 없을 정도로 비가 내리고 있었다. 선조가 서대문을 나설 때는 이산해, 유성룡 그 외 1백어 사람에 지나지 않았다. 간신히 우의정 이양원을 유도대장으로 하고, 좌의정 유성룡은 호위하게 하였다. 그러나 대궐을 지켜야 할 5군영의 금군은 거의 도망쳐 버리고 승정원이나 6조 3사 관료들도 달아나버린 상태였다. 평화로운 시절에는 그렇듯 충성을 맹세하던 신하들이 어디로 가버리고, 겨우 왕족과 대신들 그리고 궁인(宮人)들이 통곡하면서 뒤를 따르는 초라한 행렬이었다. 일행은 사방이 칠흑같이 어두운 한밤중에 임진강 나루터에 도착했다.

임금과 관료들이 떠난 궁궐에는 백성들이 진을 치고 있었다. "나라와 백성들을 버리고 도망가는 임금이 어디 있느냐"며 목 놓아 울다가 급기야는 형조와 노비 문서를 관리하던 장례원에 불을 지르고 차례대로 경복궁, 창덕궁, 창경궁에도 불을 질러버렸다. 이렇듯 백성들의 울분은 가시지 않았다.

한편 일본군은 한양에 올라오면 이번 전쟁을 말끔하게 끝내리라 하고 발걸음도 빠르게 북진했다. 그러나 왜군들의 기대와는 전연 달랐다. 일본군으로서는 한양성을 함락하고 조선의 국왕을 생포함으로써 전쟁을 끝내리라 생각하고, 그러려면 조선군의 저항이 거셀 것이라 예상했는데 막상 한양성에 오자 조선 국왕은 이미 피란길에 오른 후였고, 그나마 한양성을 지키는 군사조차도 없이 텅 비어 있어서 5월 3일 거저먹기로 한양성을 차지하게 되었다.

당시에는 성이 함락되면 성주가 죽든지, 성에 사는 주민들이 승리한 군대에 입적하든지 하는 것이 일본의 상례였다. 그러나 조선은 판이하게 달랐다. 그들의 계획이 빗나가자 왜들은 한동안 멍해 있었다.

　그들의 예상과는 달리 조선은 일본군에 항복하지 않았다. 강산이 다 빼앗긴다 해도 왜적들에게 항복 같은 건 아예 없었다. 전쟁이 길어지자 오히려 조선인은 지속적으로 항거했을 뿐만 아니라 패전에 패전을 거듭해 오는 동안 조선 병사들은 전투에 익숙해지면서 전쟁은 새로운 국면을 맞게 되었다.

　왜군들은 조선을 이해할 수 없었다. 그들에게 백성이란, 말하자면 영주의 소유물에 가깝다고 할 수 있다. 그러나 조선은 임금이 도성을 버리고 피란길에 오르면서도 전쟁을 지휘하였고, 백성들은 임금의 명령에 따라 움직였으며 전국 각지에서 조직적으로 일어나 일본군에게 저항하였다. 심지어 어린아이까지 왜군에게 대항할 정도로 조선인은 호락호락한 기질이 아니었다. 그와 더불어 피란길에서도 대신들과 승지들이 만약의 경우를 대비해 세자 책봉에 나서서 광해군을 세자로 삼았다.

　아득한 옛날, 외적의 침략을 받았을 때도 모든 백성들이 일어나 항전했듯이 조선 백성들은 임진왜란 때도 여전했다. 부산진성이 함락되고 20여 일 만에 한양성마저 점령되자 전국적으로 위기의식을 느낀 조선 백성들은, 각 고을을 중심으로 자기네들끼리 조직화하여 왜군들에게 저항을 하기 시작했다.

_ 13 _

지평선 너머

왜(倭)인들을 대의명분도 모르는 무지막지한 섬 족속이라고 무시하며 안이한 생활에 젖어 있을 동안, 그들은 100년간의 전쟁 경험으로 전쟁의 달인이 되어 있었다.

하루는 어디서 듣고 왔는지 애순이가 숨이 턱에 닿도록 뛰어 오더니 "마님, 마님, 충청도는 왜군들이 쳐들어오지 않는다면서요? 왜 그래요? 그래도 마실에 가니 피란 간 집이 많던데 우린 어떻게 해요?" 하며 눈을 동그랗게 뜨고 논개의 대답을 기다린다.

"애순아, 좀 더 기다려 보자. 다 같은 조선 땅인데 어디 간들 왜군들을 피할 수 있겠어?"

그러잖아도 들려오는 소문이란 난감한 소식뿐이었다. 조선군은 싸움 한 번 변변히 하지 못하고 한양성까지 내어주었다는 말만 여기저기서 난무하고 있었다.

그는 지금쯤 이 소식을 듣고 있을까? 아무리 깊은 산중에 계신다 해도 나라가 위태로운 상황에 처해 있는데 그냥 방관만 할 사람이 아니었다. 장차 이 나라가 어떻게 될까? 난생 처음 활시위를 당길 때만 해도 왜군이 쳐들어온다는 건 먼 훗날의 얘기로만 들렸는데 어느 순간 현실로 다가와 가슴을 졸이고 있다. 논개는 새삼 활을 잘 배웠다고 생각했다. 이처럼 나라가 위급한 상황에 처해 있는 지금, 작은 힘이나마 나라를 위해 보탤 수만 있다면.

5월의 햇살은 따가웠다. 쏴하게 내려쬐는 햇살에 눈이 부실 지경이다. 연습장으로 가는 오솔길에는 야생화들이 활짝 피어 한낮을 즐기고 있다.

교장(敎場)이 오늘 나오실까? 그도 요즘 무척 바쁜 모양이다. 교장을 만난 지도 오래되었다. 교장 역시 지금의 상황에 가슴을 태우고 있었다.

전투를 하는 곳마다 일방적으로 성을 빼앗기고 조선의 훌륭한 장군들이 순절을 하는가 하면, 부지기수의 백성들이 왜군의 칼날 아래 무참하게 목숨을 잃는 것을 생각하면 당장이라도 달려가서 짐승보다 못한 왜군들을 쳐부수고 싶지만, 섣불리 행동할 수 없어서 지금 기회를 보고 있는 중이라 했다.

우선 충청도는 제외되었다지만 언제 어느 시에 쳐들어올지 아무도 장담할 수 없다. 논개는 연습장에 갈 동안 많은 생각을 했다. 왜군들이 쳐들어오고부터는 이곳에 와서 살다시피 했다. 그 덕분으로 이제는 어느 정도 활이 손에 익숙해졌으며 여차하면 발 벗고 나설 준비노 되어 있다.

연습장에 오니 텅 빈 공간에 꿩 한 마리가 한가하게 모이를 찾아 아기장 아기장 걸어 다니는 모습이 무척 평화로워 보였다. 자신도 모르게 활에 손이 가다가 순간, 흠칫 놀랐다. 이날도 논개는 표적물을 향해 열심히 활시위를 당기고 있는데 화살이 날아가는 순간 미묘한 공명음 사이로 낯익은 음성이 들려왔다. 돌아보니 저 멀리서 교장이 바쁜 걸음으로 오고 있었다. 반가웠다. 교장은 여전히 늠름하고 활기찬 모습으로 다가오고 있었다. 오늘은 왜군들을 보기 좋게 철퇴했다는 말을 들을 수 있을까? 가까이서 대하니 그의 얼굴에 수심이 가득 찬 것 같다.

"마님, 여전하십니다. 이젠 마님이 쏘는 화살에 왜군들이 꼼짝 못할 겁니다."

"감사합니다. 이 모두가 교장(敎場)님의 덕분이지요."

"아닙니다. 그런데 한양에는 야단들이랍니다. 글쎄, 선조 임금이 기어이 궁궐을 버리고 몽진을 떠났다나요. 백성들이 울면서 함께 싸우자고 해도 그냥 줄행랑을 쳤답니다."

논개는 깜짝 놀랐다. 임금님이 도성과 백성들을 버리고 몽진 길에 나서다니, 그리고 보면 그 옛날 역대 임금도 몽진 길에 나서서 후일을 도모했다는 얘긴 들은 적은 있었다.

"그러면 한양은 어떻게 하나요? 누가 궁을 지키나요?"

"조정에서는 도원수 김명원에게 도성을 수비하라고 했다나요. 실은 도성을 지킬 군사도 없답니다. 탄금대 전투 때 신립에게 정예군과 모든 군사들을 다 내어주었지만 탄금대에서 우리 군이 전멸했잖아요. 그런데 결과적으로 왕의 피란이 일본군을 당황하게 만들었고, 그들이 전략적 차질을 갖게 되었지요."

"그래요, 어쨌든 불행 중 다행이라 할까요."

"일본군은 성이 함락되면 모든 게 끝이 날 줄 알았는데, 왕이 피신하고 남은 백성들은 일본군에게 항복은커녕 오히려 거세게 저항하는데 대해 무척 당혹스러워했고, 그나마 그 많은 왜군들의 군량 일체를 항복한 조선에서 다 충당하리라 예상했는데, 이 모든 것이 완전히 빗나가게 되었으니 왜군들은 한양을 점령했지만, 한양에서 방향을 잃고 머뭇거리고 있답니다."

그래도 교장(敎場)과 말벗이라도 되니 답답하던 심정이 조금은 뚫리는 것 같았다. 그렇게 젊은 남녀는 만나면 위기에 처한 나라 일에 신경을 곤두세우며 장차 어떻게 하면 좋을지 근심에 싸여 있다.

교장의 집안은 뼈대 있는 집안이라기보다 그의 아버지가 관직에 있다가 나왔으며, 둘째 아들인 그에게 문관이 되기를 바랐지만 그는 문관보다 무관에 더 관심이 많았다. 그는 어릴 때 서당에서 신동이라고 불릴 만큼 또래 아이들보다 월등하게 모든 면에 뛰어났으며, 향교에 들어가서도 소학과 사서오경에 심취해 있던 그가 어느 날 갑자기 무관으로 진로를 바꾸었다.

예부터 여진족과 왜구들이 득실거리는데도 조정에서는 당파 싸움에 편할 날이 없는 정치 현실에 회의를 느껴 집안의 반대에도 불구하고 말타기와 활 쏘는 법을 배우는데 심혈을 기울였다. 원래 우리 민족은 활 쏘는 재주가 뛰어났으며 태조 이성계도 이름난 명사수로 알려져 있듯이, 그 역시 구태여 시험을 치러서 관직을 얻기보다 말 타는 것과 활 쏘는 재미에 지금까지 엉거주춤 초시(初試)를 치르는 것을 미루고 있었다. 아마 그에겐 과도기적 방황의 날들이 있을 것이다. 만약 과거 준비를 하고 있었더라면 논개와의 인연도 어긋났을지도 모른다. 그는 서도식이란 이름을 가진 23살의 청년이다.

"마님, 나라가 어지러운 판국인데 현감님께는 전갈이 왔습니까?"

"아니에요. 아직 아무런 소식이 없습니다. 저도 곧 기별이 올 것 같은 기분이 들어요."

그러잖아도 논개는 남편의 소식이 한없이 기다려졌다. 아마 그는 충효(忠孝)를 으뜸으로 여기는 사람이라 나라의 위태로움을 그냥 보고만 있지 않을 것이리라.

"저도 기회를 봐서 의병군으로 갈 계획이에요."

"지금까지 교장님에게 활을 잘 배웠으니 저도 갈까합니다."

그러자 그는 펄쩍 뛴다.

"아니, 무슨 말씀을 그렇게 해요. 더구나 연약한 여자의 몸으로.

왜놈들이 얼마나 악랄한지 아시기나 해요?"

그의 의외의 반응에 논개도, 그도 순간 놀랐다. 듣기 나름이라지만 교장의 말에는 알 수 없는 묘한 뉘앙스가 느껴졌다. 물론 처음 듣는 얘기도 아니었다. 가녀린 여인이 자신을 찾아와 스승이 되어 달라고 할 때부터 짐작하고 있었던 터였다. 그러나 막상 연약한 여인의 몸으로 무지막지한 왜군들과 한 판 승부를 겨룬다니 있을 수 없는 일이라 생각했다.

우거진 숲 사이로 때 이른 소쩍새의 소쩍소쩍 애잔한 음률이 청춘 남녀의 마음 깊숙이 파고든다. 아직 해가 넘어갈 시간은 안 되었지만 산중이라 빽빽한 소나무 사이로 마지막 남은 햇살 한 가닥이 빼죽이 내밀었다간 사라지곤 한다. 그 사이로 어둑살이 밀려오고 있다. 젊음의 특권일까. 으레 그들은 함께 있으면 유독 시간 개념을 망각한다. 혈기 왕성한 스물세 살의 청년, 사서오경을 터득한 반듯한 청년이었다.

석양의 붉은 햇살 한 가닥을 안고 서 있던 논개! 그녀는 그가 넘볼 수 없는 한 남자의 지어미였다. 영원히 닿을 수 없는 지평선 저 너머의 여인이었다.

아무리 깊은 산중이라도 5월(음력) 초입의 햇살은 따가웠다. 겨우내 웅크렸던 몸을 네 활개를 펴고 마음껏 햇살을 받아들인다. 햇실을 동반해서 야생화들이 최경회의 마음을 한껏 녹여준다. 그러다가 또다시 깊은 시름에 잠겨든다.

"숙부님, 임금님이 나라를 버리고 몽진 길에 나섰다고 합니다."

조카의 전갈에 최경회는 순간 현기증을 느꼈다. 신조 임금이 나라를 버리고 피란을 가시다니, 그는 당장 몸을 털고 일어나서 달려갈 수 없는 자신이 한스러웠다.

정발 장군, 송상현 장군, 조선의 으뜸가는 신립은 내 나라, 내 민족을 위해 목숨을 초개같이 버린 고귀한 생명들이다. 최경회는 마음 둘 곳 없어 애꿎은 들풀을 베어버린다. 높은 산 위 어머님 옆에서 임진왜란을 맞았고, 아무런 준비도 없었던 우리 군이 왜군에게 추풍낙엽처럼 패한다는 소식을 어머님 묘소 옆에서 들어야만 했다. 또다시 임금의 피난길에 백성들이 길을 막고 울부짖는다는 소식을 들었다.

오랫동안 마음에 담지 못했던 두고 온 논개를 생각한다. 줄곧 외톨이였던 논개를 옆에서 지켜주겠다고 다짐했건만 연을 맺은 지 일 년도 채 못 되어 또다시 외톨이로 남게 했다. 기이하게도 그곳과 이곳은 왜(倭)들의 계획에서 벗어났던가. 이젠 자신도 일어서야 할 때가 온 것 같았다.

'어머님, 놈들이 기어이 아름다운 금수강산을 마음대로 짓밟고 훌륭한 우리 장군들과 죄 없는 백성들의 목숨을 앗아가고 있습니다. 임금님은 피란길에 나서고, 애국심에 불타는 백성들이 각처에서 나라를 구하고자 벌떼같이 일어나고 있습니다. 어머님, 자식 된 도리로써 언제까지나 어머님 옆에서 못 다한 효도를 하고 싶습니다만, 앞서간 선조들이 목숨 바쳐 이룩한 이 나라를 무지막지한 일본군들의 손아귀에 빼앗길 수 없습니다.

조정 대신들은 살길을 찾아 흩어졌지만, 그래도 남아있는 힘 없는 백성들이 이처럼 나라를 위해 분분히 일어서고 있습니다. 어머님, 그곳에서나마 기뻐해주세요. 그래도 조선이 이처럼 살아 있다는 것을요. 백성들이 살아있는 한 조선은 결단코 일어설 것입니다.

어머님, 온 산천이 푸르름으로 가득 차고 연신 싱그러운 바람은 어깨를 스치고 지나가지만, 마음은 한없이 무겁습니다. 어머님, 기필코 내 나라는 내가 지켜야겠습니다. 어머님의 불효자식 한시바삐 형님들과 의논해서 의병을 일으켜야겠습니다. 비록 이순(耳順)에 접어들었다지만, 이 한 몸 바쳐서 나라를 구할 수만 있다면 기꺼이 바치겠습니다. 어머님, 불효한 저를 용서해 주세요. 어머님의 사랑에 비하면 3년인들 대수겠습니까만, 그마저 다 채우지 못하고 어머님 곁을 떠나야 할 것 같습니다.

어머님, 이번에 내려가면 언제 다시 어머님을 뵈올지 모르겠습니다. 언젠가 나라가 평정되면 어머님을 찾아뵙게 되겠지요.'

최경회는 내려가야 할 때가 되었다는 생각을 하니 논개의 안부가 갑자기 걱정이 되었다. 전란 중에 잘 있는지, 아직도 할아범 집에 있는지, 아니면 함께 딸려 보낸 그 아이와 피란을 갔는지, 이 난리 통에 자신이라도 옆에 있어 주었더라면 논개의 걱정을 덜어줄 수 있었을 텐데.

음력 4월 30일, 한양을 떠난 선조 일행이 5월 1일 임진강 나루터에 도착했을 때는 앞뒤도 분간할 수 없는 칠흑 같은 밤이었다. 도저히 어두워서 배를 탈 수 없어서 임진강변의 청사를 뜯어 불을 지피자 강변에 드러난 배는 대여섯 척밖에 없었다. 이미 체면도 질서도 동강나버렸다. 서로 제 한 목숨 보존하려고 뱃가에서 한바탕 소란이 일어났다.

몽진 길에 나선지 불과 며칠 만에 전쟁의 쓰라림을 뼛속 깊이 반추하면서 임진강을 건너 동파역에 다다랐다. 궁궐에서 아쉬운 것 하나 없던 선조는 임진강 나루터에 이르자 시장기가 몰려왔지만 누구 하나 먹을 것을 가져다주는 신하도 없었다. 피란길에 가져온 양식도 변변치 않아 간신히 음식을 장만했으나 임금의 수라상이라는 것도 잊은 채, 하루 종일 굶은 신하들이 자신들의 배를 채우기에 급급했다.

아침에는 유성룡이 마을에 가서 쌀 석 되를 구해 와서 선조 임금의 수라상을 올렸다. 너무나 조촐한 수라상이었다. 그제야 선조는 유성룡을 돌아보며 울부짖었다.

"경이 항상 나라 방비가 소홀하다고 경계하더니 마침내 이 지경이 되었구나." 하며 가슴을 치며 울부짖으니, 이어 모든 대신들이 대성통곡을 하여 갑자기 피란길이 울음바다가 되었다. 태평성대 때 좀 더 나라 안팎을 돌아보았더라면, 나라의 기강을 확고히 해두었더라면….

이런 와중에도 선조는 이산해와 유성룡, 그리고 윤두수를 부르더니 또다시 자신이 어디로 가야 안전할지 의사를 타진하기에 이르렀다. 그러자 대사헌 윤두수는 함경도로 가는 것이 좋겠다고 하고, 이항복은 의주로 가야 만약의 경우 명나라에 의탁할 수 있지 않겠느냐고 했다. 일이 이 지경에 이르자 선조는 내부(內附)하는 것이 자신의 뜻인 양 내비쳤지만 좌의정 유성룡이 펄쩍 뛰며 단호하게 잘랐다.

"전하, 절대로 안 됩니다. 대가(大駕)가 우리 국토 밖으로 한 걸음만 떠나면 조선은 더 이상 우리 땅이 될 수 없습니다."

"좌의정, 원래 내 뜻이 여차하면 명나라에 건너가는 것이었는데."

"전하, 신이 살아있는 한 절대로 안 됩니다."

국왕과 대신들이 나라를 버리고 도주하면 그것으로 조선은 멸망하는 것이기에 유성룡은 결사반대하였다. 그리고 이항복에게도 따끔하게 말했다.

"어찌하여 조선을 떠난다는 말을 그렇게 쉽게 한단 말이오? 만일 이 말이 백성들에게 전파되면 민심이 소동(騷動)될 것이니 어찌 그런 말을 함부로 하오?"

그러자 이항복은 금방 그 자리에서 뉘우치고 유성룡 앞에서 "대감, 내가 잘못하였소." 하며 진심으로 사과했다.

아시아의 끝자락에 위치한 반도의 땅 조선. 위치상 세계열강 사이에서 끊임없이 외침(外侵)에 노출되어 오랜 기간 시달려 오면서 많은 위기의 순간들을 맞이했지만, 오늘날까지 굳건히 건재해 온 나라 조선. 조선 건국 200년 만에 전에 없이 최대의 위기를 맞이하고 있다. 왜란이 일어나고 지금까지 계속 조선군이 패배를 당하고 있다.

　지금까지의 전황은 암울해 보였다. 하지만 조선의 운이 끝난 것은 결코 아니다. 전쟁이 길어짐과 동시에 백성들은 속속 정의투합(情意投合)하고 목숨 바쳐 나라를 구할 장군은 곳곳에 산재해 있었다.

- 14 -

조선 수군 최초의 대승리

놈들은 의기양양하게 북으로, 북으로 쳐들어오기에 바빴다.

"야, 이건 전쟁이라 할 수 없어. 전쟁이 뭐 이렇게 싱거워. 적군을 죽이고 살리고 좀 신나게 한판 붙어야 전쟁의 묘미가 있는데 말이야."

저희들끼리 찧고 까불고 야단들이다. 한 치 앞을 모르는 것이 세상만사일진데 언제까지나 당하고만 있을 조선군이 아니었다. 밟아도, 밟아도 다시 피어나는 무궁화처럼 어떠한 어려움에도 굴하지 않고 끈질기게 살아남는 조선인의 기개를 왜군들은 알 리 없었다. 왕이 피란가면 백성들이 나서고, 농사꾼들이 나서고, 심지어 젖먹이 아이까지 나서는 것이 조선인의 성향이다. 그로서 조선이란 나라가 소멸된다는 건 엄청난 착오였다.

왜군들은 무방비 상태인 조선 땅을 거침없이 올라와 남해안의 여러 섬과 포구를 장악한 뒤 거제도 쪽으로 진출하기에 이르렀다. 당시 경상우수사였던 원균(元均)은 많은 수군과 대함대를 보유하고 있음에도 불구하고 왜군의 기세에 밀려 많은 군사를 잃은 뒤, 전세가 걷잡을 수 없이 위급해지자 이곳 옥포가 전라도와 충청 지방에까지 이르는 해로(海路)의 목줄임을 깨닫고 그제야 율포만호 이영남을 시켜 당시 전라좌수사였던 이순신에게 구원을 요청하기에 이르렀다.

1592년 음력 4월 15일 원균으로부터 150여 척의 왜적 수군이 침공했다는 통보를 받은 이순신은 즉시 군사와 병선을 정비하고 전라 병마절도사 최원, 전라도 관찰사 이광, 전라우도 수군절도사인 이억기에게 상황을 통보하는 한편, 연해안의 고을과 포구에 출전 준비를 지시하였다.

이순신은 4월 30일 판옥선 24척을 비롯한 협선 15척 그리고 포작선 46척을 여수 앞 바다에 집결시켜 함대 편성과 최종 점검을 마치고, 음력 5월 4일(양력 6월 13일) 새벽 2시에 여수항을 출발하여 5월 6일 아침에 당포 앞바다에서 원균의 함대(판옥선 4척, 협선 2척)에 합류하였다.

그러나 출정 당일까지 적이 어디까지 접근했는지 알 수 없었다. 이에 이순신은 당포까지의 직선 항로를 택하지 않고 무려 380여㎞나 되는 거리인, 남해도와 창선도 그리고 사량도의 서부 경상도 다도해 연안을 이틀간 밤낮으로 샅샅이 수색하면서 5월 6일 원균과의 약속 장소인 당포에 왔다. 이곳에서 적이 옥포에 있다는 것을 알게 된 이순신은 연합 함대를 이끌고 5월 7일 드디어 옥포로 기습 진격하였다.

이때 왜군들은 배 50여 척을 옥포만에 정박시켜 놓고 포구의 민가를 약탈하고 있었다. 이순신은 그들이 배에 다 오를 때까지 기다렸다가 포사격을 명하였다.

우리 군이 일제히 맹렬한 화포 사격을 가하니 일본군도 대포와 활을 쏘며 대항하여 한동안 양국 간에 전투가 벌어졌다. 결국 일본군은 우리 군의 포사격에 못 이겨 사방으로 도망치기에 바빴다. 우리 수군은 재빨리 적선의 퇴로를 막고 총통과 화살로 공격하여 왜선 26척을 격파하고 포로가 되었던 조선인 3명도 구출했다. 4시간여에 걸쳐 치러진 첫 전투인 옥포해전에서 우리 군은 단 한 명의 부상자도 전사자도 없는 완벽한 승리를 거두었다. 옥포해전은 개전 후 최초의 대승리였다.

일본군은 육지에서는 거칠 것 없이 승승장구했으나 해전에서는 판판이 참패했다. 옥포해전에서 승리를 거둔 후 이순신 함대는 지친 군사들을 쉬게 할 겸 거제 북쪽 영등포 앞바다에서 밤을 지새우기로 했다. 그런데 이날 오후 4시 경 척후병으로부터 급보가 들어왔다.

일본 와카사카가 이끄는 대선 4척, 소선 1척이 주변을 지나간다는 급보를 받고 즉각 왜선들을 추격하여 합포로 도주하는 일본군을 결사적으로 합포 앞바다까지 따라잡았다. 궁지에 몰린 일본군은 더 이상 도망갈 곳이 없게 되자 배를 버리고 육지로 올라가 나무 뒤에 숨어서 조총을 쏘아댔지만, 이순신의 지시에 따른 우척후장 김완, 중위장 이순신, 충무장 어영담 등이 적선 5척을 모두 불살라 버렸다. 전쟁이 일어나고 처음으로 옥포해전과 합포해전에서 승리한 조선 함대는 창원 땅 남포에서 가슴 벅찬 승리의 기쁨을 나누면서 밤을 보냈다.

그 밤을 보내고 동이 트기도 전에 척후병으로부터 또 하나의 보고가 들어왔다. 진해 고리량에 적선이 있다는 보고를 받고 즉시 출동했으나 적이 보이지 않자, 조선수군은 일대를 샅샅이 수색하다가 적진포에 일본 함대 13척을 발견하고 삽시간에 왜선을 격침시켰다. 연이어 옥포해전, 합포해전, 적진포해전은 이순신 함대가 처음으로 출전해 승리를 거둔 해전으로, 3회에 걸쳐 총 42척의 왜선을 격침시키는데 이틀밖에 걸리지 않았다.

한양이 무너지고, 신립 장군이 달천강에 배수진을 치든 조령을 택하지 않든 그에겐 그만의 계획이 있었다. 결국 신립 장군은 왜군들에게 겹겹이 쌓인 포위망을 뚫고 달천 월탄가에 이르러 부하에게 '전하를 뵐 면목이 없다.'라는 마지막 말을 남기고 깊이도 알 수 없는 시퍼런 강물에 몸을 던질 때의 그 심정을 어떻게 헤아릴 수 있을까! 신립이 하나뿐인 목숨을 헌신짝처럼 버리고, 정발 장군과 송상현 장군이 하나같이 조국을 위해 목숨을 바쳤다.

선조 임금이 나라를 팽개치고 피란을 가셨다는 등 전쟁의 비운을 접할 때마다 논개는 가슴을 쓸어내려야만 했다. 그럴수록 논개는 활에서 손을 떼지 못했다.

벽오동나무의 꽃향기가 이른 아침의 상큼한 바람에 어우러져 주위를 서성인다. 그제야 신발을 신다 말고 아예 울타리로 심어 놓은 무궁화나무에 눈길이 가다가 깜짝 놀랐다. 어느 사이 푸른 나뭇가지 사이로 성큼 올라온 꽃봉오리가 마치 여신(女神)의 화신(化身)처럼 우아한 기품을 뽐내고 있었다. 마치 아름다운 여인이 연분홍 치마를 맵시 있게 감아올린 듯한 붉은 봉오리가 저렇듯 예술적일 줄은 예전엔 미처 몰랐다. 머잖아 무궁화가 초가를 둘러싸고 활짝 웃음을 터트릴 것이다. 어떠한 어려운 주변 환경에서도 꿋꿋이 견딜 수 있는 우리 민족혼이 담긴 무궁화처럼, 먼 옛날부터 주변의 국가들이 끊임없이 침입해 와도 굳건히 버티어온 조선이 이 정도쯤은 견뎌내지 못할까.

육지에서는 고전을 면치 못하다가 옥포, 합포, 적선 해전에서 대승리를 하였다는 소식에 논개는 살아날 것 같았다.

'오늘은 교장(敎場)이 무슨 희소식을 가져올까?'

신발을 단단히 동여매고 집을 나섰다. 맥고모자를 눌러 쓰고 쨍쨍 내려쬐는 태양 아래를 걷자니 땀이 흘러내렸다. 연신 흘러내리는 땀을 훔치며 간신히 마을을 지나 산속으로 들어오니 거긴 딴 세상이었다. 솔솔 불어오는 바람 사이로 산새들의 지저귐이 조용한 산속을 울렸다. 유독 붉은색을 띠는 갈색 다람쥐 한 마리가 논개를 핼끔거리며 쏜살같이 나무 위로 올라간다.

여전히 자연은 아름답고 오묘한데 인간 세상은 어찌하여 아귀다툼을 하며 살아야 하는지 논개는 자못 심기가 편치 않았다. 연습장까지 오자 산속의 시원한 바람이 땀을 말려 주었다. 논개는 혼자서 열심히 활시위를 당기며 모쪼록 자신이 나라를 위해 쓰임 받을 수 있기를 바란다. 오늘도 교장으로부터 기상천외한 소식을 들을 수 있다면. 무엇보다 전쟁이 하루 빨리 이 땅에서 물러가기를 소원한다.

희소식이 있으면 언제든 달려오겠다던 교장 서도식은 한 시간이 지나도, 두 시간이 지나도 나타나지 않았다. 논개는 피곤한 몸도 쉴 겸 나무 그늘에 앉아 아침에 찐 보리떡과 감자를 싼 보자기를 펴려는데 그때서야 저 멀리서 교장이 오고 있었다. 반가웠다. 그래, 이번에는 어느 곳에서 승리를 했을까?

"마님, 이제 조금은 숨통이 트일 것 같습니다. 그러나 한편 반갑고, 한편 무척 가슴 아픈 일입니다."

논개는 또 가슴이 철렁했다. 반가운 한편 가슴 아픈 일이라니.

1592년 5월 16일, 조선의 부원수 신각이 해유령 전투에서 가토 가요마사의 선발대 70명을 모두 전멸시켜 임진왜란 최초로 육전(陸戰)에서 승리하였다.

"부원수인 신각 장군이 가토 가요마사의 선발대 70명을 모두 전멸시켰답니다."

"그래요? 정말 반가운 소식인데요. 그런데 또 가슴 아픈 일은?"

논개는 생각 같아선 그를 붙잡고 춤이라도 추고 싶었다.

'아마 멀리 있는 그이도 지금의 전황(戰況)을 다 들으시겠지. 이순신 장군이 해상 전투에서 수차례 적군의 함대를 전멸시킨 것과 지금의 이 소식을 다 들으시겠지. 우리 군이 언제까지나 밀리지 않고 승리하고 있다는 것을.'

그의 부드러운 얼굴을 만지고 싶고 가까이서 그의 숨소리를 듣고 싶었다. 그와 함께 밀렸던 얘기들을 밤을 새워가며 조곤조곤 나눌 수만 있다면. 예전과 같이 노란 꽃잎을 동동 띄워 그만을 위해 국화차를 끓여 드릴 수만 있다면. 철없던 어린 시절, 6살 아이가 '사랑'이란 것을 읽을 수 있었을까. 막연하게나마 하늘같은 분과 연이 닿을 수 있다는 것도 감지했을까.

교장은 말을 이었다.

"충주 탄금대 전투에서 조선군이 전멸하자 선조 임금은 피란길에 오르면서 도원수 김명원에게 한강 방어를 맡겼지만, 4만 명이나 되는 일본군을 보자 지레 겁을 먹고 음력 5월 2일(양력 6.11) 전투를 포기하고 후퇴하는 것을 부원수 신각이 이를 저지하자 오히려 화를 내면서 도망하기에 바빴다고 합니다. 하는 수 없이 부원수 신각이 자신의 군사만 이끌고 유도대장 이양원과 합류해 양주에 진을 치고 함경남도 이혼과도 합류했다고 합니다."

한편 5월 16일(양력 6월 25일) 2군 가토 가요마사는 개성으로 피란 가는 선조의 어가를 쫓기 위해 선발대 70명이 해유령에 이르렀는데, 그들은 조선군을 쉽게 보고 무장도 채 갖추지 않은 채 오는 길에 술까지 질탕하게 마시고 해유령에 이르렀다. 이에 신각이 이끄는 조선군이 일본군을 향해 사정없이 활을 쏘자, 일본군은 저격 한 번 변변히 하지 못한 채 70명 모두가 전멸해 목을 베었다. 적들의 수가 많든 적든 전쟁 발발 이후 육군으로서는 최초로 얻은 완전한 대승리였다.

신각 부대는 너무나 감격해서 승리의 기쁨을 나누고 있는데 난데없이 선전관이 헐레벌떡 달려왔다. 모두들 무슨 일인가 하고 있는 가운데, 마른하늘에 날벼락이란 말이 이를 두고 한 말인가! 도망간 김명원을 대신해서 이양원, 이혼과 합류해서 일본군 70명의 목을 벤 신각을 처형하라는 어명을 받들고 왔다는 것이었다. 그 말을 듣는 순간 논개는 깜짝 놀랐다.

"나라를 위해 열심히 싸운 장군을 왜 처형한다는 겁니까?"

"예나 지금이나 자신의 이익을 위해서는 남을 헐뜯고 짓밟는 일을 함부로 자행하는 곳이 인간 세상이 아닙니까."

"정말 어처구니가 없네요. 그래서 어떻게 되었어요?"

"선조 임금이 크나큰 실수를 한 거지요."

선조 임금의 어가를 보호한다는 허울 좋은 핑계로 개성으로 도망간 김명원은 한강 방어의 실패로 문책을 받을까봐, 오히려 열심히 왜군을 대적한 신각에게 모든 것을 덮어 씌웠다. 자신의 말을 듣지 않고 마음대로 도망을 가서 패했다는 거짓 보고를 올리자, 선조 임금은 정확하게 파악하지도 않은 채 선전관을 보내 신각의 목을 치라고 명령했다. 나라를 위해 몸 바친 보람도 없이 신각은 그렇게 억울한 죽음을 당했다. 며칠 후 신각이 적들과 싸워 승리했다는 장계를 받았을 때는 이미 늦었다. 결국 선조는 임금으로서 덕망이 부족하고 경거망동함으로 훌륭한 장군을 잃었다는 죄책감에 시달렸다.

교감의 긴 얘기를 다 듣고 나자 논개는 가슴이 아팠다. 선조 임금이 조금만 더 신중했더라면 그렇듯 훌륭한 장군을 잃지 않았을 텐데.

"그런데 전쟁이 어떻게 될 것 같아요?"

"예, 저 역시 크게 확산되지 않고 끝났으면 좋겠습니다. 그러나 저러나 부사님은 기별이 있습니까?"

"아직은요. 아마, 부사님도 그냥 있지 않을 겁니다. 나라에 전쟁이 일어났는데 언제까지나 그곳에 계시지는 않겠지요. 이럴 땐 그분이 옆에 계시면 이렇게 불안하지는 않을 텐데요."

가녀린 논개의 애잔한 목소리가 산속에 조용히 내려앉았다. 이름 모를 새 한 마리가 포르르 날아오더니 젊은이들이 앉은 바로 옆 작은 나뭇가지에 앉아서 고개를 갸우뚱거리며 내려다보고 있다.

격전지에서의 절규

'아마 그이도 조선군이 고전을 면치 못하다가 옥포해전과 합포해
전, 적진포해전에서 이순신 장군이 대승했다는 것을 산중에서나마
들으시겠지.'

그도 그럴 것이 조선은 비록 예고된 전쟁이었으나, 전쟁 준비를
철저히 하지 못하고 어물어물하다가 왜군의 침략을 받았으니 고스
란히 당할 수밖에 없었다.

더구나 조선은 임란 전까지 별다른 전란이 없었기 때문에 상비
군 체제에서 병농 일치 예비군 체제로 전환된 상태였다. 여진족이
자주 나타나는 북부, 남부 지방에 한해서 상비군이 있었으며 다른
지방에서는 문서상으로만 병력이 존재한 상태였다. 임란 직전까지
조선의 전체 군인 수는 14만 명이었으나 실제로는 정예군 2만 3천
명이며, 이 중 보충병 외에 순수 군사는 8천 명뿐이었다. 당시 병력

수를 늘리지 않았던 것도, 왜군은 기껏 해봐야 노략질이나 하는 게 릴라 정도로 생각하고 너무 과소평가했기 때문이다. 왜군들이 쳐 들어온다 해도 1백 명 남짓하던지 아니면 그보다 조금 더 많은 군 대일 것이라 생각했다.

이처럼 수백 녀간의 평화는 조선의 국방 태세를 유명무실하게 만들었으며, 지도층은 말할 것도 없거니와 일반 백성들마저 군역을 회피하였으니 어떻게 방위 체계가 온전히 유지되었을까. 전쟁이 없 고 조용할 때 한층 더 긴장해 있어야 할 텐데, 사실 오랫동안의 태 평세월로 인해 국가 기강이 무너지고 나태해질 대로 나태해졌다.

거슬러 올라가 1419년에 세종대왕이 대마도를 정벌하고, 1433년 에는 두만강 유역 여진족을 소탕하고 4군 6진을 설치했다. 이처럼 국가 안위를 위협하는 무리들을 단칼에 처단한 서슬 퍼런 의기와 용맹은 어디로 가고 그로부터 143년 뒤, 조선 전체가 해이해져 있 을 때 이 무시무시한 전쟁이 온 나라를 집어삼킬 듯이 확산되어 가 고 있다.

임진왜란이 일어나기 6년 전이었던가. 1586년 다치바나 야스히 로가 조선으로 파견된 시절, 그는 조선의 암울함을 보았다. 100여 년 사이에 기강이 무너지고 느슨해졌다고 탄식했다. 그가 보고 들 은 바를 일본 정부에 고스란히 보고함은 말할 것도 없었다.

5월 18일, 임진강 전투였다.

이 전투는 임진강에 주둔한 조선군만 해도 1만 3천 명, 남쪽에서는 전라도 관찰사 이광이 이끄는 근왕병 4만 대군이 있었으니 이 싸움은 해볼 만하다고 판단했으나, 이 전투 역시 지휘 계통의 문제로 조직력이 엉망인 조선군의 문제점과 정보 분석이 엉망이었던 조선군의 경솔한 판단으로 또다시 여지없이 패하고 말았다.

신립의 탄금대 전투에서도 물론 신립 자신만의 계획이 있었겠지만, 좀 더 치밀한 계획 아래 신중을 기했더라면 하는 안타까움이 있었다. 그렇게 탄금대 전투에서 허무하게 패배하고 한양이 위태로워지자, 개성에 있던 선조와 조정은 여러 장수들로 하여금 임진강에 방어선을 구축하여 왜군의 북상을 저지하도록 했다.

그 당시 임진강에 주둔하고 있던 조선군 부대는 도원수 김명원, 경기감사 권징, 조방장 유극량, 감찰사 박충량, 방어사 신할 그리고 한응인과 이양원, 이일 등이었으며, 군사는 1만 3천 명 정도였다. 더구나 천혜의 방어선인 임진강을 끼고 있어서 조선 조정으로서는 최고의 조건과 만만치 않은 규모의 방어선을 구축한 셈이다.

한편 일본군은 한성 점령 후, 그들의 계획이 어긋나자 일단 그곳에 머물면서 치밀한 계획을 세웠다. 그 결과 우키다 히데이에는 그대로 한성에 머물면서 일본군을 총지휘하고, 1군 지휘자 고니시 유키나가는 평양으로 가기로 하였다. 3군 사령관 구로다 나가마사는 황해도로 가서 1군을 후원하고, 2군 사령관 가토 가요마사는 함경도 방면으로 가기로 했다. 4군 지휘관인 모리 요시나리는 강원도로 가서 2군을 후원하기로 했다.

그 중 선발대로 북상하던 제2군 가토 가요마사는 조선 왕을 찾아 5월 10일경 임진강에 도착하였으나, 조선군은 적의 도강을 우려하여 이미 강의 모든 배를 우리 군 진영으로 옮겨 놓았으므로 왜군은 강을 건널 수 없었다. 그렇다고 뗏목을 만들 상황도 아니었고 게다가 강물이 불어 물살도 급했기 때문에 9일간이나 서로 시간을 끌면서 대치 상태에 있었다.

그렇게 임진강을 사이에 두고 대치중인 상황에서 왜군 가토 군은 어느 날 갑자기 막사를 불사르고 모든 무기를 수레에 싣고 후퇴하는 낌새를 보여 조선군은 사기가 충천했다. 더구나 신립 장군의 동생 신할은 신립의 패배로 항상 복수심에 불타있던 터라 이때다 생각하고 정신을 차리지 못하고 흥분해 있었다.

앞뒤 분간할 사이도 없이 도원수에게 당장이라도 치러 가자고 했으나 김명원은 좀 더 신중을 기하자고 했다. 모두의 의견이 분분했다. 한응인 역시 임진강에 이르자 자신의 강변 군사들에게 쉴 틈도 없이 지친 몸 그대로 돌격하라는 명령을 내렸다. 강변에서 임진강까지는 매우 먼 거리이며 게다가 소로로 걸어오자면 앞서거니 뒤서거니 하다가 미처 당도하지 못한 병사들도 있을 테고, 먼 길을 걸어오자면 식사도 제대로 하지 못하여 매우 지쳐 있는 상태이니 병사들이 모두 도착한 후 피로를 씻고 전투지도 제대로 파악하는 등 정신을 차려서 적을 치러 가자고 했다. 이에 한응인은 병사 몇 명을 그 자리에서 참수하는 일까지 일어났다. 그러나 조정에서는 선조가 재촉한 일이라 책임을 묻지 못했다.

그 중에 백발이 성성한 유극량은 한사코 반대했다. 그는 젊은 시절부터 평생을 군대에서 생활해온 노련한 장군이었다.

"결코 적들의 본의가 아닐 겁니다. 그들에게는 어떤 음흉한 계책이 있을 수 있습니다. 적들의 함정일지도 모르니 좀 더 신중을 기해서 행동해야 합니다. 그들의 동태를 좀 더 두고 봅시다."

"무슨 소리를 지껄이는 거야. 당신 눈에는 도망가는 게 안 보여?"

자신의 기분만 내세워 침착성을 잃은 신할을 유극량은 끝까지 말렸다.

"적이 우리 군사를 유인하고 있으니 함부로 움직이지 말고 5, 6일간 우리 군사의 힘을 길러 사기가 올라간 다음에 적을 칩시다."

그러자 신할은 목에 핏대를 세우며 "상것이 목숨이 아까우냐?" 하며 칼을 빼들고 그를 치려하기까지 했다.

젊은 시절부터 백발이 성성할 때까지 군대에 익숙해 있던 유극량, 그는 태어날 때부터 한 많은 생을 짊어지고 태어났다. 조선 중기의 재상인 홍삼의 노비가 그의 어머니였다. 그의 아버지는 평민이었다.

그는 자랄 때부터 노비의 설움을 받으며 자라났다. 다행히 그는 타고난 무골이었고, 가난한 생활 속에서도 무예를 익히고 공부를 하여 무과에 급제하지만, 노비 출신이란 신분 때문에 이러지도 저러지도 못했으나 홍삼의 깊은 배려로 노비 신분을 면제 받고 벼슬 길에 오르게 되었다. 그러나 항상 주변의 눈초리에 시달려야만 했다. 그러던 그가 전라좌수사(정3품)란 직위에 올랐으나 주위의 비난으로 얼마 가지 못하고 후임으로 이순신이 오게 되었다. 그는 주위 사람들의 구설수에 올라 설움을 받다가 그의 훌륭한 기질을 발휘하지도 못한 채 그 직을 내려놓아야만 했다.

그러던 그가 임진왜란이 일어나고 임진강 방어선에서 신할과 한응인의 반대에 맞서야만 했다. 신할의 입에서 기어이 거친 말까지 나왔다.

"천한 것이 겁을 집어 먹고…."

백발노인 유극량은 분통이 터지는 것을 몇 줄기의 눈물로 삭혔을 것이다. 그는 피눈물 나는 설움을 꾹꾹 누르고 화난 듯이 말했다.

"내가 군인이 된지 몇 년째인데 목숨을 아까워하리오. 단지 내 나라의 일이 안타까울 뿐입니다. 정히 그러시다면 제가 선봉을 서겠습니다."

유극량, 그는 경험이 풍부한 무인으로서 경솔하게 강을 건너 진격하려는 것을 반대했으나 오히려 이적이라고까지 하며 그의 말을 듣지 않았다.

원래 김명원이 한강 방어선의 총책임자였지만 한강 방어선에서 실패했고, 또 신각의 억울한 죽음으로 인해 선조가 한응인에게 그

책임을 맡긴 터라 김명원과 유극량 등이 극구 반대했지만 기어이 왜군을 뒤쫓아야만 했다. 그는 자신이 모시던 장수가 잘못된 작전을 내렸지만 충성스런 마음으로 그 작전에 임했다.

유극량은 장교 시절에도 항상 상전을 충심으로 섬기고 상전 집에 갈 때는 동구 밖에서 예물을 손에 들고 걸어 들어가 공손히 인사를 하며 예의를 갖추었다고 한다. 그만큼 그는 허울 좋은 양반이란 자들보다 더 예의범절이 깍듯한 사람이었다. 그가 틀림없이 적들이 파놓은 함정에 들어간다는 것을 알았지만, 백발을 흩날리며 가장 선봉에 서서 싸움터로 나가는 모습을 바라본 군사들은 그의 충절에 모두 눈물을 흘리며 바라보고 있었다.

이윽고 신할, 권징, 유극량 등이 강을 건너가 남아있던 소수의 일본군을 물리쳤으나 도망가는 체하고 산 뒤에 숨어있던 가토군이 한꺼번에 쫓아 나와 조선군은 손 쓸 새도 없이 전멸해 버렸다.

그렇게 날뛰던 신할은 싸움도 변변히 하지 못한 채 왜군들의 손에 죽고 한응인은 필사적으로 도망가 버렸다.

유극량은 강을 건너자 말에서 내려 "여기가 내가 죽을 자리다." 하며 총칼이 날아오는 위기 앞에서도 조금도 두려워하는 기색도 없이 강가에 늠름하게 버티고 서서 적을 향해 활을 쏘았다. 그는 어지러이 도망가는 조선군 사이에 홀로 서서 성성한 백발을 흩날리며 왜군들을 향해 활을 당겼다. 그는 많은 적을 쏘아 죽였다. 그러나 혼자서 적군을 감당하는 것도 한계가 있었다. 쏘아도 쏘아도 적들은 자꾸만 밀려왔다. 그는 힘이 다할 때까지 대항하며 버티고 서서 조선군의 기개를 아낌없이 발휘했다.

쉼 없이 활을 당기던 그는 생(生)과 사(死)의 갈림길에서 이생과의 이별이 다가왔을 때, 총칼이 난무하는 전장터 한 가운데서 갑자기 목청껏 소리 높여 노래를 부르기 시작했다.

그것은 세상을 향한 피맺힌 절규였다. 비통함, 억울함, 자신은 떠나더라도 조선의 앞날을 ……, 한 많은 세상살이, 노비의 자식, 천한 것이, 숱한 설움을 실어 꺼이꺼이 목이 메어 울면서, 울면서 즉흥적으로 작사 작곡의 노래를 불렀다.

한창 총칼이 난무하는 싸움터에서 가슴 저 밑바닥에서부터 터져 나오는 울분을 토해내는 유극량을 보자, 그렇게 치열하게 싸우던 전투도 잊은 채 왜군들이고 조선군들이고 넋을 놓고 서서 그를 바라보고 있었다.

한동안 싸움도 잊은 채 유극량을 바라보던 왜군들이 또다시 접근해 오자, 칼을 높이 쳐들고 적진 속으로 뛰어 들어가 백발이 성성한 장군답지 않게 종횡무진으로 칼을 휘날렸다. 그의 분노는 머리끝까지 치밀어 올랐다. 연신 그의 입술 사이로 "이놈들아 덤빌 테면 덤벼라. 이곳이 내가 누울 자리다." 하는 쩡쩡한 울림이 피비린내 나는 전장의 틈바구니 속에서 울려 퍼졌다.

적들은 죽음을 각오하고 달려드는 조선 장군 때문에 처음엔 주춤했지만, 결국 훌륭한 장군 유극량은 놈들의 화살에 맞아 한 많은 노구(老軀)를 임진강변에 누이게 되었다.

왜군들 모두 유극량의 죽음을 바라보고 자신의 일인 양 눈물을 흘리기까지 했다. 미처 강을 건너오지 않았던 김명인과 한응인은 이 광경을 멀리서 지켜볼 수밖에 없었다.

유극량은 그렇게 가버렸다. 또 한 사람의 충성스런 장군이 하나뿐인 목숨도 개의치 않고 내 나라 내 민족을 위해 그렇게 속절없이 가버렸다. 좀 더 신중했더라면, 좀 더 유극량의 말을 귀담아 들었더라면….

강 건너에서 이 광경을 지켜보던 조선 군사들은 무서워 벌벌 떨기만 했다. 그 중 감찰사 박충간이 정신없이 달아나는 것을 보고, 강 건너 진을 치고 있던 5천 명의 병사들이 도원수 김명원인 줄 착각하고 뿔뿔이 흩어져버렸다. 그러자 가토군은 조선군이 타고 온 배로 강을 건너오기 시작했고 결국 김명원과 한응인도 도망치면서 전투는 허무하게 패배해 버리고 말았다.

지혜와 용기를 겸비한 유극량의 전략을 무시한 결과 임진강 전투가 또 그렇게 끝이나 버리고, 고니시 유키나가의 1부대와 구로다 나가마사의 왜군 3부대는 평양성으로, 가토 가요마사의 왜군 2부대는 함경도로 진격하기에 이르렀다. 도원수 김명원과 도순찰사 한응인은 평양 행재소로 철수하였으며, 방어 능력을 상실한 조선 조정은 의주로 몽진하게 되었다.

연이어 들려오는 소문은 또다시 임진강 전투에서 신할의 경솔한 판단으로 충성심으로 무장한 아까운 장군들만 잃었다는 소식에 서도식은 울분을 참지 못했다. 이날도 그는 그만의 장소에 가서 활쏘기와 말타기를 한바탕 질펀하게 한 뒤였다. 온 전신이 땀으로 흥건했다. 갈수록 맹연습이 이어졌다. 해가 지도록 애매한 말만 채찍질하다 보면 마음의 응어리가 조금은 가시는 듯했다.

가슴이 옥죄어 오는 현실 속에서도 그녀를 향한 열정은 조금도 식을 줄 몰랐다. 감히 넘볼 수 없는, 차라리 이 열정을 진즉에 조국에 소진해 버리려 해도 그마저 허용되지 않았다.

갈수록 전쟁이 깊어지고 있었다. 첫 관문인 부산 앞바다를 무난히 통과한 왜군은 조선군의 허술한 점을 악용하여 임진강까지 쳐들어오고, 기어이 삼천리금수강산을 집어 삼키려는 듯 맹렬한 기세로 하루하루 침입해 오고 있었다.

그러나 평양을 침입한 고니시 부대는 더 이상 나아가지 못했고, 경성까지 올라간 가토 부대 역시 강원도 부근의 안변으로 남하했다. 일사천리로 평양성까지 침입해 오긴 했지만 가장 중요한 병참선의 길이 막히게 되었다.

_ 16 _

홍의 장군

임진왜란 초기 일본군에게 크게 밀린 조선 조정은 3대 곡창 지대 중 경상도와 충청도를 빼앗기고, 남은 전라도는 쌀이 가장 많이 나는 지역이기에 왜군들이 어떻게든지 전라도를 빼앗으려 혈안이 되어 있었다. 적들은 곡창 지대인 전라도를 침범하기 위해 제6군 병력 1만 5천7백 명을 전라도 해안에 상륙시킬 예정이었지만, 옥포 해전과 적진포해전에서 이순신에게 여지없이 패전해 뜻을 이루지 못했다.

이에 왜군은 전라도를 침범하기 위해 왜군 6부대의 고바야카와 다카카게가 전라도 진격 작전을 지휘하고, 고바야카와의 부하 안코쿠치 에케이가 2천 명의 군대를 이끌고 전라도로 통하는 길목인 경상도 의령으로 향했다.

한편 의령에서는 선비 출신인 곽재우가 의병 50여 명을 모집하여 안코쿠지를 대항하기 위해 정암진에 군사들을 매복시켜 놓았다.

4월 22일, 곽재우 의병장은 처음 집안의 종 10여 명으로 의병을 일으켰다. 그는 이불을 뜯어 깃발을 만들고, 자신은 붉은 관복을 입고 집 앞 느티나무에 큰 북을 매달아 치면서 의병을 모아 놓고 열변을 토했다.

"여러분, 지금 조선은 부지불식(不知不息) 간에 왜군들이 쳐들어와 이 땅을 차례차례 짓밟고 있소. 적들은 벌써 부산, 동래, 밀양을 지나 머잖아 우리 고장 의령까지 쳐들어올 것이오. 그러나 고을 수령과 관군들은 나 몰라라 달아나 버렸으니 남은 우리들만이라도 내 부모, 형제, 이웃들을 지켜야 하지 않겠소. 저 무지한 오랑캐들이 조선 땅을 함부로 짓밟고 쳐들어오는 것을 그냥 보고만 있겠소? 지금부터 우리들이 똘똘 뭉쳐 이 나라 이 강산을 지킬 때가 왔소. 자, 우리 분발합시다."

그의 천둥 같은 소리가 떨어지기 무섭게 여기저기서 모여든 의병들이 "와! 와!" 함성을 지르며 열에 들떠 있었다.

망우당(忘憂當) 곽재우(郭再祐)는 남명(南冥) 조식(曺植)의 제자로서 남명의 학풍에 따라 19세부터 활쏘기와 말타기를 익혔으며 병법서를 두루 읽어 통달했다.

그의 스승인 남명 조식은 성품이 대쪽 같고 불의를 참지 못하는 학자로 명종 임금 때 문정왕후가 수렴청정을 할 당시, 조선조 500

년 역사상 전무후무한 '을묘사직상소'를 올린 장본인이다. 평생 버슬을 마다하고 처사로 살면서 학문 연구와 후학의 교육에 힘썼다. 남명은 특히 의(義)를 강조하여 제자들 중에 홍의 장군 곽재우, 정인홍 등 50여 명이 의병장으로 활약했던 것도 훌륭하신 스승님의 가르침 때문이었으리라.

남명 조식의 제자인 곽재우는 일찍이 관직에 있는 아버지를 따라 두루 다니다가 선조 11년(1578)에 아버지 곽월을 수행해 명(明)의 수도 북경을 다녀오기도 했다. 그의 나이 34세 때인 선조 18년(1585) 정시(庭試)에서 을과로 뽑혔으나, 발표한 지 며칠 만에 임금의 눈 밖에 나 합격을 취소당하는 일이 벌어졌다. 선조 19년, 그의 아버지가 별세하고 삼년상을 마친 그는 의령현 거름강변의 돈지에 강사(江査)를 마련하여 낚시질로 소일했다. 그 후 그의 나이 41세가 되던 해 임진왜란이 일어났다.

왜란이 일어난 지 9일째인 4월 22일, 그는 적지 않은 집안의 전재산을 다 털어 장사들을 모집했다. 선친이 사신으로 명나라에 갔을 때 황제로부터 선물 받은 붉은 비단으로 전포(戰袍)를 지어 입고, 이불을 찢어 만든 깃발에 천강홍의장군(天降紅衣將軍)이라고 크게 써서 깃발을 휘날리며 병사를 모으는데 온 정성을 기울였다. 그러나 10여 명으로 일어난 병력 증원은 쉬운 일은 아니었다. 그 당시 매형이 머슴과 소작인들 수백 명을 거느리고 농사를 짓고 있었다. 머지않아 그들은 곽재우의 진심어린 설득으로 결국 매형과

소작인 수백 명이 의병의 일원이 되어 의병군의 수가 갑자기 수백 명으로 늘어나기에 이르렀다.

이제 수백 명의 부대는 곽재우의 지휘 하에 낙동강을 오르내리면서, 4월 하순경 거름강을 타고 올라오는 적선 30여 척을 강가에서 기습해 왜군의 경상우도 진출을 봉쇄하는 전과(戰果)를 올렸다. 이를 계기로 이웃 고을인 합천, 삼가 등지에서 정인홍, 박성, 곽준, 박이장, 손인갑 등이 의병을 일으켜 왜군에게 대항했다.

그렇게 곽재우 의병 부대가 왜군을 격퇴한다는 소문이 나자 주위에서 구름떼처럼 몰려들어 병력 수가 2천여 명 정도 불어났다. 그때 초유사 김성일이 함양군에 이르렀을 때 곽재우의 의병 봉기에 찬사를 아끼지 않았으며 후에 각별한 친구가 되었다.

그러나 성품이 곧고 불의에 타협하지 못하는 곽재우는 임진왜란이 일어났을 때 경상우감사로서 진주에 있다가 동래성이 무너지자 왜적과 대적하기는커녕 도망만 다니는 김수를 곱게 볼 수 없었다. 더구나 김수는 무리한 축성 작업 등으로 민심을 잃은 터였다. 곽재우는 의병들에게 김수를 만나면 목을 치라는 격문까지 보내기도 했다. 후에 김성일의 중재로 무마되긴 했지만 김수는 적군을 피해 도망만 다닌다는 비난은 면치 못했다.

곽재우는 병력 수가 2천여 명에 이르러 무기와 군량 조달이 어렵게 되자, 독단적으로 낙동강변 신반(新反)의 관고(官庫)와 거름강의 세미선(稅米船)에서 곡식을 가져와 휘하의 의병들을 먹이며 의병 봉기에 전력을 기울였다. 이에 김수가 선조 임금에게 '역적'이라는 상소문을 올리는가 하면, 더러는 비난하는 자들도 있었지만 관계치 않았다.

음력 5월 24일에는 의령으로 진출하는 왜군을 막기 위해 곽재우는 정암진에 군사들을 매복시키고 척후병을 보내 적의 동태를 살피게 했다. 그때가 음력 5월 중순쯤이었으니까 장마가 시작되려는지 비가 봇물 터지듯 쏟아지고 있었다. 의병들은 힘을 합쳐 막사 주위를 철저히 단속해 놓고 그들끼리 의기투합하며 조국을 위해 몸 바칠 것을 굳게 다짐했다.

곽재우는 의병들의 단합심에 흐뭇한 미소를 지으며 비가 쏟아지는 바깥을 내다보고 있는데 마침 척후병으로부터 적의 움직임을 보고받았다. 척후병의 보고에 의하면 제6부대 대장인 안코쿠지 에케이가 2천 명의 군사를 이끌고 함안을 지나 의령을 향해 들어오고 있다는 것이었다.

곽재우는 갑자기 자신이 생겼다. 적의 군세가 우리와 비슷하니 비록 군사 훈련을 받지 못한 의병들이라 할지라도 구국 정신으로 똘똘 뭉친 우리 의병들이니만큼 목숨 걸고 적들을 대적하면 반드시 좋은 성과가 있을 것이라 믿었다.

왜군은 선봉대 2백 명 정도를 10리 앞에 배치해 두고 주요 지점마다 표시를 하고, 정암진에 이르러서는 도강 지점에 나무 푯말을 꽂아 표시를 해두고 도하 준비를 하고 있다는 말을 들었다.

그런데 정암진이 있는 남강은 물이 깊어 마음대로 건널 수 없고 그나마 얕은 곳은 늪지대인지라 왜군들은 건널 곳을 두루 찾다가, 어디서 데려왔는지 조선 백성들을 강제로 끌고 와서 물이 얕은 곳을 골라 나무 푯말을 꽂아두게 했다. 이에 곽재우는 밤사이에 군사들을 시켜 그들이 꽂아놓은 나무 푯말을 모두 뽑아 늪지대에 꽂아두고, 갈대밭에 군사들을 매복시켜 놓고 왜군들이 오기를 기다리고 있었다. 곽재우는 그래도 마음이 놓이지 않아 일일이 의병의 매복 위치를 확인하고 점검했다.

드디어 날이 밝자 왜군은 정암진 동쪽 강가에 도착했다. 이윽고 왜의 선봉 부대 2백여 명이 미리 꽂아둔 깃발을 따라 도강하기 시작했다. 때마침 전날 밤에 폭우가 쏟아진 관계로 정암진의 강물은 불어 있었고, 왜군은 푯말을 바꾸어 놓은 것을 전혀 눈치채지 못한 채 늪지대로 접어들었다. 땅이 질퍽거리는 늪지대를 들어서자 아무리 전진하려 해도 도무지 걸을 수가 없었다.

왜군의 선봉대가 늪 앞에서 오도 가도 못하고 진퇴양난일 때, 이때를 놓칠세라 갑자기 의병군이 나타나 화살을 쏘아대자 왜적들은 난데없이 날아드는 화살을 맞고 추풍낙엽처럼 쓰러지기 시작했다.

한동안 정신을 차리지 못하던 왜군들은 뒤늦게 조총을 쏘아댔지만 조총의 사거리 밖에 있는 의병들에게까지 미치지는 못했다. 의병들은 이때다 하고 결사적으로 화살을 쏘아댔고, 왜적들은 우리 군의 수많은 화살을 맞고 그대로 쓰러졌다. 이렇게 해서 늪에 갇힌 왜군의 선봉대는 의병들의 화살에 전멸을 당했다.

뒤늦게 도착한 왜장 안코쿠지 에케이는 선봉대가 의병에 의해 전멸을 당하자 분을 참지 못해 미친 듯이 날뛰었다. 그는 남아있는 왜군 전원이 도강하도록 명령했다. 그곳은 모두 개펄로 되어 있어 강을 건너기가 여간 어려운 게 아니었다. 2천여 명에 가까운 왜군들이 강의 중간쯤에 이르자, 갈대밭에 숨어 있던 의병들이 일제히 일어나 활을 쏘기 시작했다.

왜적들은 또 한 번 무방비 상태에서 의병들이 쏘는 화살을 고스란히 맞을 수밖에 없었다. 왜적은 쓰러지고 넘어져도 후퇴라는 것을 모르고 앞으로 전진하기만 했다. 그러나 빗발치듯 쏟아지는 화살을 감당하기란 쉽지 않았다. 더구나 홍의 장군 곽재우가 백마를 타고 선두에 서서 용감하게 싸우니 의병들은 무서울 게 없었다.

보다 못한 왜장 안코쿠지 에케이는 금방이라도 숨이 넘어갈듯이 악을 쓰며 부하들에게 소리소리 질렀다.

"홍의 장군을 잡아라, 홍의 장군을 잡는 자에게 내가 특진을 내릴 것이다."

그러자 적병들이 홍의 장군이 있는 쪽으로 몰려들어 왜적의 총탄이 빗발치듯 했다. 그러나 홍의 장군은 조금도 흔들림이 없이 앞장서서 활을 쏘며 전쟁터를 종횡무진으로 누볐다. 홍의 장군의 백마도 주인의 뜻에 따라 잘도 움직이며 조총을 피해 다녔다.

또 한 번 "홍의 장군을 잡아라."는 적장의 불호령이 떨어지자 갑자기 홍의 장군 앞으로 조총이 소낙비처럼 쏟아졌다. 수많은 적의 조총이 홍의 장군을 집중적으로 퍼부으니 탄환이 가까스로 장군의 몸을 피해 간 것이 한두 번이 아니었다.

이때였다. 우리 군도 그냥 보고만 있지 않았다. 홍의 장군 앞으로 적들이 몰려들고 있는 것을 뒤늦게 눈치 챈 주몽룡 군관이 휘하 장졸들에게 다급하게 소리쳤다.

영남의 삼룡(三龍)이라 일컫는 주몽룡은 의병을 모아 스스로 의병장이 되어 강덕룡, 정기룡 장군과 더불어 거창 우지현 싸움에 용전하여 왜군을 격파했으며, 이어 홍의 장군 휘하에 들어가 맹활약을 하고 있는 장군이다. 주몽룡 군관이 말을 몰아 먼저 나서자 의병들이 앞다투어 뛰어 나와 삽시간에 홍의 장군 앞을 에워쌌다. 그러자 거세게 날뛰던 왜적들의 사기가 주춤해졌다. 이때를 놓치지 않고 의병들이 화살을 날리자 적들은 또 한 번 무수히 쓰러졌다.

의병들의 공세에 살아남은 자들은 눈에 불을 켜고 달려들었다. 끝까지 독기 서린 기세로 왜군들이 도강을 하면 의병들이 위태로울 뻔한 찰나였다.

홍의 장군이 또다시 위험을 무릅 쓰고 강변에 막 상륙하고 있는 적을 향해 달렸다. 장군이 번뜩이는 칼을 이리저리 사정없이 휘두르자 그의 칼날에 수 명의 적들이 한꺼번에 쓰러졌다.

그런 후 홍의 장군이 미리 계획한 대로 후퇴 명령을 내려 의병들은 일제히 산으로 후퇴하기 시작했다. 곽재우는 의병들이 무사히 후퇴할 때까지 남아서 활을 쏘아 적의 선봉을 죽이자 적은 더 이상 추격하지 못하고 어물쩍거렸다.

오랜 후에야 왜적은 정신을 가다듬고 뒤늦게 도강을 완료한 후 또다시 의병을 쫓아 산길로 접어들었다. 산허리에서 수병장 이운장과 오운이 이끄는 의병이 다시 나타나 활을 쏘아 추격대의 기세를 꺾고 사라지자 적들은 산중을 기어오르느라 안간힘을 쓰고 있었다.

그러던 중 어디서 난데없이 호각 소리가 요란했다. 소리 나는 쪽으로 고개를 돌리자 그 앞에 백마를 탄 홍의 장군이 홀연히 나타나 장승처럼 버티고 있었다.

"홍의 장군이다. 잡아라."

홍의 장군을 발견한 왜적은 힘겹게 산길을 타고 올라갔지만 홍의 장군은 홀연히 사라지고 없었다. 또다시 다른 산등성이에서 백마를 탄 홍의 장군이 나타났다. 그러기를 수없이 산길을 오르내리고 나니, 아무리 고된 훈련을 받은 왜적이라 해도 더위에 기진맥진해 버렸다. 눈앞에서 홍의 장군이 동에서 번쩍 서에서 번쩍하고 나타났다가 사라지기를 수없이 반복하자, 왜적은 두려움이 생겨 사기가 크게 떨어졌다.

왜장이 하는 수 없이 후퇴 명령을 내리자 더위에 지칠 대로 지친 왜군들이 산길을 벗어나 후퇴하기 시작했다. 이때를 놓칠세라

북과 나팔 소리가 산중을 울렸다. 고각 소리에 맞추어 산등성이의 곳곳에 숨어 있던 의병들이 일제히 공격하기 시작했다.

이미 기세가 꺾인 왜적들은 수많은 사상자를 내고 간신히 탈출한 왜군들까지 적의 도주로에서 매복하고 있던 선봉장 심대승과 배맹신 등의 의병들이 협공해 도주를 막는 바람에 길이 막혔다.

그러자 왜적은 앞다투어 도망가기에 바빴다. 왜적이 모두 물러나자 곳곳에 진을 치고 있던 의병들이 일어나 칼과 창을 흔들며 기쁨에 못 이겨 서로 얼싸안고 춤을 추었다.

"홍의 장군 만세, 곽재우 만세!"

갑자기 온 산천이 쩌렁쩌렁하도록 환호성을 질렀다. 이렇게 하여 정암진 전투는 의병으로 하여금 첫 전투이자 통쾌한 대승리였다.

곽재우 의병장에게 단단히 혼이 난 왜군들은 이후 의령을 통해 전라도로 진격하려던 계획은 완전히 사라지고 감히 의령으로 다가올 생각은 꿈에도 하지 못했다.

왜군의 선봉 고니시 부대 역시 평양성을 함락시켰지만, 그 이상의 북진은 해상 수송로에서 이순신 함대에 막혀 후퇴할 수밖에 없었다. 해로가 막힌 왜군은 낙동강 수로를 병참로로 삼으려 했지만 이 역시 곽재우 부대에 의해 번번이 차단되었다. 뿐만 아니라 곽재우 장군은 의령현의 경내와 낙동강가를 휘저으면서 왜적이 눈에 띄기만 하면 반드시 말을 타고 달려가서 왜군의 심장을 백발백중시키니 왜적들은 곽재우 장군이 나타났다 하면 바로 퇴각하는 등 감히 대항하지 못했다.

이후 왜적들은 자기네들끼리 '이 지방에는 홍의 장군이 있으니 조심하고 피해야 한다.' 라는 말을 입에 달고 다녔다고 한다.

그렇듯 조선의 훌륭한 의병장들이 속속 일어나 그간 실추되었던 나라의 위상을 되찾음과 동시에 군대의 사기도 크게 높아졌다.

서도식은 홍의 장군의 통쾌한 승리에 날아갈 것 같았다.

"빨리 이 소식을 마님에게 전해야지."

'곽재우 장군' 얼마나 멋있는 장군이란 말인가! 오히려 나라의 녹을 먹고 있는 조정의 관리들은 당파 싸움에만 혈안이 되어 있지만, 곽재우 장군은 벼슬도 마다하고 스스로 사재를 털어 의병을 모아 이처럼 악랄한 왜군을 보기 좋게 물리치지 않았던가. 그뿐이랴, 그가 선두에 서서 의병들이 안전하게 피신한 후에 자신은 왜적을 물리치며 뒤따라가지 않았던가.

서도식 역시 일찍이 당파 싸움에 회의를 느껴 문과를 버리고 무예를 익혀온 터였다. 그 또한 막연하게 장차 문(文)보다 무(武)가 더 쓰임을 받을 것이라 생각했던 터였다.

이제 여기저기서 의병들이 속속 일어나고 있었다. 그는 이 젊은 혈기로 홍의 장군처럼 나라를 위해 바쳐야겠다는 생각을 한 번 더 굳게 다졌다.

그는 이 신나는 소식을 마님에게 알리려고 오랜만에 말을 몰고 연습장으로 달려갔다. 어제도 그저께도 장대비가 쏟아지더니 이날은 언제 그랬냐는 듯이 따가운 햇살이 거리를 달구고 있었다. 조금 달리자 전신에 땀이 비 오듯 흐르는 것도 잊은 채 정신없이 달렸다.

연습장은 텅 비어 있었다. 순간 허탈감이 밀려온다. 웬만하면 나오실 텐데 혹이나 몸이 불편하진 않는지 걱정이 되었다. 산중이라 빽빽이 우거진 소나무 숲은 더위를 식혀줄 수 있는 그늘을 만들어 주었다. 그는 말을 한쪽에 매어 놓고 그늘에 앉아 쉬었다.

급한 마음이 앞서 시간도 모르고 나왔더니 이제 막 사시(巳時:9-11)에 접어들고 있었다. 산중의 아침 공기는 더 없이 신선했다. 솔솔 불어오는 바람에 섞여 소나무 향내가 싸하게 밀려들고, 청아한 새들의 노랫소리에 잠시 속세를 잊은 듯했다.

'마님은 오늘 오지 않을까?'

어쨌든 홍의 장군의 멋있는 승리를 함께 얘기할 수 있고, 함께 기뻐할 수 있는 마님이 있다는 것만 해도 행복이라 생각했다. 그는 시간 가는 줄 모르고 이런 저런 공상에 젖어 있다가 문득 하늘을 보니 어느새 해가 중천에 떠 있다. 아마 그 시간이 무척 길었던가 보다.

서운한 마음으로 자리를 뜨려고 하는데 이윽고 저 멀리서 그녀가 나타났다. 멀리서 보아도 남장을 하고 걸어오는 모습이 영락없는 여인이다. 만약 저렇듯 가냘픈 모습이라면 우락부락한 남자들의 틈에 끼인다 해도 단번에 알아채지 않을까? 어떻게 하든 마님을 설득시켜서 전쟁터에는 나오지 못하게 해야 할 텐데. 그러나 이날을 위해 지금까지 무예를 갈고 닦은 그녀가 쉽사리 포기하지는 않을 것이다.

반가웠다.

"마님, 속이 후련할 정도로 통쾌한 소식을 전해 드리려고 마님을 기다렸습니다."

"벌써 오셨어요? 오늘은 좀 늦었어요."

새하얀 잇속이 살짝 나타났다가 사라지는 그녀 특유의 미소에 그는 정신을 가다듬어야 했다. 자신도 모르게 작은 신음 같은 한숨이 새어나왔다. 혹이나 눈치 챌까 그는 환하게 웃으며 홍의 장군의 신출귀몰한 계략을 신나게 얘기하기 시작했다.

"마님, 대강 소식은 들으셨겠지요. 의령에서 의병을 일으킨 홍의 장군과 의병들이 목숨을 다해 왜적을 무찔렀던 그 용감무쌍한 정신을요. 마님, 백성들이 이처럼 살아있으니 우리 백의민족은 어떠한 어려움에도 끈질기게 살아남아서 놈들 앞에 우뚝 설 것입니다."

"예, 그래야지요."

"처음 부산진성과 동래성 등은 조선이 여지없이 짓밟혔다지만 이젠 우리 군도 패전을 거듭하는 동안 그만큼 훈련이 쌓였고, 무엇보다 홍의 장군 같은 의병이 있으니 조선은 반드시 일어설 것입니다."

"예로부터 우리나라는 다른 어느 나라에서도 볼 수 없는 훌륭한 장군들이 많았잖아요."

"그래요. 이번 정암진 전투에도 홍의 장군과 의병들이 규합하여 크게 승리했지요. 더구나 이번 전투에서 붉은 옷을 입은 홍의 장군이 높은 산 위에 나타났다가 순식간에 반대편 계곡에 나타났다가, 또 엉뚱한 곳에서 나타난 것은 홍의 장군의 훌륭한 계책이었지요."

곽재우 장군은 왜군들의 정신을 혼란케 하기 위해 부인에게 자신과 똑같은 붉은 옷을 만들게 해서 자신의 체구와 비슷한 의병들에게 입히고 자신의 모습과 똑같이 훈련시키니 그들이 잘 따라했다. 훈련받은 의병들이 여기저기에 숨어 있다가 번갈아 가며 나타나니 왜적들은 신출귀몰하는 홍의 장군을 보고 전의(戰意)를 상실해 버려 크게 패했다. 이러한 그의 신묘한 계책과 용맹술로 왜적의 기세를 꺾어버림과 동시에 다시는 전라도 땅을 넘볼 수 없게 만들었다.

"정말 오랜만에 속이 시원합니다. 우리 조선은 백성들이 살아있는 한 결코 잔악한 왜놈들에게 당하지만은 않겠지요. 여기저기서 의분을 참지 못한 백성들이 의병으로 많이 지원한다면서요?"

"그래요, 저도 이젠 그냥 가만히 앉아 있을 수만은 없어요. 저도 곧 의병의 일원이 될까 합니다."

"내 나라 내 민족이 당하고 있는 꼴을 그냥 보고 있을 수만은 없지요."

"참, 요즘 많이 늘었겠지요? 마님은 그냥 활을 배우신 것만으로 만족하세요. 만약 부사님이 오시면 어림도 없습니다. 어느 누가 연약한 여인을 전장터에 보내시겠어요."

"실은 저도 그분이 오시면 허락하지 않으실까 걱정이 됩니다."

"그런데 왜장인 안코쿠지 에케이가 큰 패전에도 불구하고 본진으로 철군하지 않고 강을 따라 북상하고 있는 걸 보면, 아직도 전라도로 진출하려는 미련을 버리지 못했다는 뜻이겠지요. 그렇잖아도 부하들에게 곡식과 미녀들이 많은 전라도 땅을 지척에 두고 이대로 물러설 순 없다며 이번에는 홍의 장군을 피해 북상하자고 했다지요? 만약 전라도를 차지할 수 있다면 너희들이 원하는 대로 모두 다 해줄 것이라고 큰소리를 쳤다나요."

이처럼 산속의 청춘 남녀는 왜(倭)군들의 말만 나오면 자신도 모르게 울분을 터트리며 분노했다.

깊은 산중에는 한여름답지 않게 연신 시원한 바람이 땀을 식혀주었고, 높은 나뭇가지 위에는 새들의 노랫소리가 마치 청춘 남녀의 사랑의 행진곡인 양 조용한 산속에 내려앉았다. 그는 이대로 시간이 정지해 주었으면 하다가 정신을 가다듬었다. 조금은 야윈 듯한 그녀의 애련한 얼굴이 이날따라 무척이나 고혹적이었다. 그러나 그는 그 순간을 헤어나려는 듯 이어서 김해 의병장 송빈의 얘기를 하기 시작했다.

현재 부산 강서구는 임진왜란 당시 김해 소속이었듯이 부산과 김해는 서낙동강을 사이에 두고 인접한 곳에 붙어있는 지역이다. 그러니까 부산 침략에 성공한 왜군의 다음 목표는 부산과 인접한 김해가 될 수밖에 없었다.

기억하기도 싫은 4월 14일 부산진 전투, 15일 동래성 전투에 이어 왜군은 김해, 밀양, 경주 방면으로 각각 진격했다. 고니시 유키나가의 약 1만 8천7백여 군은 밀양으로, 뒤이어 가등청정의 약 2만 8천8백여 명의 제2군은 경주로, 그리고 흑전장정의 약 1만 3천여 군은 김해로 쳐들어갔다.

전쟁 초기의 조선 백성들은 왜적이 쳐들어왔다는 소문만 듣고도 각 군현(郡縣)들은 놀라 달아났다. 전투를 지휘해야 할 수령 김해부사와 초계군수는 전투도 하기 전에 혼비백산하여 달아나 버렸다.

이때 김해의 대유학자인 송빈(宋賓)은, 왜적이 부산에서 함부로 휘저어 놓고 곧 김해로 쳐들어온다는 소식을 접하고는 울분을 참지 못하고 당장 김해부 내의 유생들에게 급히 김해성으로 집결하도록 격문을 보냈다.

그는 떠나기 전에 팔성사에서 학문을 닦고 있는 큰아들에게 찾아가 "나는 벼슬을 하지 못한 선비이지만, 평생의 뜻은 오직 나라를 위하는 데 있을 뿐이다. 지금 나라에 변란이 일어나 이런 지경에 이르렀으니 나는 본관 수령과 함께 생사를 같이할 것이다."라고 아들에게 아버지의 간곡한 뜻을 말하자, 한사코 아버지를 말리는 아들에게 그는 "아버지는 충성에 목숨을 바치고, 아들은 효도를 온전히 하는 것이 옳은 바다. 그러니 너는 급히 집으로 돌아가 어머니와 동생들과 함께 멀리 피란하여 선대의 혈맥을 보존하는 것이 옳겠구나." 하니, 아들은 울면서 "아버지, 그러면 아버지가 기시는 곳에 저도 따라가겠습니다." 하며 아버지의 소매를 붙잡고 한사코 매달렸다. 그러자 그는 아들이 붙잡고 있는 소매를 자르고 뒤도 돌아보지 않고 떠나간 대쪽 같은 분이시다.

송빈의 격문을 받고 이대형, 김득기, 류식 등 일시에 달려온 유생들과 함께 김해성에서 전투가 벌어졌다. 갑자기 들이닥친 왜군들은 쉴 틈도 주지 않고 조총 사격을 해왔다. 난생 처음 듣는 조총 소리가 정신을 어지럽게 하지만 우리 군도 결코 만만치 않았다. 왜군들이 총을 쏘면 우리 군은 화살로 적과 대응하며 물러서지 않았다.

놀랍게도 김해성 전투는 관군 하나 없이 의병으로만 똘똘 뭉친 싸움이었다.

사실 왜적은 4월 17일과 18일, 이틀에 걸쳐 적은 군대로 김해읍성을 공격하다 조선군이 완강하게 버티자, 김해를 맡은 흑전장정은 19일 새벽 다시 대군을 몰고 나타났다. 초계군수와 김해부사가 달아나고 관군 하나 없이 의병들로만 1만 명이 넘는 왜군들을 상대해야 했다. 이들은 오직 나라를 위한 불굴의 투지로 의병들만으로 나흘 동안 줄기차게 싸우고 또 싸웠다.

4월 17일에서 20일까지 4일간에 걸친 김해성 싸움은 순수 의병들만으로 왜군과 싸운 임진왜란 최초의 격렬한 싸움이었다. 이때 송빈 의병장은 지원병이 올 때까지 전술과 전략으로 왜적과 지연 작전을 펴고 있는데도, 경상우병사 조대곤은 대군을 거느리고도

원병 하나 보내지 않았다.

　사력을 다해 왜군을 막아보려 하나 1만 명이 넘는 적군들을 수백 명으로 감당하기에는 너무나 벅찬 일이었다. 더구나 전투 중에 왜군들이 조선군을 교란시키려는 작전으로 허수아비를 수도 없이 성 안으로 던지자 의병들은 극도의 불안과 공포에 떨었고, 처음의 기세는 점점 사라져 버리고 남은 의병들도 도망가는 자들이 많았다.

　곧 김해성이 수세에 몰리게 되자 이에 송빈 의병장은 성 중의 장사들을 다 모아 충의를 떨쳐 맹세하기를 "김해는 적이 오는 길의 요충지인데 안록산의 난리에 장순 등이 수양을 막아낸 것같이 해야 한다.(장순: 당나라 안록산의 난 때 수양성에서 양식이 떨어져 참새나 쥐 등을 먹으며 견뎠으나, 결국 반란군에게 붙잡혀 항복하기를 강요받았지만 끝까지 저항한 당대 최고의 명장) 김해가 무너지면 영남이 없고 영남이 없으면 나라가 없는 것이니, 마땅히 각자 충(忠)을 다해 나라를 위해 죽을지언정 어찌 적에게 항복하겠는가? 살아서 자손에게 부끄러움을 남기는 것보다 차라리 죽어서 부끄러움이 없게 하자." 하니 모두가 답하기를 "죽고 살기를 모두 명령에 따르겠소."라고 화답했다.

　그들은 송빈을 주장으로 삼고 성과 함께 죽기로 맹세하며 서로 적군을 한 사람이라도 더 죽이려 달려드니, 수백 명의 군사들이 모두 감격해 너도 나도 목숨을 아끼지 않고 왜적에 대항했다. 그러자 갑자기 잃었던 성 중의 사기가 백배 충천하여 생사를 초월하며 애적과 싸웠다.

이에 송빈 의병장은 남문, 이대형 의병장은 북문, 김득기 의병장은 동문, 류식 의병장은 서문을 지키며 의병들을 지휘하여 일본군과의 싸움을 포기하지 않았다.

일본군들은 조선군이 수가 적어 금방 손을 들 줄 알았는데 의외로 조선군의 저항이 완강 하자 잠시 공격을 멈추고는 "지금이라도 항복하면 목숨만은 살려주겠다."고 했으나 4명의 의병장들은 끄떡도 하지 않고 몇 명밖에 남지 않은 의병들과 함께 적들 한가운데서 맹렬히 싸웠다.

의에 불타는 우리 의병군들의 화살이 적군의 가슴에 꽂힐 때마다 적군은 말 한 마디 하지 못하고 그대로 쓰러졌다. 비록 적은 수일지라도 의병군들은 열심히 싸웠지만, 적군은 감당 못할 정도로 달려드니 결국엔 송빈 이하 의병군들이 목숨 바쳐 싸운 보람도 없이 적군의 총탄 아래 장렬히 목숨을 잃었다.

그처럼 물불을 가리지 않고 싸웠으나 중과부적으로 왜군을 이기지 못하고 결국 김해성은 20일, 왜군에게 짓밟히게 되었다. 그중 송빈의 부하 양업손이 시체 더미 속에 파묻혀 있다가 살아나와 이 모든 사실을 세상에 알리게 되었다.

적은 숫자로서 끝까지 김해성을 지키지 못했지만 송빈, 이대형, 김득기, 류식 의병장을 비롯하여 김해시의 군민들은 용감했다. 내 나라 내 민족을 지키기 위해 목숨을 초개같이 버린 훌륭한 용사들이었다.

비록 좋은 결과는 아니었다 해도 목숨 바쳐 싸운 대가는 전쟁의 흐름을 바꿔놓기에 이르렀다. 송빈 의병장이 며칠간이라도 의병들과 함께 사투를 벌였기에 왜적의 진로가 차단되고, 외적 침입의 지연작전을 쓰지 않았다면 단숨에 전 국토가 유린당했을지도 모르는 일이었다. 더구나 의령의 곽재우도 그동안 만반의 준비 태세를 할 수 있었다고 볼 수 있다.

그렇게 그는 김해성의 송빈 의병장과 더불어 김해의 충의에 불타는 훌륭한 의병들의 얘기를 들려주었다.

"그러고 보면 송빈 의병장은 곽재우 장군이 의병을 일으킨 22일보다 이틀 전에 벌써 전사했으니, 조선 최초의 의병장은 김해성에서 의병을 일으킨 송빈 이하 4명이라 볼 수 있지 않겠어요?"

"듣고 보니 그런 것 같아요. 그러나 어디서 누가 먼저 의병을 일으켰나가 중요한 게 아니라, 각지각처에서 위기에 처한 나라를 위해 일어나는 우리 백의민족의 불굴의 의지가 자랑스럽지요."

그들은 하늘을 찌를 듯이 우거진 소나무 사이로 오후의 늦은 햇살이 간간이 모습을 드러냈다 사라지곤 하는 하늘을 바라보며 제각기 마음속으로 다짐한다. 자신들도 하루속히 나라를 위해 분전해야겠다고.

전장에 핀 무궁화 (上)

초판 1쇄 인쇄 2019년 05월 08일
초판 1쇄 발행 2019년 05월 15일

지은이 권명애
펴낸이 김양수
표지 본문 디자인 곽세진   **교정교열** 박순옥

펴낸곳 도서출판 맑은샘   **출판등록** 제2012-000035
주소 (우 10387) 경기도 고양시 일산서구 중앙로 1456(주엽동) 서현프라자 604호
대표전화 031.906.5006 **팩스** 031.906.5079
이메일 okbook1234@naver.com   **홈페이지** www.booksam.kr

ISBN 979-11-5778-375-5 세트
ISBN 979-11-5778-376-2 (04810)